汲古選書 49

中国文学のチチェローネ

——中国古典歌曲の世界

大阪大学
中国文学研究室 編

目次

中国文学のチチェローネ——中国古典歌曲の世界

はじめに

高橋文治

一　『陽春白雪』と「十大曲」

西暦でいえば一二〇〇年を少し過ぎた頃であろうか、南宋《なんそう》の都・臨安《りんあん》で一世を風靡した「風流王煥《おうかん》」という芝居（「戯文《ぎぶん》」や「南戯《なんぎ》」と呼ばれる中国南方で行われた宋・元期の演劇）があった。「風流」とは「小粋な」「素敵な」といったほどの意味であり、遊廓で浮名を流す遊蕩児が主人公。王煥は賀憐憐《がれんれん》という遊女と将来を誓いあうが、ある権力者に女を身請けされてしまい、流しの物売りに身をやつして屋敷に潜入、まんまと憐憐をさらって逃走する、というのがその内容だったらしい。この芝居、それから百年くらいたって別の種類の演劇（「元雑劇《げんざつげき》」と呼ばれる中国北方で行われた元朝期の演劇）に翻案され、外題も「百花亭《ひやっかてい》」と改めて台本を今日に伝えているのだが、たとえばその第一幕、「小粋な王煥」の「風流ぶり」を紹介するセリフに次のようにいう。

彼こそは風流王煥。目から鼻に抜ける聡明さ。囲碁に将棋に双六、矢なげ、籤《くじ》に花札《はなふだ》、習字、吟詩、蹴鞠《けまり》に軽口《かるくち》、絵に利《き》き茶《ちゃ》、花あわせもできれば音曲《おんぎょく》にも通じ、物腰は柔らかで垢抜《あかぬ》けて、懐《ふところ》には

「十大曲《じゅうだいきょく》」を差《さ》し挟《はさ》み、袖《そで》には柳永《りゅうえい》の小唄を忍ばせる。服には闘鶏《とうけい》の汚れをほんのりつけ、靴には蹴鞠の泥が軽くつく。表も裏も世のことにはすべて通じ、八万四千のなりわいを知る。まこと、天下一の伊達男《だておとこ》。右に出るものはあるまいて。

『中国文学のチチェローネ』と題した本書が取り上げるのは、風流王煥が懐に忍ばせたという「十大曲」である。中国の文学、それも詩歌といえば、杜甫《とほ》や李白《りはく》に代表される唐詩を多くの人は思い浮かべるにちがいない。「楽府」や「詞」や「曲」といった歌曲を思い浮かべる人はまずいない。まして、廓に通う遊蕩児が小脇に抱える小唄の本など論外だろうが、本書は、その論外ともいえる「十大曲」を中心にすえ、「うた」をキーワードに、杜甫や李白にも論及しながら、解説付きのアンソロジーを作ってみようというのが野心のすべて。「十大曲」を「案内人」に仕立てて中国古典歌曲の世界を散策してみよう、というのである。

「十大曲」(別名を「十大楽《じゅうだいがく》」ともいう)は、中国文学の世界で別段有名でもない。むしろ元曲《げんきょく》などを研究対象とする一部の研究者が知るに過ぎないごくマイナーなタームで、十三世紀の中頃に今の北京のあたりに住んでいた芝庵《しあん》先生という人が唱えたものと思われる。十三世紀の中頃といえば、中国の北方では金《きん》朝《ちょう》がモンゴルによって亡ぼされ、そのモンゴルがあらたに南宋の併呑を計画していた頃であり、北京のあたりでは「元曲」と呼ばれる新しい歌曲が勃興していた。「芝庵先生」とはどんな人か解らないが、この新しい歌曲のために「唱論《しょうろん》」という理論書風のメモを残し、歌曲の歴史、歌唱上の注意、作詞の要諦等

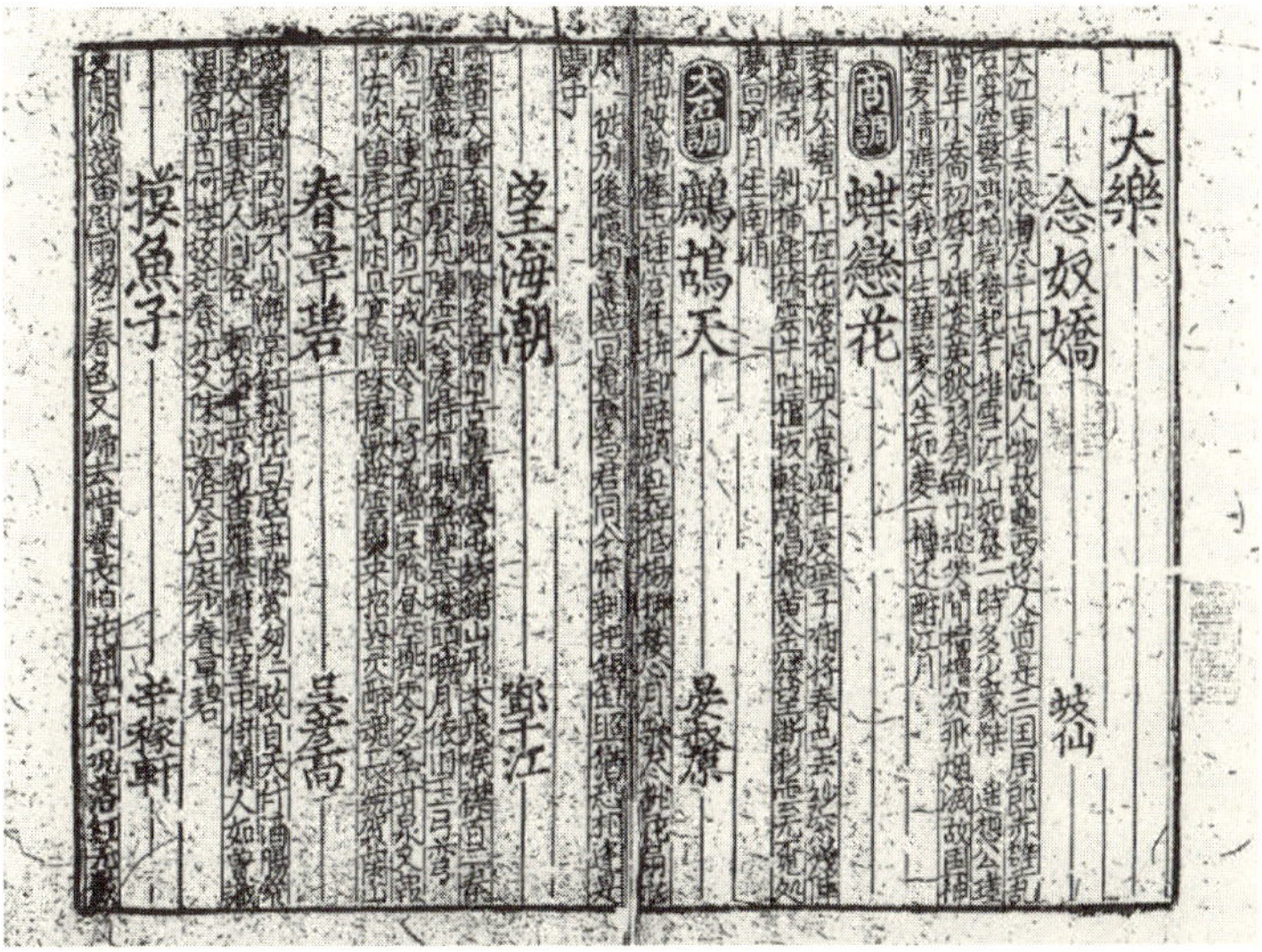

図1　元刊本『陽春白雪』第四葉。本書は胡蝶装になっている。

を論じた。その中で「新しい歌曲」が継承すべき「近世の大楽」十首を挙げて歌曲の模範を示したが、それがここにいう「十大曲」である。「十大曲」と言ったり「十大楽」と言ったりするのは、この「唱論」というメモが『陽《よう》春《しゅん》白雪《はくせつ》』と『南村輟耕録《なんそんてっこうろく》』という二種類の編纂資料に収められ、両者が「大曲」と「大楽」と別々の表現を用いるから。また、「十大楽」の中には金朝の末年も末年、一二三〇年か一二三一年頃、モンゴルに包囲された開封の中で詠まれたと思しき作品も収められている（V「惜春の系譜」一三六頁参照）。したがって、南宋の都・臨安で一世を風靡した原作「風流王煥」の中では「十大曲」は元来話題になるはずのないものだった。芝居のセリフに「十大曲」が加えられたのは、原作「風流王煥」が元曲に改編され、「百花亭」になってからのことだと推測される。

芝庵先生が挙げた十首の「大楽」を、現存する最古の資料『陽春白雪』が最初に示す通りに紹介しておこう。『陽春白雪』は、正式にはその書名を『楽府新編《がふしんぺん》陽春白雪』といい、「散曲《さんきょく》」と呼ばれる元朝期の歌曲のアンソロジー。「散曲」とは、すでに紹介した「北京あたりで勃興していた新しい歌曲」の名前でもある。「元曲」という名称は元朝期の北方で起こった歌曲の総称であり（文字通り「元朝期の曲」の意）、オペラとして楽しまれた「元雑劇」と、小唄として楽しまれた「散曲」の二種類に分類される。『陽春白雪』はこのうちの「散曲」を集めたアンソロジーであり、しかも重要なのは、この本が恐らく歴史上初めて編纂された「散曲」のアンソロジーだったと思われる点である。十三世紀の中頃に書かれたであろう芝庵先生の「唱論」は、十四世紀初頭に出版された『陽春白雪』という「散曲集」の巻頭に置かれ、中国歌曲が進むべき道しるべの役割を担わされた。少なくとも、『陽春白雪』の編者の意図はそうだったのである。また、『陽春白雪』の編者は楊朝英《ようちょうえい》という人。この人の平生・生卒年もよく解らないが、故郷は四川《しせん》省《しょう》の青城《せいじょう》、江西省《こうせいしょう》の南昌《なんしょう》あたりに隠棲し、「澹斎《たんさい》」という雅号を名乗ったらしい。この人は、同じく「散曲」のアンソロジーである『太平楽府《たいへいがふ》』を後に編纂し、この『太平楽府』に「巴西《はせい》の鄧子晋《とうししん》」という人が一三五一年に書いた序文が付されるから、恐らくその頃までは存命だったと思われる。

では、「十大楽」を示そう。曰く、

近世の所謂「大楽」とは、蘇小小《そしょうしょう》の【蝶恋花】、鄧千江《とうせんこう》の【望海潮】、蘇東坡《そとうば》の【念奴嬌】、辛稼軒《しんかけん》の【摸魚子】、晏叔原《あんしゅくげん》の【鷓鴣天】、柳耆卿《りゅうきけい》の【雨霖鈴】、呉彦高《ごげんこう》の【春草碧】、朱淑真《しゅしゅくしん》の【生査子】、蔡伯堅《さいはくけん》の【石州慢】、張三影《ちょうさんえい》の【天仙子】である。

ここに示された十曲は、「散曲」と同じく歌曲に分類されるものではあったが、すべてが前代に行われた「詞」ないし「曲子《きょくし》」「曲子詞《きょくしし》」と呼ばれるものであった。

二　古典歌曲のスタイル

本書がいう「中国古典歌曲」は、具体的には「楽府《がふ》」「曲子詞」「散曲」の諸ジャンル、及び「楽府」と同様に扱うことができる一部の「古詩《こし》」「近体詩《きんたいし》」を指す。

詩歌はそもそもその発生から音楽と密接な関係をもつ。それはどこの文化圏のどの言語にも共通することだろう。中国ももちろん例外ではなく、漢語で書かれた韻文は元来すべてが歌われるものだったし、「詩」はすべて「歌曲」だった。が、後に音楽と韻文がしだいに分離してそれぞれ別々に作られるようになると、今度は両者の融合が図られるようになり、西洋の近代歌曲のように「音楽は詩の忠実なる僕《しもべ》でなければならない」とか「言語の抑揚と旋律線の一致」とかが論議されるようになる。すでに紹介した芝庵先生の「唱論」は、もちろんさまざまな問題を扱ってはいるのだが、基本は「詩をいかにして音楽と調和させるか」を論じたものであり、つまり「音楽に詩をよりよく乗せるため」の議論であった。西洋近代の歌曲は音楽も新たに作曲されたから、「詩と音楽の調和」は詩人と作曲家の両面から希求されるべきことであった。だが、中国の古典歌曲にあっては既存の音楽に「替え歌」風に詩を乗せていくのが普通のパターンだった。すでにある旋律線に言語の抑揚を乗せるのだから、「詩と音楽の調和」は主に作詞家の責任において希求されるべきことになったのである。中国における古典歌曲の歴史とは「文学」に昇華した「歌詞」の歴史なのであり、「音楽史」の問題ではなかった。

中国の古典歌曲は、要は「替え歌」である。たとえば「十大楽」の第一首・蘇東坡の【念奴嬌】を例とすれば、【念奴嬌】は「詞牌《しはい》（詞の看板、の意）」といって、歌曲のメロディー名に他ならない。「替え歌」を作るには「もと歌」に当たるものが必要だろう。その「もと歌」にはそれぞれ名前が付けられていて、「詞」の場合はそれを「詞牌」、「散曲」の場合は「曲牌《きょくはい》」、「楽府」の場合は「楽府題《がふだい》」と呼んだ。【念奴嬌】は、言葉の意味は「念奴《ねんど》の可愛らしさ（念奴とは、唐代の有名な芸妓の名）」だが、これが「詞牌」になっていて、蘇東坡が作詞したメロディー名をあらわす。また、【念奴嬌】は固有のメロディーだから、その旋律に乗る歌詞はメロディー・ラインに応じて字数・抑揚が決まっている。たとえば、この【念奴嬌】を蘇東坡は「大江東去、浪淘尽千古風流人物。故塁西辺、人道是三国周郎赤壁。」と詠いはじめる。第一句は四字、第二句は九字、第三句は四字、第五句は九字になっていて、「物」と「壁」という入声《にっしょう》で押韻する。これらのことは無原則に決定されているのではなく、実はメロディー・ラインと深く関連する。というよりメロディー・ラインが言語の長さと抑揚を決定付けているから、【念奴嬌】を作詞する場合には、冒頭は必ず「四字・九字・四字・九字」でなければならないし、押韻も必ず仄韻《そくいん》でなければならなかった。「詞」や「曲」は各句の字数がバラバラなため一見無秩序に見えるが、歌曲として成立するためのきわめて厳格な規定があった。

芝庵先生の「十大楽」は、各詞牌の厳格な決まりを守りつつ、しかも文学としての達成度の高い「詞」

十首を選んで「散曲」の模範としたものだが、ここで興味深いのは、『陽春白雪』を編纂した楊朝英が「十大楽」を「散曲」の模範としつつも、その一方では「詞」と「散曲」を截然と区別していた点である。『陽春白雪』はあくまで「散曲」のアンソロジーであって詩歌のアンソロジーではない。その冒頭に「十大楽」を列して模範としてはいるが、中味はあくまで「散曲集」である。「散曲」を「詞」の同類とみなしながらも、区別はあったのである。

「詞」と「散曲」が元来どのように異なるかといえば、恐らく本質的な違いはない。「詞」は唐代に起こり「散曲」は元代に起こったから、両者は先ず音楽を異にした。「詞」は唐代の宮廷から流出した音楽を基本に発展したと思われるのに対し、「散曲」の音楽は、多くは簡素化された伝統音楽だったり（「詞」の音楽も含まれる）、宋・金の頃に新たにもたらされた目新しい音楽だったように思われる。したがって、「散曲」が勃興した元朝期を基準にするなら、「詞」と「散曲」は音楽の肌合い・新しさが違っていたのである。

元朝期には「詞」はすでに歌われなくなっていたと考える向きがあるかもしれないが、実は必ずしもそうではない。たとえば、王惲《おううん》の【黒漆弩】という「散曲」を見てみよう。この「散曲」は「金山寺《きんざんじ》に遊ぶ」と題される。

蒼波万頃孤岑矗。是一片水面上天竺。金鼇頭満嚥三盃、吸尽江山濃緑。
蛟龍慮恐下燃犀、風起浪翻如屋。任夕陽帰棹縦横、待償我平生不足。

蒼い波が広がる長江にそびえるのは、水面に浮かび出た上天竺《じようてんじく》。金山寺が立つ金鼇峰《きんごうほう》でなみなみとついだ酒を飲めば、目の前に広がる江山の深い緑をすべて吸い尽くしてしまうようだ。眼下の長江では底に住む蛟龍《こうりゆう》たちが恐れをなしたか、水は逆巻き、風が吹けば、まるで屋根のように高く波は翻る。夕焼けの中、縦横に船たちが帰っていく様を眺めていると、我が平生の鬱憤はすべて吹き飛ぶようだ。

この作品には多くの語註が必要だろうが、いまはすべて割愛しよう。それより重要なのは、この「散曲」に王惲が次のような序文をつけていることである。

隣人はかつて酒宴の座興に【黒漆弩】を歌った。その際、別の友人は「【黒漆弩】は「詞」の中味は美しいが、名前が雅でない。【江南煙雨】に替えたらどうだろう（白無咎《はくむきゆう》【鸚鵡曲】には「江南煙雨」の一句がある。●の註参照）」と述べた。そこで私が「むかし蘇東坡は【念奴嬌】（「十大楽」の第一首）を作り、後人はその一句を取って【酹江月】と名前をかえたものだ。だから【江南煙雨】に名前をかえても誰も文句は言うまい」と言うと、「それなら、東坡の顰に倣ってお前も【黒漆弩】を作ってみろ」と彼がいうので、「金山寺に遊ぶ」を書き、歌ってみた。……

●【黒漆弩】は別名を【鸚鵡曲】といい、当時、白無咎という人が作った「儂家鸚鵡洲辺住」に始まる【黒漆弩】が流行していた（その第四句に「江南煙雨」の語がある）。王惲の隣人はこの【黒漆弩】を歌ったと思われる。この曲については「X　歌曲の二つの行方」二七三頁参照。

この記述で解るように、【黒漆弩】が別名【鸚鵡曲】と呼ばれる「散曲」であることを王惲は恐らく知っていた。にもかかわらず彼は、【黒漆弩】（「曲牌」）と【念奴嬌】（「詞牌」）をあまり区別しないばかりか、右の引用を見れば明らかなように「矗《ちく》」「竺《ちく》」「緑《りょく》」「屋《おく》」「足《そく》」と【黒漆弩】を入声《にっしょう》だけで押韻させ（【黒漆弩】のような「北曲」は普通は入声韻を用いない）、まるで「詞」のような作り方をしている。彼にとって、「詞」や「曲」の区別などさほど大きな問題ではなかった。「詞」を「散曲」のように作ろうが、「散曲」を「詞」のように作ろうが、一向に構わなかったのである。では、何故このようなことが起こり得たかといえば、それは「詞」も「曲」も同様に歌われ、歌曲として「生きていた」からに他ならない。

また、金元交替期を生きた楊弘道《ようこうどう》という人に『小亨集《しょうこうしゅう》』という文集があって「詞」が九首収められるが、その中に【梅梢月】という作品があり、その格律は『董解元《とうかいげん》西廂記《せいしょうき》諸宮調《しょきゅうちょう》』という曲文学（「諸宮調」と呼ばれる宋元の語り物）第一巻に用いられる【梅梢月】と全く同じである（因みに、【梅梢月】という「詞牌」は「曲牌」とは異なった格律で別にあったようである）。楊弘道の場合も恐らく「詞」と「曲」の区別などどうでもよく、「曲牌」の【梅梢月】を「詞」として用いているのである。このほか、「曲牌」を用いて元朝期の人が「詞」を作る例はいくつか確認され、「詞」や「曲」は、少なくとも音楽の上では常に明瞭に区別されたわけではなかったと思われる。

では、「詞」と「散曲」を分けているのは何だったのだろう。両者の相違点としてしばしば挙げられるのは、「押韻方法の違い」「襯字《しんじ》の有無」「組曲方式の有無」の三点である。「散曲」は「詞」とは異なって入声が消失し、そのほか押韻の方法が簡略化された、とするのが「押韻方法の違い」。「字あまり」ともいえる「襯字」を「散曲」は自由に用いることができるようになった、というのが「襯字の有無」。また、複数の曲牌を組み合わせて「套数《とうすう》」という組曲を構成できるようになったのが「散曲」だ、とするのが「組曲方式の有無」である。だが、この三点とても必ずしも本質的な差異ではないように思われる。三点の中で最も根本的差異と言い得る「押韻方法の違い」についても、たとえば、入声が消失したのは「北曲（元朝期の北中国で行われた歌曲。元朝期の北中国では入声が消失した『中原音韻《ちゅうげんおんいん》』が用いられた）」においてであって、「戯文」等の「南曲」にあっては「詞」とあまり区別のない押韻法が採られた。このほか「襯字の有無」「組曲方式の有無」についても「南曲」の場合は「詞」と選ぶところがなかったし、なにより、「詞」に「襯字は無く」「組曲方式も無かった」とするのは事実誤認に近いと思われる。南宋の曾慥《そうぞう》が編纂した『楽府雅詞《がふがし》』などを見ていると、宋代の宮廷では「詞」を組曲化して舞曲として用いていたようだし（詞を用いた組曲や『楽府雅詞』については「Ⅸ 宴席の歌」二四三頁参照）、同一詞牌に対して「詞譜（各詞牌の格律をまとめて列挙した本）」等が複数のスタイルを列挙するのは、「詞」にあっても時に「襯字」が用いられ、あたかも複数の格律があるように見えたから、ではあるまいか。

　要するに、今日の文学史家が「詞」と「散曲」の違いとして説明することが当時どの程度意識されたか、必ずしも明らかではないのだが、にもかかわらず楊朝英たち元朝期の人々は「散曲」を時に明瞭に「詞」と区別した。そして、これと同様の現象が「詞」が文学として自立する際にも恐らく起こっていたのである。たとえば、『才調集《さいちょうしゅう》』と『花間集《かかんしゅう》』という二つのアンソロジーを考えてみよう。両者はともに五代の後蜀《こうしょく》で編纂された。どちらもきわめて高い歌謡性を有する詞華集で、『才調集』が唐一代の「詩」を集めたもの、一方の『花間集』は「詞」を集めたものであった。また、『花間集』は「詞」のアンソロジーとしては最も初期に属し、新興のジャンルがようやく「文学」の仲間入りを果たそうとする頃のものであった。ところが、『才調集』には今日の観点からすれば「詞」と認定できるものが少なからず収められているのに対し、『花間集』には「詞」のみを収めて「詩」を収録しない。古い文学ジャンルの選集には時に新ジャンルが紛れ込んだが、新ジャンルの選集に旧ジャンルは紛れ込まなかった。『陽春白雪』があくまで「散曲」の選集であり「十大楽」は模範に過ぎなかったように、『花間集』は「詩」に分類し得るものを注意深く排除して、これを混入させなかったのである。

中国にあっては、古い文学ジャンルが新奇なものを排除することによってではなく、新奇なものが自覚的に旧ジャンルと訣別することによって、文学史が回転していく向きがあるように思われる。

三 『花間集』と『楽府詩集』

『花間集』には、欧陽炯《おうようけい》という文人によって書かれた次のような序文が付される。

宝玉を彫像して細工を凝らし、花を切って春のあでやかさを競うのは、創造主が作り上げた大自然の美をそれらの細工や花々の中に移すためであろう。（それと同様、歌曲は大自然の美を音楽や詩に移すものだからこそ）女神西王母《せいおうぼ》が「雲謡《うんよう》」を歌えば穆天子《ぼくてんし》は美酒に酔うように陶酔し、楚《そ》の国に伝えられたという「白雪《はくせつ》」を歌えば鸞《らん》は鳴き鳳《ほう》は舞い、美しい歌声は音律に調和して雲の流れを止めるほどだったのである。「折楊柳《せつようりゅう》」や「大堤曲《たいていきょく》」といった古の美しい音楽は宮廷の歌舞練場「楽府《がふ》」に伝わり、「古詩十九首《こしじゅうきゅうしゅ》」のような歌曲は貴顕の家で楽しまれた。朝廷も名家も華やかな方々を集め、宴の豪奢さを競いあい、公子たち佳人たちは次々に新しい詩歌を書いて、歌姫たちの繊細な手によって演奏され歌われた。清らかなその歌声は佳人たちの美しさをいや増しにしたのである。

南朝の宮廷では「宮体詩《きゅうたいし》」が流行し、みやこの遊郭では華やかな歌が歌われた。それらの歌曲は、女性らしい口頭表現を用い、男性的な質実さよりは秀麗さに満ちたものであった。唐王朝に入ってからは、さまざまな貴人・名家に歌姫・舞姫が蓄えられ、玄宗《げんそう》朝になると李白が皇帝の命に応じて【清平調】という歌曲四首（楊貴妃《ようきひ》の美しさを称えた曲）を書いた。さきごろは温庭筠《おんていいん》に『金筌集《きんせんしゅう》』という詞集も備わり、こうして輩出された近代の詞人は、過去の文人に決して劣るものではなかった。

後蜀の衛尉少卿《えいいしょうけい》・劉崇祚《りゅうすうそ》（字は宏基《こうき》）は詩歌を集めて佳作を得、これを織込んで自らも作品を書き、文人仲間と議論して意見を闘わせた。そこで彼は、近年輩出された文人の「曲子詞」だけを五百首あつめて十巻とし、音楽に多少通じるということで私に書名を考え序を書け、という。

むかし郢《えい》の人が楚《そ》に伝えたという「陽春」という名曲は、そのあまりの美しさに絶唱とされた。それにあやかって、この集を『花間集』と命名して「陽春曲」の第一の子孫とし（陽春と花間は縁語）、後蜀の宮廷に集う文人・才子たちの歓楽に添わしめようと思う。南朝の美女たちよ、江南の「採蓮《さいれん》曲《きょく》」だけが美しいと思ってはならない。

広政《こうせい》三年（九四〇）四月、後蜀の欧陽烱が序した。

この序文は、太古にあったとされる理想の歌曲「雲謡」「陽春」「白雪」から話を説き起こし、その系譜を模索しつつ歌曲の歴史を「近代」にたどり、序が付される該書が「陽春曲」にあやかって『花間集』と命名されたことを述べ（楊朝英の『陽春白雪』も、同様の理由によって命名されている）、最後に新しい歌曲が貴人のためのものであることを宣言して全体が結ばれる。その中で欧陽炯は、『花間集』に収める「詞」が「楽人（音楽家や技芸人）」や「民間」の作ではなく、「詩客」、すなわち「詩によって一家をなす文人たち」の「曲子詞（「曲子」「曲子詞」ともに「詞」を指す）」を集めたものであること、ならびに、そうした「文人の余技」が李白の【清平調】に始まること、また、李白に及ぶ歌曲の歴史は「折楊柳」や「大堤曲」に発し、南朝の「宮体詩」を経て唐代に至ったこと、等をのべる。ここで我々が注意しなければならないのは、欧陽炯のこの総括が「楽府」全般を視野においた文学史の客観的叙述ではなく、「詞」の系譜を示すために取捨選択された、特定の歌曲の歴史に他ならなかったことである。

「楽府」とは、周知のように漢の武帝《ぶてい》が作ったとされる役所の名であり、元来、歌曲の意味ではなかった。中国の宮廷にあっては、祭祀やさまざまな儀礼・式典・行事に際し、古くからいろいろな音楽を必要とした。そのため漢の武帝は、李夫人《りふじん》の兄として有名な李延年《りえんねん》を長として「楽府」を設立させ、音楽家や技芸人・楽器等を収集し、各地に残る音楽を採録させ、足りない部分については新たに作詞・作曲させたという。これが所謂「楽府」の始まりであったが（近年、「楽府」の銘をもつ先秦期の編鐘《へんしょう》が発見されたという。「楽府」が漢の武帝以前からあったことは明らかだろう）、右の説明でも明らかなように「楽府」とはいわば宮廷内の歌舞練場だったから、同名の部署を唐以前のさまざまの王朝が継承し（唐は初め「内教坊《ないきょうぼう》」を置き、後にこれを単に「教坊《きょうぼう》」と呼ぶようになって、この名称が後の王朝に引き継がれた)、これがやがて宮廷で用いられる音楽全般の名前に替わり、そこから派生して、古い時代の歌曲はすべて「楽府」と呼ばれるようになったのである。したがって、「楽府」とは元来、歌曲のみではなく器楽曲も指したし、同じ「楽府題」でも、用途に応じて時に舞曲であったり歌曲であったりもした。また、「楽府題」中にいう「古辞」とは、その音楽が「楽府」に採録された際に付いていたもともとの「歌詞」をいうのであって、その「楽府題」の用途を示しているのではない。

「楽府」については、宋代の郭茂倩《かくもせん》という人が編纂した『楽府詩集《がふししゅう》』という本を中心に置いて議論を進めるのが普通だから、ここでもその『楽府詩集』にしたがって中国歌曲史を概観してみよう。

郭茂倩は「楽府」を先ず大きく二つに分類しているといってよい。その大分類とは次の二つである。

A　歴代の楽府に採録されたことがあって、それを起源とする歌曲。

B　歴代の楽府に採録された可能性のない歌曲。

つまり『楽府詩集』は、「楽府」という名称を最も広義に捉え、歌曲全般を指すものとして用いているのである。

また、AとBは、更に時代や地域、歴代の歌舞練場における元来の用途、楽器編成、音楽の来源、最初に採録した王朝名等によって細分化される。具体的にいうなら、『楽府詩集』全百巻はまた「郊廟歌辞」「燕射歌辞」「鼓吹曲辞」「横吹曲辞」「相和歌辞」「清商曲辞」「舞曲歌辞」「琴曲歌辞」「雑曲歌辞」「近代曲辞」「雑歌謡辞」「新楽府辞」の十二に分類される。このうち、前半八つはAに属し、後半四つはBに属す。また、たとえばAの「郊廟《こうびょう》歌辞」は歴代の王朝の祭祀における音楽を列したもの、「燕射《えんしゃ》歌辞」は宮廷の儀礼に際して用いられた音楽、「鼓吹《こすい》曲辞」は漢代の軍楽に発するもの、「横吹《おうすい》曲辞」は北魏《ほくぎ》の軍楽に発するもの、「相和《そうわ》歌辞」は漢代の管弦楽に発するもの（「相和」とは管楽器と弦楽器とが相和《あいわ》することをいう）といった具合に、さまざまな時代、さまざまな機会に用いられた音楽がいくつかの範疇に分類され、「楽府題」ごとに解題が付されて、作品が時代順に列せられるのである。

『楽府詩集』が収める作品の多くは、同一の「楽府題」であっても必ずしも共通のスタイルをとらない。「楽府」の音楽は、その多くが唐代に入る前に途絶えたと思われ、郭茂倩はこれを全く聞いたことがなかったに違いない。彼は、後の詞家や曲家がやったように、各楽曲のメロディーを想定し、それぞれの格律によって分類しようとしたのではない。「楽府」は、同じ「楽府題」が付けられていても、多くの場合、同一の音楽を想定し得ないほどに歌詞の形式はバラバラなのである。郭茂倩は、今日の我々が行うのと同様、先ず「楽府」に関わる文献を網羅的に収集し、これを文献学的に吟味して同一曲名か否かを判断し、同一系譜とせざるを得ない歌詞を時間系列にしたがって並べたに過ぎない。したがって、たとえば『楽府詩集』巻二六「相和歌辞」に「江南《こうなん》」の「古辞《こじ》」があって李賀《りが》や李商隠《りしょういん》の詩まで列せられるのは、それらすべてが同一の楽曲から生まれたというのではなく、漢代の歌舞教練場が「江南」を採録した際にもともと付いていた歌詞が「古辞」、採録の目的が「相和曲」として用いること、また、（その音楽がいつまで用いられたかは解らないが）同様の題をもつ詩歌の系譜が李賀や李商隠にまで及ぶ、ということを意味するに他ならない。『楽府詩集』が同一「楽府題」のもとに一括りにしている作品群は、この意味において、音楽的な系譜というより単に題を同じくするというに等しい。特に、「古辞」から派生した唐代の「楽府」については そうだろう。郭茂倩が行った作業から透けて見えるのは、Aに分類される「楽府題」の多くが実は南朝の梁《りょう》王朝において一度集約されたものだったことである。梁王朝に集約されたものは、音楽や内容に共通性を一応想定し得るだろう。が、集約後に生み出された唐代の作品は、前代の「楽府」と多くの場合断絶があるのであり、たとえ『楽府詩集』が同一「楽府題」のもとに一括していたとしても、一線を画して考えるべきものなのである。

またBは、郭茂倩が歴代の「楽府」に収められなかったと認定した歌曲、すなわち、梁代の宮廷とは別ルートで伝えられた歌曲であるが、このBは更に四つに分類され、「雑曲歌辞《ざっきょくかじ》」が先秦から六朝に誕生した主に伴奏楽器つきの歌曲、「近代曲辞《きんだいきょくじ》」は主に唐代に生まれた伴奏楽器つきの歌曲、「雑歌謡辞《ざっかようじ》」は先秦から六朝に誕生した主に伴奏のつかない歌曲、「新楽府辞《しんがふじ》」は主に白居易《はくきょい》を中心とするグループの間で生まれた、主に伴奏のつかない歌曲を、それぞれ収めたものと考えられる。唐代は、所謂「歌行体《かこうたい》（「□□歌」「□□行」と題される歌曲）」と呼ばれる詩歌が陸続と生み出されたが、それらの多くはこの四分類の中に収められ、また、たとえば漢代の「楽府」の創建に関与した李延年の有名な「北方有佳人」も、Bの「雑歌謡辞」中に収められる。

北方有佳人　絶世而独立　　北方《ほっぽう》に佳人《かじん》有り　絶世《ぜっせい》にして独立《どくりつ》す
一顧傾人城　再顧傾人国　　一顧《いっこ》すれば人の城を傾け　再顧《さいこ》すれば人の国を傾く
寧不知傾城与傾国　　寧《なん》ぞ城を傾け国を傾けるを知らざらんや

佳人難再得　　　　佳人は再び得難《えがた》きのみ

李延年のこの曲は、漢代の「楽府」から梁代の「楽府」を経て音楽が伝えられたのではなく、歌辞と逸話だけが主に文献によって伝承されたのであろう。また、隋・唐に生まれた歌曲を多く収録した「近代曲辞」の部分は、同じく唐代に生まれた新しい歌曲ジャンル「詞」を必然的に多数収録することになる（唐代の「歌行体」は「雑歌謡辞」中に多く収録される）。「楽府」と「詞」とはきわめて近似した形態をとる、というより、境界部分にあっては両者は元来区別のないものだったのであり、「詞」と「散曲」の場合と同様、本質的な差異がどこにあるかは、恐らく当時の人さえうまく説明できなかったに違いない。古い様式の歌曲を集めた『楽府詩集』に新しいスタイルの「詞」が混入されるこの現象は、すでに示した『才調集』の場合に類似し、中国文学史のある種の力学を暗示するだろう。

四　『花間集』から『陽春白雪』へ

右の概略で明らかなように、漢代から唐代に及ぶ中国古典歌曲の歴史は実に多様なものだった。音楽が用いられる環境を宮廷に限っても、祭祀のような厳粛な場もあれば宴席のような華やかな場もある、行軍や狩猟のような屋外もあれば、部外者をともなわない私的な室内もある。士大夫たちによって君臣関係が問題にされることもあれば、宮女たちによって恋歌が歌われることもあるし、高い諷諭性をもつ場合もあれば諧謔のみの場合もある。漢代から唐代に及ぶ歌曲の歴史は実質的には「中国韻文史」と同義であったが、『花間集』の序文はこれを音楽がもつ柔和な面、女性的な側面からしか叙述していないといえよう。たとえば、六朝から唐代の歴史を概観して次のように述べていた。

南朝の宮廷では「宮体詩」が流行し、みやこの遊廓では華やかな歌が歌われた。それらの歌曲は、女性らしい口頭表現を用い、男性的な質実さよりは秀麗さに満ちたものであった。唐王朝に入ってからは、さまざまな貴人・名家に歌姫・舞姫が蓄えられ、玄宗朝になると李白が皇帝の命に応じて【清平調】という歌曲四首を書いた。

また、序文の末尾においては次のように述べる。

後蜀の宮廷に集う文人・才子たちの歓楽に添わしめようと思う。南朝の美女たちよ、江南の「採蓮曲」だけが美しいと思ってはならない。

「楽府」は、たとえば荊軻《けいか》が「風蕭蕭《しょうしょう》として易水寒《えきすいさむ》し。壮士《そうし》一たび去って復《ま》た還《かえ》らず」と歌ったように、悲憤慷慨《ひふんこうがい》する男の世界をもちろんもった。だが、歐陽烱はそうした粗野で勇壮な世界には一切言及しない。彼が想定したのは楊貴妃が同席するような華麗な世界であり、そうした場で歌われる優美な歌曲だったのである。

唐代から五代にかけての「詞」については、今日、敦煌《とんこう》から発見されたあまたの「曲子」によってその原像がしだいに明らかにされつつある。それら「敦煌曲子」が語るのは、多くは恋であり望郷ではあるが、時に兵士の志気を歌うこともあれば遊俠の気概を歌うこともある。読書人の懊悩もあれば、士大夫の高い志もあって、「楽府」と同様さまざまな世界が展開される。また、後の「宋詞」にしても、仔細に見ればきわめて多様な主題をかかえ、その表現も多岐にわたって、とても一言で要約できる世界ではない。「詞」は「詞」で広大な宇宙を擁した。だが、にもかかわらず、古典歌曲の歴史全般を概観したとき、「楽府」のもった多様性の中から「詞」は「女性的な一面（「児女《じじょ》の情」とでもいえようか）」を拾い上げ、その「温柔郷《おんじゅうきょう》」に閉じこもるようにして自らの詩世界を深化させたこともまた明らかだといえる。「詞」は、自身の環境と主題を限定することによって、ジャンルのアイデンティティーを確立していった。その背景には、「楽府」が長い歴史の中で多様な世界を構築していたこと、さらには、その「楽府」から派生した「詩」がすでに確固たる地位を固めていたことがあった。「詞」は「楽府」や「詩」と住み分ける必要があったし、同一の世界を構築する必要もなかった。『花間集』における欧陽烱の序文は、そのことを自覚しつつ歌曲の歴史を選択的に概観し、新興ジャンルの自己認識へとかえていったのである。

では「散曲」は、自らのアイデンティティーを何に求めたのだろう。次に『陽春白雪』の序文を見てみよう。

『陽春白雪』は、その冒頭に芝庵先生の「唱論」と「十大楽」が列せられることはすでに述べたが、貫《かん》雲石《うんせき》という人が書いた序文がさらにその前に置かれ、「散曲」のアンソロジーとしては少々異例な体裁を採る。ここにいう貫雲石は、本名を小雲石海涯（セヴィンチ・カヤ）というウイグル人で、祖父はモンゴルの南宋接収に大功があり「光録大夫《こうろくたいふ》・湖広等処行中書省左丞相《ここうとうしょこうちゅうしょしょうさじょうしょう》」という肩書きをもった阿里海涯（アリク・カヤ）、母方の祖父は世祖《せいそ》クビライの最高ブレーン廉希憲《れんきけん》の兄、元朝期の「色目人《しきもくじん》貴族」の中でも最高ランクに位置する名門出の御曹司であった。そうした要人が序文を書き、さらにその後に「唱論」なる理論書まで置かれるのだから、『陽春白雪』は「小唄」の選本にしては異様な「格式」をもつ。楊朝英は、こうした方法によって新参の歌曲形式を「正統」に位置づける必要があったのである。

『陽春白雪』に付された貫雲石の序文とは次のようなものであった。曰く、

「蘇東坡《そとうば》の後は辛稼軒《しんかけん》に至る」とは定論である。とはいえ、最近の詩歌における徐琰《じょえん》（字は子芳《しほう》）の典雅な滑稽、楊果《ようか》（号は西庵《せいあん》）の成熟した平明さについては、夙に定評がある。また、盧摯《ろし》（号は疎斎《そさい》）の爛熟は春を愛でる女神が誇らしげに微笑むようであるし、馮子振《ふうししん》（号は海粟《かいぞく》）の豪放磊落は自然に湧き上る感興に満ちて古人にも劣らない。盧摯と馮子振とは同日には語れまいし、関漢卿《かんかんけい》や庾天錫《ゆてんしやく》（字は吉甫《きつぼ》）に見られる用語の妖艶さは若いむすめが杯を手にしなだれるようで、実に美しい。私は幼い頃から「詞」を学んで、この程度のことを理解したに過ぎない。数年来、仕事にかまけて詩歌から遠ざかり、諸先輩の作を見ていないことを恥入るばかりである。

澹斎楊朝英は百家の「詞」を選び、『陽春白雪』と名付け、私に序を書けという。「ああ、戦国時代の楚の国に伝えられながら、その高雅さのために当時さえ歌う者が少なかったという「陽春」と「白雪」の二曲は亡び去ってすでに久しい。だが、私が評した徐琰・楊果・盧摯・馮子振・関漢卿や庾天錫といった人たちの「詞」は、「陽春」「白雪」の遺響といえるのではあるまいか」。私がこう言うと客の一人が尋ねた、「先ほどのあなたの評は、楊朝英が選んだ人たちを網羅していません。他の方々は如何でしょう」と。「朝の西山からは爽やかな空気が流れてくる、とは晉《しん》の王徽之《おうきし》が桓沖《かんちゆう》にとぼけてみせた文句。私には解らないので、それと同様の文句を答えとしましょう」と私。その客は笑った。

澹斎も笑った。

酸斎《さんさい》・貫雲石が序した。

貫雲石は、当時の政権下にあって（『陽春白雪』の出版は武宗《ぶそう》ハイシャンか仁宗《じんそう》アユルバルワダの頃ではあるまいか）政治・軍事の要職にあったにちがいないが、元朝期の社会が喧伝し、また今日の我々が記憶するのも、彼の文人としての名声であって、西域人としての「実像」ではなかった。彼は、当時の市民文化の寵児であった。中国語の詩文を自由に操る才能に恵まれ、しかも中国人とは明らかに目鼻立ちを異にするハンサムなウイグル貴族である。「血筋のよさ」と「権力」と「美貌」と「才能」のすべてをもつのだから、同時代は彼を伝説の人に仕立てる以外になかった。

貫雲石には「蘆花被《ろかひ》」に関わる有名な逸話がある。「蘆花被」とは水辺にあるアシの綿で作った粗末な蒲団のことだが、貫雲石が梁山泊《りょうざんぱく》を通った折のこと、漁父が蘆花被をもっているのを羨ましく思い、自身が羽織《はお》っていた絹の打掛《うちかけ》と交換してくれるよう頼む。不審に思った漁父が「お前の詩となら交換してもいい」というと、貫雲石はたちどころに詩を詠んで蘆花被を持ち帰ったという。

また、こんな話もある。杭州《こうしゅう》の南山《なんざん》にある虎跑泉《こほうせん》で高官貴顕連が罰杯を賭けて詩を詠んでいた。題は「泉」を韻とすることだった。あるものが「泉、泉、泉」と声に出して考えていると、杖をついたみすぼらしい老人が通りかかり、たちどころに次のように詠んだ。

泉。泉。泉。乱迸珍珠箇箇円。玉斧斫開頑石髄、金鈎搭出老龍涎。

泉よ泉、真珠を迸《ほとばし》らせたかのように、どの水滴も丸い。玉の斧で石の髄《ずい》を切り開き、その中にある龍の涎《よだれ》を金の針と糸で空中に掛《か》けたかのよう。

人々が驚いてよく見てみれば、その老人はなんと貫雲石。「あなたは貫雲石では」と問うと、「然《しかり》、然、然（「然《ぜん》」は「泉《せん》」と韻を踏む）」と答え、ともに杯を交わし「酔いを尽くして帰った（陶淵明《とうえんめい》の「五柳先生伝《ごりゅうせんせいでん》」を意識するだろう）」というのである。

貫雲石には、親族が当時の人に頼んで書いてもらったという歴とした伝記資料があって、それによれば一二八六年に生まれて一三二四年に他界している。わずか三十代で死んだのである。したがって、「杖をついたみすぼらしい老人が通りかかり、それが貫雲石だった」などという話は作り話に過ぎないが、この人にはこうした逸話がたくさんあって、中には楊鉄崖《ようてつがい》（楊維禎《よういてい》。一二九六年〜一三七〇年。元から明にかけての文人）のように、死後の貫雲石と盧山《ろざん》に遊び（つまり、貫雲石の魂が楊鉄崖の夢に現れ、連れ立って盧山まで飛翔したというのである）、貫が夢の中で書いた詩まで自身の文集に収めている人もいるほどである。楊鉄崖は貫雲石のことを「酸斎仙客」と記述しているし、かなりの後輩だったから、李白を夢に見た気分だったのかもしれない（李白は詩仙《しせん》とされた）。貫雲石とはそれほどまでに象徴的な人物だったのである。

当時における貫雲石のイメージを最も端的に要約しているのは、同じく「色目人詩人」薩都剌（サアドゥッラー）が書いた、「魯港駅《ろこうえき》を過《よぎ》り、貫酸斎の壁に題するに和《わ》す（魯港駅を通り過ぎて、壁に書かれた貫雲石の詩に和した）」と題する詩であろう。「貫酸斎の壁に題するに和す」という以上、貫雲石が詩を題した壁が薩都剌の眼前にあったのである。ここでは、詩の前半部分だけを引用してみよう。

呉姫水調新腔改　呉姫《ごき》の水調《すいちょう》新腔《しんこう》に改まり

馬上郎君好風采　　馬上の郎君《ろうくん》　風采《ふうさい》好《よろ》し
王孫一去春草深　　王孫《おうそん》　一たび去って春草《しゅんそう》深し
漫有狂名満江海　　漫《みだ》りに狂名《きょうめい》有りて　江海《こうかい》に満つ

「呉姫」とは繁華な江南の地にいる歌姫。「水調」とは、直接には隋代に作られたという歌曲【水調歌】を指すが、ここでは呉姫が歌う流行歌。その「水調」が「新腔に改まった」とは、貫雲石が書いた「散曲」が当時を席巻したことをいう。「郎君」とは歌妓がお客を呼ぶ呼称で、「馬上の郎君」はもちろん貫雲石を指す。李白の詩によく出てくる「五陵《ごりょう》の年少」さながらに貫雲石は馬に乗って颯爽と妓楼を後にし、「狂名」だけを残して仙界に旅立った、というのである。

南宋から元朝期にかけて、「江南」と呼ばれる長江下流域では、その地の経済的な発展と富を前提にして、都市に寄生する文人たち、所謂「市民詩」の宗匠たちが生まれてくる。中国文明はきわめて早熟で、十三世紀や十四世紀になると江南の富裕層はサークルを作って詩歌を楽しんだと思われ、それらの「日曜詩人」が愛したのが唐・宋の「天才詩人」たちであり、同時代では貫雲石その他の「天才」たちであった。ここにいう「天才詩人」とは、十九世紀フランスのボードレールやヴェルレーヌ、ランボーあたりをイメージしていただけるといいだろうか。酒や官能に溺れ、「魔的」な情念に執りつかれて作品を書き、世俗の常識を軽蔑してそれとは別の価値の中で生きる。ここで問題なのは、彼らの実像がどうだったかということではない。「詩人」とか「芸術家」と呼ばれる人たちの大衆的なイメージがどこで形成され、また、どのように宣伝されたか、という問題なのである。たとえば李白は、彼が生きた時代から「仙才（天才詩人）」

ではあったが、「長江に映った月を掬《すく》い取ろうとして溺死した」とされる通俗的な逸話が喧伝されたのは十三世紀や十四世紀のことであった。また李賀も、その詩作を見て「心肝をすべて吐き出すつもりか」と母を怒らせたように、彼の時代から「鬼才」の名を有したが、真の模倣者・楊鉄崖が出現したのは十四世紀のことであった。つまり、「日曜詩人」を生んだ「江南」の「市民詩」は、異常さの中に超越者の刻印を見たのであり、そうした「人生」を規範とすることによって文人像の大衆化を招来していたのである。

　こうした文人像の最も通俗的な現れは、戯曲や小説に登場する遊蕩児であろう。たとえば冒頭に紹介した「風流王煥」然り。彼は、いわば李白のような「仙骨《せんこつ》」をもち、詞や音楽・書画、あらゆる才能をもつ「天才」なのである。若いときには情熱に身をまかせ、恋に焦がれて芸妓をさらうが、やがて「収心《しゅうしん》」（改心の意。遊蕩児が廓遊びをやめる決心をすること）して覚醒すれば、世俗を超越して「風狂《ふうきょう》」の人となる。若いときには恋の詩を書き、老いては「漁樵《ぎょしょう》の詩」を書く（「漁樵」については「I 詠史と滑稽」三三頁参照）。その実、常に希求されているのは一種の奇矯さに他ならない。また、「風流王煥」たち遊蕩児の歴史的モデルは白居易や蘇東坡にあって、「詩魔《しま》」という語を用いて「詩」への妄執を示したかと思えば、「疎狂《そきょう》は年少に属す（羽目をはずすのは若いときのこと）」と詠んで官能を謳い、晩年は居士《こじ》と号して仏教に傾倒する、また時には「老大《ろうだい》嫁《か》して商人の婦《つま》と作《な》る（白居易「琵琶引《びわいん》」の中にある句。美貌と才能に恵まれた売れっ子芸者が、年老いて商人の妻となった、の意）」の句を用いて、蘇東坡のように美貌の芸妓を出家させたりもするのである。

　『陽春白雪』の序文は「虚像」の文人・貫雲石によって書かれたものである。しかも、その冒頭は「蘇東坡の後は辛稼軒に至る、とは定論である」という一言で始まる。『花間集』の序文と同様、前代の歌曲の歴史を概観するように見えながら、そこにある態度は恐らく根本的に異なるだろう。『花間集』は、歌曲が楽しまれた空間を歴史的に見ることによって「詞」が「楽府」の何を継承したかを示そうとしたが、『陽春白雪』が開口一番に言及するのは他でもない「詩を以て詞を為す」とされた蘇軾《そしょく》であった。また『陽春白雪』は、新しい文学ジャンルである「散曲」に序文の中で二回ほど言及するのだが、その両方とも「詞」と表現して「曲」と言わない。「散曲」が新しい文学ジャンルだという意識がまるでないように見えるのだ。『陽春白雪』の序は、「散曲」が「詞」の何を継承したかではなく、文人の系譜がいかなる山脈を形成したかを示したと思われる。

五　詞と曲と十大楽と

「十大楽」として示される十首は、すべて「詞」と呼ばれる文学ジャンルに属する作品である。それら十首は、芝庵先生の「唱論」に選ばれ「散曲集」の冒頭に置かれることによって、古典歌曲の模範としてあつかわれることになったが、古典歌曲全般の幅の広さを体現しているわけでもなければ、すべてが奥行きをもった代表作というわけでもなかった。「詞」と呼ばれる文学ジャンルは、むしろ逆に、この本がしだいに明らかにしていくだろうが、中国の古典歌曲の中にあって最も限定された、幅の狭いジャンルといってよい。「楽府」という広大な世界の中から、「詞」は、女性に象徴される柔和な環境・主題を選び取り、それを自身の棲家として深化させたことはすでに述べた。それに対し「散曲」は、もちろんたくさんの但し書き付きはつくものの、古典歌曲を「楽府」の規模にまで回復させようとした、開放的な文学ジャンルだったといえる。「詞」は、それが文学ジャンルに昇格したとき、「士大夫」以外に文学の担い手はなく、しかも彼らには「楽府」や「詩」がすでに備わっていたから、主題も環境も限定された、詩歌全般の広大な世界における一形式としてしか扱われなかった。だが「散曲」はそうではない。「散曲」が興ったとき、芸術歌曲の担い手たちはもはや「士大夫」たちばかりではなかった。新しい担い手たちは必ずしも複数の表現様式をもたなかったし、新興ジャンルが担わなければならない社交環境も複雑化していた。しかも、文学趣味をもつ江南の富裕層は、新興の歌曲が「伝統」の域に高められることを望み、「詞」ほどの洗練と深みを求めなかったまでも、彼らの要求に応え得るだけの幅の広さと「理知」とを必要とした。かくして「散曲」は、「詞」のみならず「楽府」をも模倣することによって、「文人世界全般の継承」を図った。文学の大衆化によって生まれた新しい事態に、新しいジャンルが時に「伝統文化」を偽装しつつ対応した、といえるだろう。『陽春白雪』の序文がいう「典雅な滑稽」や「成熟した平明さ」「爛熟」「豪放磊落」「用語の妖艶さ」といった評語は、当時の「散曲」が何を目指したかを意味するのではなく、「文人世界全般の継承」に何が求められたかを意味する。「散曲」は、このようにして「詞」よりも多様な主題を取り込んだのである。

「十大楽」を中心に歌曲史を構成することは、したがって、中国の詩歌の歴史を最も限定的に、狭い範囲で見ることに他ならない。だが我々は、それを承知の上であえて「十大楽」を解剖することを選んだ。

『陽春白雪』という「散曲集」の冒頭に置かれる以上、「楽府」や「詞」から「散曲」に及ぶ架橋としてそれが認識されたことは否定しがたいからである。
本書は、「十大楽」の一首ずつについて、それが如何なる環境の中で、何を主題に、どのような表現を用いて書かれたかを分析する。つまり、「曲子詞」が享受された環境、その環境に適したテーマ・表現を一首ごとに分類し、そうした環境、テーマ、表現がどのような系譜を構成して歌曲の歴史を築いたか、元朝までの実作に即して論じてみたい、というのである。したがって本書は、「十大楽」の各一首を中心におき、関連する楽府、詩、詞、曲を配したアンソロジーの体裁をとる。本書が設定した環境としては、屋外あり、宴席あり、家庭あり。主題としては、閨怨あり、詠史あり、滑稽あり、諷諭あり、物語あり。また表現は、パロディーあり、比喩あり、倒置あり、洒落あり、といったところか。

本書が論じる「十大楽」十首のテーマは、およそ次の通りである。

Ⅰ　蘇東坡【念奴嬌】——詠史と滑稽
Ⅱ　無名氏【蝶恋花】——歌と物語の世界
Ⅲ　晏叔原【鷓鴣天】——文人家庭の音楽
Ⅳ　鄧千江【望海潮】——野外の音楽
Ⅴ　呉彦高【春草碧】——惜春の系譜
Ⅵ　辛稼軒【摸魚子】——諷諭の系譜
Ⅶ　柳耆卿【雨霖鈴】——多情の饒舌

Ⅷ　朱淑真【生査子】――女流の文学
Ⅸ　蔡伯堅【石州慢】――宴席の歌
Ⅹ　張子野【天仙子】――歌曲の二つの行方

なお、「十大曲」については、張鳴《ちょうめい》「宋金十『大曲（楽）』箋説」という論文が『文学遺産《ぶんがくいさん》』二〇〇四年・第一期に発表され、その日本語訳が『風絮《ふうじょ》』第三号（二〇〇七年）に掲載されている。本書はこの両者を参考にした。

I　詠史と滑稽――蘇東坡【念奴嬌】

高橋文治

一　漁樵閑話と「三国志」

大江東去、浪淘尽千古風流人物。故塁西辺、人道是三国周郎赤壁。乱石崩雲、驚濤裂岸、捲起千堆雪。江山如画、一時多少豪傑。
遙想公瑾当年、小喬初嫁了、雄姿英発。羽扇綸巾、談笑間強虜灰飛煙滅。故国神遊、多情応笑我、早生華髪。人間如夢、一樽還酹江月。

大江の水は東へ流れゆき、波は、千年の優れた人物たちを洗い尽くした。遙かに見える石垣の西は、三国の英雄・周瑜《しゅうゆ》で有名な赤壁《せきへき》だと人はいう。岩石はゴロゴロと、崩れ落ちた積雲のように聳え、岸辺を裂かんばかりの激しい波は、眼前に雪山があるかのように高く飛沫を上げる。絵のような江山が広がる。この光景を背景に、一体どれほど多くの英雄豪傑たちが時を同じくして出現したことか。遙かむかしを想えば、周瑜は美しい小喬《しょうきょう》を娶ったばかり。英雄の姿も麗しく、羽扇《うせん》を片手に、綸巾《かんきん》をつけ、談笑の間に強敵を灰塵へと帰してしまったのだ。かのいにしえへと我が魂は飛翔する。人は、多情な私が早くも白髪頭になったことを、多感に笑うに違いない。人の世は夢、一樽の酒をそそぎ、江月への挨拶としよう。

●三国周郎赤壁―「三国周郎」は、一本に「当日周郎」に作る。「周郎」は周瑜（字は公瑾《こうきん》）をいう。彼は三国鼎立時には存命でなかったから、「三国」を「当日」に作るテキストがあるのだろう。●乱石崩雲―一本に「乱石穿空」に作る。「崩雲」は積雲が崩れるように高く大きく、「穿空」の場合は空を穿つように聳える、の意。●驚濤裂岸―一本に「驚濤拍岸」に作る。●一時多少豪傑―「一時」は、ここでは時を同じくして、の意。「多少」は多くの。●小喬―「小喬」は二人の美人姉妹の妹。姉「大喬《だいきょう》」は孫策《そんさく》に嫁ぎ、「小喬」は周瑜に嫁いだ。●羽扇綸巾―「羽扇綸巾」について、周瑜の姿を言うとする説と諸葛亮《しょかつりょう》の姿を言うとする説の両説がある。『三《さん》国志演義《ごくしえんぎ》』の中では諸葛亮の姿だが、本詞の場合は諸葛亮に言及する必要はないと考え、周瑜の姿をいうものとした。●強虜―一本に「檣櫓」または「檣艣」に作り、その場合は敵軍の船を指す。●酹江月―水面に映った月に酒をそそぐ、の意。「酹」を一本に「酧（むくいる）」に作る。

蘇東坡《そとうば》、本名は軾《しょく》、字は子瞻《しせん》、号は東坡居士《とうばこじ》、一〇三六年に四川省の眉山県《びざんけん》に生まれ、一一〇一年に江蘇省の常州《じょうしゅう》に病死した、中国を代表する詩人の一人である。本詞【念奴嬌】「赤壁懐古」は彼の「詞作」の精華であるばかりでなく、「宋詞」を代表する名作。あまりにも有名な作者の、あまりにも有名な作品だから、駄弁を費やす必要はないだろう。ここで指摘しておかなければならないのは二つ。本詞が内に激情と感傷を秘めながら、それのみに陥らない「機知」の作であること、もう一つは、「詞」というジャンルが「歴史」を主題とした比較的めずらしい作品であること、である。

この作品には先行する類作がなかったわけではない。これも有名な胡曾《こそう》の『詠史詩《えいしし》』に「赤壁」と題する七言絶句があるのがそれである。胡曾とは晩唐の詩人（生卒年不明）。科挙に再三落第し、中国各地の古戦場や旧跡を訪ねて多くの「詠史詩」を書いたが、それらの「詠史詩」は後代の戯曲や小説にしばしば引用され、中国人の歴史意識に一種の規範、それもかなり通俗的な規範を与えたといえるだろう。蘇軾が胡曾『詠史詩』を知らなかったとは思えない。「赤壁」は次のような詩である。

烈火西焚魏帝旗
周郎開国虎争時
交兵不仮揮長剣
已挫英雄百万師

烈火　西のかた魏帝《ぎてい》の旗を焚《や》き
周郎　国を開かんとして　虎と時を争う
兵を交うるに　長剣を揮《ふる》うを仮《か》らずして
已《すで》に英雄百万の師を挫《くじ》く

周瑜は虎のごとき曹操《そうそう》と時を争い、長剣を用いず、座したまま火攻めを行って、魏軍百万を焼き払った、というのである。唐代の詩人の伝を集めた『唐才子伝《とうさいしでん》』巻八によれば、「胡曾は古戦場や景勝地を巡り、人の世は変っても風景は昔のままであることに感じて『詠史詩』を賦した」という。右の「赤壁」も明言はしないものの、わが国で言えば「つわもの共が夢のあと」といった感慨が背後にあることは言うまでもない。中国には「漁樵閑話《ぎょしょうかんわ》」という言葉があって、「漁」とは『楚辞《そじ》』「漁父《ぎょふ》篇」の「漁父」、「樵」は山中で神仙と碁を打つ「きこり」、ともに人間の時間を遥かに越えた超越者なのだが、その漁夫と樵が「悠久の自然」の中で「人の営み」を肴に酒を飲み語りあうのが「漁樵閑話」。胡曾の『詠史詩』は、「歴史」をテーマとする中国の古典詩が「漁樵閑話」的なスタンスを採る、最も代表的な例といえるだろう。

東坡【念奴嬌】は、逆巻く波や聳える岩石を描き、夢と消え去った無数の英雄たちに思いをはせる。彼らの志に悲憤慷慨する激情と、人の世の儚さを思う感傷とがそこにはある。その点で、少なくとも前段は胡曾の「赤壁」に似なくはない。だが蘇軾は、後段で「多情 応《まさ》に我が早《つと》に華髪《かはつ》を生ぜしを笑うべし」と述べ、激情と感傷にひたる自身を一瞬にして客観視してみせる（「多情」とは恐らく自分自身を指すだろう）。「早くも白髪頭になった」とは「年齢のわりに涙もろい」と言うに等しい。要するに、年寄りの感傷癖を揶揄するのである。「人の世は夢の如し」とは自明の理、「つわもの共が夢のあと」などと感傷にひたるのではなく、眼前にある「月」と「江」と「酒」に素直にしたがう方法があるではないか。これが「一樽還《ま》た江月に酹《そそ》がん」という末句の意味するところだろう。ここには蘇東坡独特の「機知」がある。蘇東坡の【念奴嬌】は月並みな「詠史詩」に見えて、無常観も感傷も回避して「自然と酒」の自由に回帰しようとする。荒れ狂う自然に象徴される「激情」と、笑いを求める「滑稽の精神」とが東坡の東坡たる所以だろう。

だが、にもかかわらず、東坡【念奴嬌】は後代には「漁樵閑話」の典型として継承された向きがある。清朝初期に生まれた毛宗崗《もうそうこう》本『三国志演義』は、劉備《りゅうび》・関羽《かんう》・張飛《ちょうひ》の「桃園結義《とうえんけつぎ》」を語る第一回の前に、いわば序文の形で次のような有名な「詞」を置く。

滾滾長江東逝水、浪花淘尽英雄。是非成敗転頭空。青山依旧在、幾度夕陽紅。
白髪漁樵江渚上、慣看秋月春風。一壺濁酒喜相逢。古今多少事、都付笑談中。

とうとうと東する水はてしなく　長江に消えし英雄かずしれず　是非成敗もうたかたに　青山のひとりのこりて　紅《くれない》の夕日むかえるもいくそたび
白髪の漁翁杣人《そまびと》なぎさにたちて　秋の月春の風みて年へたり　一壺のにごり酒もて相逢えば　過ぎしいくたのことどもも　いまはむかしのかたりぐさ

（訳は、立間祥介訳『三国志演義』（平凡社）に拠った）

中華人民共和国の中央電視台が作成した大河ドラマ『三国演義《さんごくえんぎ》』ではオープニングのテーマソングにこの「詞」を用いたから、少なくとも中国では「滾滾《こんこん》たる長江　東逝《とうせい》の水」の句を知らない人はいない。その意味では「三国志」の看板のような歌詞なのだが、小説「三国志」の歴史の中では、実は毛宗崗本の『三国志演義』が出現して初めて登場する新参者に過ぎない。右の「詞」、蘇東坡の【念奴嬌】を下敷きにして、そこから周瑜に関わる事跡を消し去り、代わりに「白髪漁樵」や「都付笑談中」の語を加えれば（すなわち「漁樵閑話」的スタンスを明瞭にすれば）簡単に出来上がる仕組みで、実は明朝嘉靖《かせい》年間の文人・楊慎《ようしん》（一四八八〜一五五九）の詞から借用したものに他ならない（その詞は、楊慎が「詞話《しわ》」と呼ばれるきわめて通俗的な韻文形式で中国の歴史を解説した、『歴代史略詞話《れきだいしりやくしわ》』第三段「説秦漢」の冒頭に見える)。

「三国志」を題材とする詩歌は古来けっして少なくない。中でも有名なのは、晩唐の杜牧《とぼく》が書いた「赤壁」と題する七絶だろう。

「赤壁」　　杜牧

折戟沈沙鉄未銷
自将磨洗認前朝
東風不与周郎便
銅雀春深鎖二喬

折れし戟《ほこ》は沙《すな》に沈むも　鉄　未だ銷《き》えず
自ら将《も》ちて磨洗すれば　前朝と認む
東風《とうふう》　周郎《しゅうろう》の与《ため》に便《べん》ならずんば
銅雀《どうじやく》　春は深く　二喬《にきょう》を鎖《とざ》さん

●銅雀春深鎖二喬――「銅雀」は、曹操が鄴《ぎょう》に築いた台の名。

赤壁の戦いは、曹操が二喬(すなわち、大喬・小喬。大喬は孫策に嫁ぎ、小喬は周瑜に嫁いだ)をねらって起こしたものだとする俗説があるが、杜牧の詩はそれに基づき、「錆びた戟」という伝奇的な小道具を配して、過去への憧憬をロマン的に描く。「三国志」の物語をめぐっては、様々な伝承や講談・語り物が民間にはあって、それらの伝承・語り物が杜牧や蘇軾に影響を与えたり、また逆に民間の伝承が杜牧や蘇軾の作品を参照しつつ文字化され、しだいに『三国志演義』に成長していったと思われるが、こと「漁樵閑話」的無常観については、『演義』がこれを受け入れて物語全体の枠組みとするまで、ずいぶん遠回りをして長い時間を要したように思われる。というのも、清朝初に成立した毛宗崗本『三国志演義』が「滾滾たる長江　東逝の水」の一句をもって始まるとするなら、元朝期に成立した『三国志平話《さんごくしへいわ》』（後に成立する『演義』に大きな影響を与えたとされる）は次のような詩句によって始まるからである。

江東呉土蜀地川
曹操英勇占中原
不是三人分天下
来報高祖斬首冤

江東《こうとう》は呉土《ごど》にして　蜀地《しょくち》は川《せん》
曹操は英勇にして　中原《ちゅうげん》を占《し》む
三人　天下を分けるに是《あら》ず
来りて　高祖斬首《こうそざんしゅ》の冤《うらみ》に報《むく》いんのみ

『三国志平話』はこの詩の後に次のような因縁譚を展開する。――後漢《ごかん》の光武帝《こうぶてい》の頃、司馬仲相《しばちゅうそう》という書生が酒を飲みながら史書を読み、秦《しん》の始皇帝《しこうてい》の無道ぶりを罵倒していると、五十人ばかりの役人が突如あらわれ、彼に天子の装束をつけさせ、輿《こし》に乗せてあの世のお白砂《しらす》・報冤殿《ほうえんでん》に連れ去る。司馬仲相は、天帝の命令によって死者の冤罪を裁くことになる。そこへ出てきたのが、血まみれの韓信《かんしん》、彭越《ほうえつ》、英布《えいふ》の三人。いずれも漢王朝開国の功臣でありながら高祖 劉邦《りゅうほう》と妻・呂后《りょこう》のために無惨に殺された怨みを口々に訴える。仲相は三人の言い分を聞いたあと、さらに劉邦と呂后、それに証人として蒯徹《かいてつ》をも召喚し、全員の供述書を添えて、判決を天帝に上奏した。天帝は、それにしたがって次のような断案を下した。すなわち、「漢の高祖は功臣に背いたので、漢の天下を三分させ、韓信は曹操、彭越は劉備《りゅうび》、英布は孫権《そんけん》に各々転生させて、魏、蜀、呉を建てさせる。劉邦と呂后は献帝《けんてい》と伏皇后《ふくこうごう》に生まれかわらせて罰を受けさせる。また蒯徹は諸葛孔明《しょかつこうめい》とし、司馬仲相は難しい裁判を見事処理した功によって司馬仲達《ちゅうたつ》とし、三国を統一させる」——つまり、右に紹介した『三国志平話』冒頭の詩「三人 天下を分けるに是《あら》ず、来りて 高祖斬首の冤に報いんのみ」とはこの因縁譚のことを指し、「魏と蜀と呉が天下を三分したのではない、韓信と彭越と英布が高祖の仇に報いて、その天下を三つに分けたのだ」というのである。

陳寿《ちんじゅ》の『三国志』や司馬光《しばこう》の『資治通鑑《しじつがん》』などは正調の歴史書だから、三国の歴史を魏を中心に語るが、後に『三国志平話』や『三国志演義』に発展する「三国物語」は常に蜀の君臣を中心とする。本章発端の蘇東坡に因んで例をあげるなら、朝野の雑記を彼自身が書き記した『東坡志林《とうばしりん》』という本があって、その中に「当時は、子供がいたずらをして困る時は親が金をあたえて三国の話を聞きに行かせる（講談や語り物の類をいうのであろう）。子供は、劉備が負ければ悔しがって涙を流し、曹操が負けると喜んで快哉を叫ぶ」という話がある。蜀の君臣は「永遠の善玉」であり、曹操は「サタンのような悪玉」だった。三国のなかでも蜀にばかり人気が集まった理由は、劉備が漢の劉姓を継ぐ人だったからだろう。漢王朝は、「漢字」とか「漢民族」とか言うように、中国の歴史と文化を代表する王朝とみなされた向きがあり、その帝室の姓「劉」も、この字を三つに分解して「卯金刀《ぼうきんとう》」と言われることがあるように、黄金伝説の「金」を真中にもつ「聖なる姓」と見られた節がある。「三国志」の物語が常に劉備を中心に展開しなければならなかったのは、正に「判官びいき」なのであり、蜀の君臣は要するに義経と弁慶なのである。中国の人たちが「三国志」の物語に託したのは一種の貴種流離譚だったが、講談や語り物を書く方は当然人気商売だから、お客や読者の望むとおりに話を進めたい。蜀の君臣に都合がいいように物語を展開したいのだが、いかんせん、現実の「劉姓」は天下統一を果たすどころか三国のうちで一番弱い。この矛盾を何とかして合理化しなければならない。そこで生まれたのが右に紹介した『三国志平話』の因縁譚といえるだろう。『平話』の末尾は晋《しん》に替わって劉淵《りゅうえん》が天下を取るところで結ばれる。劉淵は劉備と血縁関係のない匈奴《きょうど》系の人。その劉淵が漢を復興して、魏の系統を引く晋を滅ぼす。つまり『平話』は、歴史事実をゆがめてでも「劉姓」に天下を取らさなければ収まりがつかなかったのであり、右の因縁譚も蜀（劉備）の正当性を、「劉姓」の漢代からの因縁を持ち出すことで強引に説明付けようとするものだったのである。

清朝時代に生まれた毛宗崗本の『三国志演義』は、「判官びいき」を継承する点では『平話』と大差ないが、ただ『平話』に比べて遙かに「歴史主義的」だった。毛宗崗等は、デタラメな因縁譚をでっち上げて溜飲を下げるには「事実」を知り過ぎた。そこで彼らが流用したのが「詠史詩」の系譜だったのだ。司《し》馬遷《ばせん》のように「天道、是か非か」などという悲痛な叫びを上げるのではなく、日本で言えば『平家物語』が「祇園精舎の鐘の音」で始まるように、「盛者必滅の理」を示して、解消し得ない歴史の矛盾を棚上げにしてしまったのだ。「分久則合、合久則分（『三国志演義』冒頭のことばで、「分裂が長く続けば統合され、統合が長く続けば分裂する」の意）」という歴史理論を提示して、三国の物語全体を一場の夢に変えてしまったのである。『三国志平話』から毛宗崗本『三国志演義』への展開は、したがって、「前世の因縁」から「無常観」への移行として捉えることが可能なのだが、この移行に大いに力を貸したのが、実は蘇東坡の【念奴嬌】だった。

二　歌曲と詠史

中国の詩人たちが史実を題材に詩歌を詠んだ歴史は古く、すでに『文選《もんぜん》』には「詠懐」「贈答」「行旅」等と並んで「詠史」というテーマ分類がみられ、所謂「詠史詩」がそこに二十首程度収められる。だがこれらは、史実に託して詩人たちが自身の処世観を展開したものであって、歌謡性はきわめて薄弱といわざるを得ない。歌曲は、女性が同席するような環境で用いられることが多かったから、男性原理のいわば中核にあるような「詠史」をテーマにすることはなかったといってよい。蘇東坡は、時に「詩を以て詞を為す（「詩」の書き方で「詞」を書いた）」と評されることがあるが、本章冒頭の【念奴嬌】はそのテーマや題詠法の面から見ても、「詩を以て詞を為す」の典型といえる。

歌曲が史実を歌う比較的古い例として、『楽府詩集《がふししゅう》』巻八五「雑歌謡辞《ざつかようじ》」に掲載される「隴上歌《ろうじょうか》」を挙げることができるかもしれない。

三国の鼎立が晋朝の成立によって解消された後、いわゆる「八王《はちおう》の乱」によって華北が混乱する中、山西を根拠地とする匈奴のリーダー劉淵は「劉姓」を名乗って漢を再興する。この漢は、「永嘉《えいか》の乱」や劉淵の死によって、劉曜《りゅうよう》を主とする前趙《ぜんちょう》と石勒《せきろく》を主とする後趙《こうちょう》に分裂、やがて三三〇年に後趙に統一されるのだが、「隴上歌」は、秦隴《しんろう》の地を根拠地とする前趙の劉曜が自身の足場を固めようとして、三二三年、晋と前趙の間で反側を繰り返した武将・陳安《ちんあん》を掃討した際に歌われたものという。史書によれば、陳安は配下の将卒と苦楽をともにした英雄といい、劉曜が隴城《ろうじょう》（今の甘粛省張《ちょう》家《か》川回族《せんかいぞく》自治区）に陳安を包囲すると陝中《せんちゅう》に敗走。最後は、左手に七尺の大刀、右手に一丈八尺の蛇矛《じゃぼう》を執り、壮士十余騎とともに奮戦して、谷あいの水辺で斬り殺されたという。

隴上壮士有陳安　隴上の壮士に陳安有り
軀幹雖小腹中寛　軀幹《くかん》 小なりと雖も 腹中は寛《ひろ》し
愛養将士同心肝　将士を愛養して心肝《しんかん》を同じくす
驤驄父馬鉄鍛鞍　驤驄《じょうそう》 父馬《ふば》 鉄鍛《てつだん》の鞍《くら》
七尺大刀奮如湍　七尺の大刀 奮《ふる》うこと湍《たき》の如く
丈八蛇矛左右盤　丈八《じょうはち》の蛇矛《じゃぼう》を左右に盤《めぐ》らす
十盪十決無当前　十盪《とう》して十決 前に当たるもの無し
戦始三交失蛇矛　戦 始まりて 三たび交《まじわ》り 蛇矛を失う
棄我驤驄竄巖幽　我が驤驄を棄て 巖幽《がんゆう》に竄《のが》る
為我外援而懸頭　我が為《ため》に外より援《たす》けんとして 頭を懸《か》けらる
西流之水東流河　西流の水 東流の河
一去不還奈子何　一たび去って還《かえ》らず 子《し》を奈何《いかん》せん

詩中にいう「騙驄」は「青い駿馬」、「父馬」は「オスの馬」、「十盪十決」は「盪」が突っ込み「決」が崩れるの意、「為我外援而懸頭」は恐らく「我らを外から救おうとして斬首された」の意であろう。西流の川も東流の河も、水はひとたび流れ去れば二度と帰ってこない、陳安は今いずこ。「詠史」というより、悲壮な最期を遂げた英雄を悼むバラードであろう。全十二句は文意と韻からすれば四句＋三句＋三句＋二句という構成になっている。三句という奇数句でワン・セットをなし、毎句押韻する点に古い歌謡の特徴が見られる。

七言の「歌行体《かこうたい》」によって歴史の一こまを歌うバラードは、「隴上歌」以後、特に唐代に及んで幾つかの傑作を生み、白居易の「長恨歌《ちようごんか》」なども生まれて、確固たる文学ジャンルを形成するに至る。敦煌《とんこう》から見つかった韋荘《いそう》の有名な「秦婦吟《しんぷぎん》」も「隴上歌」の末裔とすることができるだろう。

ここでは、『才調集《さいちようしゆう》』巻三にみえる、李昂《りこう》の「戚夫人楚舞歌《せきふじんそぶか》」を紹介してみよう。李昂は、今日ではその名を知る人はほとんどいないが、一世を風靡した盛唐の詩人。『唐才子伝』は「戚夫人楚舞歌一篇は広く人口に膾炙した。まことに佳作である」といい、この作品によって知られた人のようである。「戚夫人楚舞歌」がいかに愛唱されたかは、敦煌文書の中にこの作品の写本があることによってもうかがい知ることができる。敦煌文書中の「戚夫人楚舞歌」は『才調集』が収めるものより四句多く、ここではその四句を補いつつ原文を紹介したい。

まず、本詩が踏まえる史実を紹介しておこう。「戚夫人楚舞歌」は『史記《しき》』「留侯世家《りゆうこうせいか》」に記述される漢の高祖・劉邦と戚夫人の故事を扱い、戚夫人が今まさに楚舞せんとする劇的瞬間を捉えて全三十六句に及ぶ長編に仕立てる。――劉邦には、彼が微賤な時の妻で後の孝恵帝《こうけいてい》を産んだ呂后があったが、漢王《かんおう》になったとき定陶《ていとう》の戚姫《せきき》を得てこれを寵愛した。高祖が崩御したのち、呂后は戚姫を捉え、手足をきり、目をぬき耳をやき、薬を飲ませておしにし、「人彘《ひとぶた》」と名付けて宮中の便所に幽閉したが、それはもともと戚夫人が自身の子・趙王如意《ちょうおうにょい》を皇太子孝恵帝に代わらせようと強く願ったからであった。

劉邦が関中《かんちゅう》に入って長安を都とした時、皇太子を廃して戚夫人の子・趙王如意を立てたいと望んだ。そのことを知った呂后は、留侯・張良《ちょうりょう》の忠告にしたがって東園公《とうえんこう》ら四人の賢者を呼び寄せ、皇太子の守役としたが、前一九六年、英布が叛いた際、東園公ら四人は「皇太子が出陣して功績がなかった時は危険である」と進言し、その意見にしたがって呂后は皇太子を関中留守《かんちゅうるす》に留めおくことにした。劉邦は病の張良と出陣し、翌年、英布を撃破して帰った。酒宴が開かれ、皇太子が四人の守役とともに同席すると、見知らぬ長老がいるので劉邦がいぶかって問うた。四人が名乗ると高祖は非常に驚き、「公らはわしを避けたのに、どうして我が子につくのか」と問うた。「皇太子様のお人柄のためです」と四人。そこで劉邦は「息子をよろしく頼む」と述べると、皇太子と四人が退出するのを見送り、すぐさま戚夫人を呼んで四人を指差し、「趙王如意を皇太子にするつもりだったが、あの四人が孝恵帝を補佐している。羽翼はすでに完成してしまった。お前は呂后を主人とするほかあるまい」と諭した。戚夫人は泣いた。高祖は「お前は楚舞せよ。わしは楚歌しよう」と述べ、次のように歌った。

鴻鵠高飛　　鴻鵠《こうこく》　高く飛び
一挙千里　　一挙にして千里

羽翮已就　　羽翮《うかく》 已《すで》に就《つ》き
横絶四海　　四海を横絶《おうぜつ》す
横絶四海　　四海を横絶するを
当可奈何　　当《まさ》に奈何《いか》がすべし
雖有矰繳　　矰《や》と繳《いと》と有りと雖も
尚安所施　　尚《な》お安《いずく》んぞ施す所ぞ

戚夫人はすすり泣いた。劉邦は歌い終わると退出し、酒宴はお開きになった。

李昂の「戚夫人楚舞歌」は『史記』のこの記述を踏まえ、戚夫人が楚舞しようとして走馬灯のように甦る自身の半生を、彼女の一人称でかき口説くスタイルをとる。

定陶城中是妾家　　定陶《ていとう》城中は是《こ》れ妾《しょう》が家
妾年二八顔如花　　妾 年は二八《にはち》 顔《かんばせ》は花の如し
閨中歌舞未終曲　　閨中に歌舞して未だ曲を終えざるに
天下死人如乱麻　　天下 死人は乱麻《らんま》の如し

●二八――十六歳。

漢王此地因征戦　　漢王 此の地にいたるは征戦に因る

未出簾櫳人已薦　未だ簾櫳《れんろう》を出でざるに　人　已に薦《すす》む
風花菡萏落轅門　風花　菡萏《かんたん》　轅門《えんもん》に落ち
雲雨徘徊入行殿　雲雨　徘徊して　行殿に入る

●漢王―劉邦を指す。　●簾櫳―カーテンのかかる窓。　●菡萏落轅門―菡萏は蓮の花。轅門は軍門。戚夫人が戦のさなかに劉邦に召されたことをいう。

日夕悠悠非旧郷　日夕《にっせき》　悠悠《ゆうゆう》として　旧郷《きゅうきょう》に非《あら》ず
飄颻処処逐君王　飄颻《ひょうよう》として　処処《しょしょ》　君王に逐《したが》う
玉閨門裏通帰夢　玉閨門裏《ぎょくけいもんり》　帰夢《きむ》を通《かよ》わせ
銀燭迎来在戦場　銀燭《ぎんしょく》もて来たるを迎え　戦場に在り

●玉閨門裏通帰夢―戦場の帳の中で、戚夫人が故郷に帰る夢を見たことをいう。　●迎来―戦陣にて劉邦の帰りを迎えたことをいう。

従来顧恩不顧己　従来　恩を顧《かえり》みるも　己《おのれ》を顧みず
何異浮萍寄深水　何ぞ異ならんや　浮きし萍《みずくさ》の深き水に寄せるに
逐戦曾迷隻輪下　戦に逐《したが》いて　曾《かつ》て隻輪《せきりん》の下《した》に迷い
随君幾陥重囲裏　君に随いて　幾たびか重囲《ちょうい》の裏《うち》に陥《お》つ

●逐戦曾迷隻輪下―敵との戦いに逃げ惑ったことをいう。　●重囲―敵軍の包囲をいう。

此時平楚復平斉　此の時　楚《そ》を平らげ　復《ま》た斉《せい》を平らげ
咸陽宮闕到関西　咸陽宮闕《かんようきゅうけつ》　関西《かんせい》に到る
珠簾夕殿聞鐘鼓　珠簾《しゅれん》の夕殿に鐘鼓《しょうこ》を聞き
白日秋天憶鼓鼙　白日《はくじつ》　秋天《しゅうてん》　鼓鼙《こへい》を憶《おも》う

●平楚復平斉―楚は英布、斉は韓信をいう。後の三句は、敵を平らげて平和が来たことをいう。「鼓鼙」は軍太鼓。

且矜容色長自持　且《か》つは容色の長《とこし》えに自《みずか》ら持するを矜《たの》み
且遇乗輿恩幸時　且つは乗輿《じょうよ》して恩幸せらるる時に遇う
香羅侍寝双龍殿　香羅《こうら》もて寝《しん》に侍《じ》すは双龍殿《そうりゅうでん》
玉輦看花百子池　玉の輦《てぐるま》にて花を看《み》しは百子池《ひゃくしち》

●容色長自持―美貌が永遠に衰えぬこと。この四句は敦煌文書にのみある。

君王縦恣翻成惧　君王の縦恣《じゅうし》は翻《かえ》って惧《あやま》りと成り
呂后由来有深妬　呂后《りょこう》　由来《ゆらい》　深き妬《そね》み有り

●縦恣―身勝手な愛情。　●翻成悞―反対に身の禍となること。

不奈君王容鬢衰　　不奈《いかんともするなし》 君王 容鬢《ようびん》の衰《おとろ》えるを
相存相顧能幾時　　相存相顧《そうぞんそうこ》は 能《よ》く幾時《いくとき》ぞ
黄泉白骨不可報　　黄泉《こうせん》 白骨 報ゆべからず
雀釵翠羽従此辞　　雀釵《じゃくさ》 翠羽《すいう》 此れ従《よ》り辞さん

●容鬢衰―劉邦が年老いたことをいう。　●相存相顧―劉邦が戚夫人の世話をすること。　●雀釵翠羽―戚夫人が身につける装身具。

君楚歌兮妾楚舞　　君は楚歌せよ 妾は楚舞せん
脈脈相看両心苦　　脈脈として相い看《み》 両心 苦しむ

●脈脈―見つめあう様をいう。

曲未終兮袂更揚　　曲 未だ終わらざるに 袂《たもと》は更に揚《あが》り
君流涕兮妾断腸　　君は流涕《りゅうてい》して 妾は断腸《だんちょう》す
已見謀臣帰恵帝　　已《すで》に謀臣《ぼうしん》の恵帝《けいてい》に帰すを見たり
徒留愛子付周昌　　徒《た》だ愛子《あいし》を留めて周昌《しゅうしょう》に付さん

●周昌―周昌とは高祖劉邦の硬骨の臣で、高祖が皇太子を廃嫡しようとした折には激しく反対したが、高祖の死後、呂后が趙王如意を殺害しようとした際には何とかこれを守護しようとした。周昌は、趙王如意を結局まもれず呂后に毒殺されてしまうと、以後参内せず、三年後に死んだという。

「楚の英布と斉の韓信を平らげ、咸陽を都とし、君王は得意の絶頂にある。その君王の寵愛を受けながら、呂后に深く妬まれ、しかも君王は老い衰え、息子の将来は断たれてしまった」。『史記』の記述では高祖が「お前は楚舞せよ。わしは楚歌しよう」と述べたことになっているが、ここでは戚夫人が自ら「君は楚歌せよ、妾は楚舞せん」という。このことによって、戚夫人の悲劇性はさらに深められたといえる。「君王はただ為すすべもなく流涕し」、「妾も断腸して」、愛子の趙王如意をあの周昌に託すしかない。末句「徒だ愛子を留めて周昌に付さん」は、やがて訪れるであろう高祖の死と自身の運命を見据えた、劇的でアイロニカルな一言なのである。

李昂の「戚夫人楚舞歌」は史書に取材したものであったが、史実を一種の物語のように捉え、運命に翻弄される女性の悲しみ、政治の過酷さを、当事者の一人称（代言体）で描いた実に劇的な作品であった。唐代はこうした作品（すなわち史書に取材して劇的瞬間を捉え、虚構や伝奇性を織り混ぜながら歴史を詠う作品）が愛好され、晩唐に至って、その傾向は特に顕著になるように思われる。すでに示した杜牧「赤壁」はその例の一つであるが、杜牧以上におびただしい量の「詠史詩」を書いた李商隠《りしょういん》も、時に巧みに虚構を交え、歴史の無常を伝奇的に描く。ここでは「斉宮詞《せいきゅうし》」という楽府（ないし「詞」）を紹介してみよう。「斉宮」とは南朝・斉の宮廷を指し、同じく李商隠の「漢宮詞《かんきゅうし》」などと同様、「斉宮詞」で「斉の宮廷を詠じた宮体詩」の意。斉の東昏侯《とうこんこう》・蕭宝巻《しょうほうかん》は四九八年に帝位に即くが、潘妃《はんき》を寵愛して享楽に耽り、雍州刺《ようしゅうし》史《し》・蕭衍《しょうえん》（後の梁《りょう》の武帝《ぶてい》）の一種のクーデターによって五〇一年に帝位を追われる。本詩はその事実を詠じたもの。

永寿兵来夜不扃
金蓮無復印中庭
梁台歌管三更罷
猶自風揺九子鈴

永寿《えいじゅ》 兵来たるも 夜 扃《とざ》されず
金蓮《きんれん》 復《ま》た中庭に印《いん》せらること無し
梁台《りょうだい》の歌管《かかん》 三更《さんこう》に罷《や》み
猶自《なお》 風は揺らす 九子《きゅうし》の鈴を

蕭宝巻は愛妃・潘妃のために永寿宮《えいじゅきゅう》・玉寿宮《ぎょくじゅきゅう》・神仙宮《しんせんきゅう》の三殿を建て、毎夜、夜明け近くまでその宮殿で酒宴に興じた。第一句「永寿 兵来たるも 夜 扃《とざ》されず」は、蕭衍の軍が永寿宮を制圧した時、宮門は開いたままでまだ酒宴の最中だったことをいう。また「金蓮」は、蕭宝巻が金細工で作らせた蓮の花。蕭宝巻はその金蓮を床に敷き詰め、潘妃に上を歩ませて「歩歩《ほほ》に金蓮を生ず」と打ち興じた故事をいう（後代、纏足をした足を「金蓮」というのはここに発する）。「金蓮 復た中庭に印せらること無し」とは、蕭衍に制圧されて以来、永寿宮の中庭では二度と「歩歩に金蓮を生ずる」ことはなかった、の意。「梁台」は、後に梁王朝を開いた蕭衍の宮廷。「九子の鈴」は九個の小鈴がついた風鈴。蕭宝巻は、永寿宮・玉寿宮・神仙宮の三殿を建てた際、華厳寺《けごんじ》という寺院から「九子の鈴」を剝ぎ取って永寿宮の軒に掛けさせた。この「九子の鈴」を蕭衍がまた剝ぎ取り、梁の王宮に掛けたというのであろう。奢侈に走ることを諫める名目で蕭衍は蕭宝巻を永寿宮に攻めた。だがその蕭衍は、後に「九子の鈴」を梁宮に掛け、「夜の三更（真夜中）」まで酒宴に耽った、というのである。「梁台の歌管 三更に罷み」とは、したがって、ここでは「歴史は繰り返す」の意。李商隠は、だが、そんな野暮な言い方はしない。夜風に吹かれて九つの音を奏でる幻想的な風鈴を点描することによって、滅亡の予感をにじませたのだ。「数々の興亡を目撃した無情の風鈴」という伝奇的な設定に、この作品の命はある。

三　詠史と「滑稽」

大自然の景物でもよい、人間が生み出した器物でもよい、人が様々な情念に突き動かされて繰り広げる生々しいドラマを、中国の詩歌はそれら「無情の傍観者」と対照することによって常に客観化してきたかもしれない。たとえば、同じく李商隠の「柳」という作品を見てみよう。この「柳」は史実を主題としたものではないが、そこで用いられた手法と味わいは、彼が数々の「詠史詩」で展開したものと共通するといえる。

曾逐東風払舞筵　　曾《かつ》て東風に逐《お》われて舞筵《ぶえん》を払《はら》い

楽遊春苑断腸天
如何肯到清秋日
已帯斜陽又帯蟬

楽遊《らくゆう》の春苑《しゅんえん》 断腸の天
如何《いかん》ぞ 肯《あえ》て清秋の日に到りて
已《すで》に斜陽を帯びたるに 又《ま》た蟬を帯びん

「柳」を題名とするように、この作品は一見すれば柳をテーマとする詠物詩である。だが、ここに詠われる柳は、喩えていえば「斉宮詞」における「九子鈴」であって、人間の営為の傍観者に他ならない。かつて春風の中、舞姫たちがたおやかに舞う姿を目撃し、国都・長安の楽遊原《らくゆうげん》において贅を尽くした春宴が展開されるのを見た。にもかかわらずその「柳」は、秋蟬の声を帯び、斜陽を背景に、凋落していく数々の群像をも目撃するのである。人間の営為の底知れぬ暗さと、「無心の柳」のしなだれる媚態が見事に対照される。これは、史実が故意に書き落とされた「詠史詩」という他あるまい。

「無情の傍観者」とはこのように、人間の営為に敏感に反応する詩人の分身である。史書に取材して劇的瞬間を捉え、史実に潜む悲劇性を多感に描いた中国古典歌曲は、「無情の傍観者」を設定することによって無常観を史実から抽出するようになるが、その実、常に強調されていたのは、人間の営為に敏感に反応する詩人の「多情」であった。かくして、歴史を詠う中国の歌曲は二つの方向に分裂することになる。ひとつは、史実に潜む「叙情性」を追求して虚構性・伝奇性を深めていく方向。この方向については、次章「Ⅱ 歌と物語の世界」においてより詳しく分析するだろう。特に、七七頁から展開される無名氏の【虞美人】を見ていただきたい。そしてもう一つは、史実の叙述や分析よりも詩人自身の「多情」が強調される方向である。この方向は、胡曾の『詠史詩』等が輩出され、歌枕における「詠史」が伝統化することによって、伝統詩の世界から歌曲の世界に持ち込まれたものといえる。要するに、蘇東坡【念奴嬌】などがその発端なのである。その意味で、「詩を以て詞を為す」とされた蘇軾の出現は、「詞」の歴史の中できわめて大きな意義をもつ。

「詞」によって「詠史」を展開した最も重要な作者は辛稼軒《しんかけん》である（辛稼軒については「Ⅵ　諷諭の系譜」一六三頁参照）。『陽春白雪』の序が「蘇東坡の後は辛稼軒に至る」という一言で始まることはすでに示したが（「はじめに」一二頁）、この意味においても、辛稼軒は蘇軾の忠実な後継者だったといえるだろう。中には、三国を題材にしながら「不尽長江滾滾流（不尽《ふじん》の長江は滾滾《こんこん》として流る）」（もとは杜甫の句）と詠み、「生子当如孫仲謀（子を生むは当《まさ》に孫仲謀《そんちゅうぼう》の如《ごと》かるべし）」と結ぶ【南郷子】のような作品もあって、蘇東坡【念奴嬌】とともに『三国志演義』冒頭の「詞」に影響を与えたと思われるものもあるのだが、ここでは、稼軒詞の中で最も感傷的な作品【醜奴児】を紹介しよう。

少年不識愁滋味、愛上層楼。愛上層楼。為賦新詞強説愁。
而今識尽愁滋味、欲説還休。欲説還休。却道天涼好箇秋。

若い頃は愁いの滋味を知らず、高殿に登ることを愛し、高殿に登ることを愛し、新詞を賦して強いて「愁」と言った。
今は愁いの滋味を知り尽くしてしまった、「愁」と言おうとしては止め、言おうとしては止め、ただ「いい秋だ」というばかり。

この作品は、李商隠「柳」と同様、史実が言い落とされた「詠史詩」である。少年の頃に登った高殿、そして今登っている高殿は、白帝城《はくていじょう》や岳陽楼《がくようろう》といった歌枕のそれであろう。秋の空を背景に、遠い過去や風景を見はるかして、作者にはこみ上げる万感がある。その万感、作者の「多情」を、史実も「愁」も述べず「好箇秋（いい秋だ）」の一言に託すのが、宋代の歌曲の洗練だったのである。

しかしながら、「多情」を中核とする宋代の叙情的「詠史詩」は、次の元朝期に入ると根底から変更を迫られることになる。蘇東坡【念奴嬌】は、感傷に流れる自分を笑い飛ばす「滑稽」を示すことによって、「宋詞」全般がもつ「児女の情」を客観化した。また辛稼軒も、「愁いの滋味」の中身を故意に秘し「欲説還休（言おうとするが口ごもる）」と二度いうことによって、「老いの繰言」を暗示する機知を示した。だが、これらの「滑稽」は、「漁樵閑話」や「感傷」の月並みを拒否するためのものであって、自身の「多情」を否定するためのものではなかった。というよりむしろ、自身の「多情」を強調するものとさえいってよかった。しかるに元の散曲は、この「多情」を時に根本から拒否する。

たとえば、次のような「詠史詩」を見てみよう。『太平楽府《たいへいがふ》』巻二に掲載される馬致遠《ばちえん》の【撥不断】である。

布衣中。問英雄。王図覇業成何用。禾黍高低六代宮。楸梧遠近千官塚。一場悪夢。

衣冠束帯を着けぬ庶民がよい。英雄に訊こう。帝王になろうとする気概や覇王《はおう》になる功が何になろう。「禾黍《かしょ》は高低す　六代《りくだい》の宮、楸梧《しゅうご》は遠近す　千官の塚《つか》」どころか、一場の悪夢。

元朝期は、「道情《どうじょう》（厭世観）」を詠うおびただしい量の作品が、散曲に限らず詞や伝統詩の世界でも書かれたから、馬致遠のこの曲も、「漁樵閑話」的な観点から「道情」を展開する、平凡な作品の一つに見えるだろう。だが、さにあらず。この散曲の背後には意外に深い絶望感がある。

右の散曲の第四句・第五句は晩唐の詩人・許渾《きょこん》（字は用晦《ようかい》）の有名な詠史詩「金陵《きんりょう》」（また「金陵懐古」ともいう）をそのまま引用したものである。

玉樹歌残王気終
景陽兵合戍楼空
楸梧遠近千官塚
禾黍高低六代宮
石燕払雲晴亦雨
江豚吹浪夜還風
英雄一去豪華尽

玉樹《ぎょくじゅ》の歌は残《ざん》して　王気《おうき》は終《お》えたり
景陽《けいよう》に兵は合して　戍楼《じゅうろう》　空《むな》し
楸梧《しゅうご》は遠近す　千官の塚《つか》
禾黍《かしょ》は高低す　六代《りくだい》の宮
石燕《せきえん》　雲を払いて　晴れて亦《ま》た雨ふり
江豚《こうとん》　浪を吹きて　夜　還《ま》た風ふく
英雄　一たび去って　豪華は尽き

惟有青山似洛中　惟《た》だ 青山の洛中《らくちゅう》に似たる有るのみ

●石燕―未詳。金陵近辺にある山の名か。●江豚―長江に住むイルカの一種。

許渾の「金陵」は、南朝最後の王朝・陳《ちん》の滅亡を詠い、その国都・金陵（今の南京《なんきん》）を訪れて栄華の跡を偲ぶ詠嘆の歌といってよい。「玉樹」は、陳の後主《こうしゅ》が作ったとされる歌曲「玉樹後庭花《ぎょくじゅこうていか》」（「V 惜春の系譜」一三九頁参照）。「王気終」は、金陵の地に元来あった「帝王の気」が終焉したことをいい、「景陽」は王宮内にあった高殿の名。「景陽兵合戍楼空」は、「陳の景陽宮に敵兵は集結して、見張り台から兵士は消えた」の意。第三句・第四句「楸梧遠近千官塚、禾黍高低六代宮」は、「楸《ひさぎ》や梧《あおぎり》の樹が遠くや近くに見え、その陰に、かつての高官の千もの塚が見え隠れする、禾《いね》や黍《きび》は高く低く茂り、その下に六代もの皇帝たちが住んだ宮殿の廃墟がある」の意。この第三句・第四句を受けて、詩は「英雄一去豪華尽、惟有青山似洛中」、すなわち「かつて活躍した英雄たちの絢爛豪華な功績・生活も今はない、目の前に広がるのは、彼らの活躍を見守った、洛中に似た山河だけである」と結ばれる。古跡の風物に多感に反応する典型的「詠史詩」といえるだろう。しかるに馬致遠は、「金陵」の第三句・第四句を一字も変えずに用いながら、末尾は「一場悪夢」と結ぶ。「英雄一去豪華尽（英雄一たび去って豪華は尽く）」と詠んだ許渾の感傷に冷水を浴びせるように、「人生は夢ではない、悪夢だ」と吐き棄てる。ここには、許渾や蘇東坡・辛稼軒の「多情」をせせら笑う、現実や歴史に対するシニカルな視線があるだろう。

元朝期の散曲には、詞と異なった世界を拓くというか、詞と同じことは言わないというか、新味をねらって奇矯なことをいう、挑戦的で果敢な傾向が時に強く見られる。詞と散曲の区別に対して尖鋭なそうした散曲は、伝統的な詩世界を故意に裏返そうとして、多くの場合、パロディーに走り「滑稽」に向かう。右の馬致遠の作品にしても、許渾の句を一字も変えずに引用するのは一種のパロディーであり、「一場悪夢」という一言にゾッとするようなブラックユーモアが託される。「無情の傍観者」に多感に反応する従来の「詠史詩」は、元朝期の散曲作家からすれば、英雄の人生に自身を投影させる単なるナルシズムに他ならなかった。

パロディーや「滑稽」に対する元曲の旺盛な志向は、グロテスクで巨大な傑作をやがて生むことになる。漢の高祖・劉邦が皇帝となって故郷に錦を飾る様を、郷里に住む無知蒙昧な農民の目を通して描くその「詠史詩」は、【般渉調哨遍】という套数《とうすう》（組曲）の形式で書かれ、「高祖還郷《こうそかんきょう》」という題をもち、睢景臣《すいけいしん》という人が作者だという。睢景臣がどのような人かはよく解らないが、鍾嗣成《しょうしせい》の『録鬼簿《ろくきぼ》』（元曲の外題を作者ごとに著録した書物。鍾嗣成については「Ⅵ 諷諭の系譜」一八五頁参照）の記述によれば、「高祖還郷」は、あるサロンにおいて皆が共通の題で書き比べを行ったものらしく、もちろん、この作に及ぶものはなかったという。

漢の劉邦は、周知のように沛県《はいけん》の「ならず者」の出身。郷里を出奔してやがて皇帝となったが、彼が若いころに迷惑をかけた郷里の農民は今の皇帝が誰だか知らないし、そもそも「皇帝」が何であるかさえ知らない。「高祖のお国帰り」に駆り出された農民は、貴人の輿、旗指物、儀仗等、行列のすべてが未知のものである。わけも解らず見ていると、やがて「漢の高祖」とやらが輿から降りて登場。それを見てピン

郵便はがき

1028790

料金受取人払

麹町局承認

7948

差出有効期間
平成21年11月
30日まで
（切手不要）

102

東京都千代田区
飯田橋二－五－四

汲古書院 行

通信欄

購入者カード

このたびは本書をお買い求め下さりありがとうございました。

今後の出版の資料と、刊行ご案内のためおそれ入りますが、下記ご記入の上、折り返しお送り下さるようお願いいたします。

書　名	
ご芳名	
ご住所 TEL　〒	
ご勤務先	
ご購入方法　①　直接　②　書店経由	
本書についてのご意見をお寄せ下さい	
今後どんなものをご希望ですか	

と来た、「確かお前はあのならず者、姓は劉、女房は呂、まだ借金が残っていたが、漢の高祖と姓名を変えていたとは」。

この散曲は、劉邦が英布を親征した帰途に故郷沛県に立ち寄り、「大風歌《たいふうか》」を詠むことになる史実を扱う。すでに示した李昂「戚夫人楚舞歌」が取材した事件も英布の親征直後のことだから、「高祖還郷」と「戚夫人楚舞歌」は、ほぼ同一時期の高祖を描いたといっていい。だが、その姿には雲泥の差がある。「戚夫人楚舞歌」が史実の劇的瞬間を捉えた悲劇的作品だったのに対し、「高祖還郷」は農民の無知を描いた喜劇的作品である。「高祖還郷」は、「高祖のお国帰り」を徹頭徹尾パロディーにすることによって権力の実態を哄笑のうちに描く「詠史詩」であって、中国文学史全体の中でも燦然と輝く永遠の傑作である。

この作品には田中謙二「散曲『高祖還郷』攷」(『田中謙二著作集』第一巻所収)という優れた論考が幸い備わっているので、詳細はそちらを参照されたい。ここでは後半数曲の原文と訳のみを示す。

【般渉調耍孩児三煞】那大漢下的車、衆人施礼数。那大漢覷得人如無物。衆郷老屈脚舒腰拝、那大漢那身着手扶。猛可里擡頭覷。覷多時認得、険気破我胸脯。

【二】你須身姓劉、您妻須姓呂。把你両家児根脚従頭数。你本身做亭長耽幾盞酒、你丈人教村学読幾巻書。曾在俺庄東住。也曾与我喂牛切草、拽埧扶鉏。

【一】春採了桑、冬借了俺粟。零支了米麦無重数。換田契強秤了麻三秤、還酒債偸量了豆幾斛。有甚胡突処。明標着冊暦、見放着文書。

【尾】少我的銭差発内旋撥還、欠我的粟税粮中私准除。只道劉三誰肯把你揪摔住。白甚麼改了姓更了名喚做漢高祖。

【三】かの大男は車降り、みなの衆がごあいさつ。かの大男はおうへいに、人を人ともおもわねえ。なみいる村の旦那衆は、足腰のばしてへいつくばる。大男やおら身をはこび、手もて介添え起こしあぐ。ひょいと顔あげながめいり、ながめやることさてしばし、やっとあいてが分かってみれば、腹がたって胸つぶれんばかり。

【二】てめえはたしか苗字が劉、女房はたしか苗字が呂。てめえんち二軒の素性をば、ひとつ一から洗うてくれるべえ。てめえはもともと亭長を、つとめる身にして酒びたり。てめえの義父はちょっくら、学があって寺子屋師匠。おらが村の東に住み、おらが家に雇われて、牛のせわやら野らしごと。

【一】春は桑つみ冬はまた、おらがとこから米借りる。小きざみに支出した、米と麦とは数しれず。小作証文の書き換えで、むりしてやった麻が三はかり。酒代の借りを払うとて、こっそり量った豆も数斗。いやいやこれはでたらめじゃねえ、しかと大福帳にのってるだ。現に証文がこのとおり。

【尾】おらから借りた借銭は、おらが納める税金から、順ぐり分割ばらいとゆくぜ。おらから借りた穀類は、おらが納める年貢から、かってに差っぴかせてもらうだよ。この劉三には誰だって、手出しはできめえ気だろうが、漢の高祖と姓名を、かえたってそりゃむだだ。

Ⅱ　歌と物語の世界――無名氏【商調　蝶恋花】

陳　文　輝

一　「蘇小小の歌」――妾は本と銭塘江の上に住む

妾本銭塘江上住。花落花開、不管流年度。燕子啣将春色去。紗窓幾陣黄梅雨。
斜挿犀梳雲半吐。檀板軽敲、唱徹黄金縷。望断彩雲無覓処。夢回明月生南浦。

私はもともと銭塘江《せんとうこう》のほとりに住んでおりました。花が散り花が咲き、そうやって流れていく歳月とは関わりません。燕が春景色を銜《くわ》えて去っていき、薄絹のカーテンの向こうでは、梅雨の雨がどれほど降ったことかしら。

雲なす髪から斜めに挿した犀《さい》の櫛を半分覗かせ、檀板《だんぱん》を軽く敲《たた》いて、かの「金縷《きんる》の衣《い》」を歌い終われば、彩雲のかなたを望んでもいとしい人の姿はない。夢から覚めれば、月が南浦《なんぽ》を照らすばかり。

●妾―女性の自称。●銭塘江―杭州《こうしゅう》を流れる川の名。銭塘《せんとう》は杭州を指す。●管―かかわる、の意。●啣将春色去―「啣将……去」は、銜えてゆく、の意。「春色」はその目的語。●犀梳―犀の角を細工した櫛。●檀板―カスタネットに類するリズム楽器。●黄金縷―唐の宮女杜秋娘《としゅうじょう》が歌ったとされる「金縷歌《きんるか》」のこと。「金縷歌」の全文は、「君に勧む 金縷の衣を惜しむ莫かれ、君に勧む 応《まさ》に少年の時を惜しむべし。花の折るに堪うる有らば 直《ただ》ちに須《すべか》らく折るべし、待つ莫かれ 花無くして空しく枝を折るを」。●南浦―『楚辞《そじ》』「九歌《きゅうか》」に「美人を南浦《なんぽ》に送る」とあり、詩歌の中では送別の地として用いられる。

【商調 蝶恋花】は「十大楽」の中でただ一つ作者のわからない作品だが、芝庵《しあん》先生の「唱論《しょうろん》」は、『陽《よう》春白雪《しゅんはくせつ》』の場合も『南村輟耕録《なんそんてっこうろく》』の場合も、作者をともに「蘇小小《そしょうしょう》」とする。それには宋・何薳《かえん》『春《しゅん》渚紀聞《しょきぶん》』に見える次の逸話が関係するだろう。

司馬才仲《しばさいちゅう》は洛陽《らくよう》にいた時、昼寝して一人の美女を夢に見た。その美女は夢の中で次のように歌った。「妾《われ》は本《もと》と銭塘江《せんとうこう》の上《ほとり》に住む。花は落ち花は開き、流年《りゅうねん》の度《わた》るを管《かん》せず。燕子《えんし》春色を銜《くわ》えて将《も》ち去れり。紗窓《さそう》幾陣《いくじん》の黄梅《こうばい》の雨あらん」。才仲はその歌詞を気に入り、彼女に曲名を尋ねると、「黄金縷《おうごんる》」と答えた。さらに彼女は「二人は将来銭塘江にて再会するだろう」と言い残した。

才仲は蘇軾《そしょく》の推薦によって、制挙《せいきょ》の中等《ちゅうとう》に合格し、銭塘の幕官《ばくかん》となった。赴任した役所の裏には唐の蘇小小の墓があった。司馬才仲は、夢で見た詞の後半を作った。「斜めに挿せる犀梳《さいそ》は雲より半ば吐かる。檀板を軽く籠《ろう》して（「籠」は、操るの意）、黄金縷を唱《うた》い徹《とお》す。夢断《た》たるれば彩雲を覓《もと》むる処《ところ》無し。夜涼しくして、明月春渚《しゅんしょ》に生ず」。一年も経たずして、司馬才仲は病に倒れ、任地の銭塘で亡くなった（『春渚紀聞』が記述する【蝶恋花】と「十大楽」のそれとは文字に異同があるが、ここでは問題にしない）。

この逸話に登場する司馬才仲は、名は櫾《ゆう》（才仲はその字）、その詳しい経歴は不明だが、かの司馬光《しばこう》の親戚にあたるともいい、文才にも優れた実在の人物である。右の逸話は、才仲の夢に美女が現れ、彼に詞を託して将来の再会を約した。その詞は「私は銭塘江のほとりに住んでおります。花が落ち花が開くという季節の推移に私は関わりません。春が燕とともに去り、窓辺に梅雨が訪れ、一体どれほどの年月がたったでしょう」と、まるで謎掛けのような内容だった。任地に赴いた彼は、その美女が蘇小小の幽鬼だと悟るが、「あなたの歌が終わって以来、いくらあなたを捜しても見つかりません」と後段を作って思慕の情を示すと、果たしてまもなく病に死んだ、というのである。才仲は宮体詩《きゅうたいし》を好んで作り、そのため、女性の幽霊が取り憑いたとの噂もあったという。右の逸話が言うように、彼が若くして銭塘で死んだのは恐らく事実だったのだろう。とすれば、あるいは逆に、女性の幽鬼の噂が「銭塘の蘇小小」伝説と結びついて、小説じみた右の逸話に発展したのかもしれない。真偽のほどは分からないが、この逸話は宋・張耒《ちょうらい》『柯《か》山集《ざんしゅう》』等にも収められており、当時よほどよく知られた話だったと推測される。「十大楽」の編者がこの逸話を意識して【蝶恋花】を収めたとすれば、この詞の前段と後段とは「語り手」が異なるものとして読むべきだ、ということになる。つまり、前段が「私は誰でしょう?」という女の謎掛けであるのに対し、後段は「あなたが誰だか解りましたが、それでももう一度会いたい」という男の答えである。

ただし、この【蝶恋花】、前段も後段もひとりの人物によって語られた、と取ることも可能だろう。すなわち、恋人の不在を嘆く女性の悲しみを詠う、と解釈するのである。

芝庵先生が【蝶恋花】の作者とし、逸話の中にも登場する「蘇小小」とは、いうまでもなく『楽府詩集《がふししゅう》』巻八五に掲載される「蘇小小の歌」の蘇小小である。『楽府詩集』の解題とともに、その本文を以下に挙げてみよう。

「蘇小小の歌」は「銭塘蘇小小の歌」ともいう。『楽府広題《がふこうだい》』は「蘇小小は銭塘の有名な歌妓で、南斉《なんせい》の頃の人であろう。西陵《せいりょう》とは銭塘江の西。歌辞に言う「西陵　松柏《しょうはく》の下」はそこである」という。

我乗油壁車　　我は油壁車《ゆうへきしゃ》に乗り
郎乗青驄馬　　郎は青驄馬《せいそうば》に乗る
何処結同心　　何処《いずこ》ぞ　同心《どうしん》を結びしは
西陵松柏下　　西陵　松柏の下なり

●油壁車―車壁を漆塗りで飾った豪華な車。輿《こし》に似るという。●青驄馬―貴人が乗る青白混色の馬。「青驄白馬《せいそうはくば》」という楽府題がある。●結同心―「同心結び」のこと。中国独特のひも結びの一種で、「愛の印」として恋人の間で盛んに行われた。

この楽府は『玉台新詠《ぎょくだいしんえい》』巻一〇にも「銭塘蘇小」の題で収録される。「私（『玉台新詠』は「我」ではなく「妾」に作る）は豪華な油壁車に乗り、あなた（「郎」）はあし毛の馬に意気揚々と乗る。二人がどこで同心結びをして永遠の愛を誓ったかといえば、それは西陵の松柏のもと」。女性がみずからの口で歌う、いわゆる「代言体《だいげんたい》」の恋の歌である。たった二十字の素朴な歌辞だから、これが「愛の喜び」を詠うのか「悲しみ」を詠うのか、解釈の方向は確定できない。が、「何処結同心、西陵松柏下」の二句は冬も緑を絶やさぬ「松柏」にかけて永遠の愛を誓うことだから、「蘇小小の歌」の古辞は美男と美女が永遠の愛を誓う一種の「祝詞」として機能したかもしれない。ただし、「かの西陵の松柏のもとで愛を誓って、それから……?」と、その後日談を問いたくなる悲劇めいた予感・胸さわぎを読者は同時に感じるのではあるまいか。この古辞は、謎めいた伝奇性をすでに十分たたえているといえるだろう。

我々が古辞に感じる漠然とした悲劇性・伝奇性は、唐代の「蘇小小の歌」になると明瞭な形をとって出現することになる。中唐の詩人李賀《りが》による「蘇小小歌」(また「蘇小小墓」ともいう)を見てみよう。ここでの「松柏」は「冬でも緑を絶やさぬ永遠の愛の象徴」ではない。墓地に植えられる「死の象徴」なのである。

幽蘭露　如啼眼
無物結同心
煙花不堪翦
草如茵　松如蓋
風為裳　水為佩
油壁車　久相待

幽蘭《ゆうらん》の露《つゆ》　啼眼《ていがん》の如《ごと》し
物として同心を結ぶ無く
煙花《えんか》　翦《き》るに堪《た》えず
草は茵《しとね》の如く　松は蓋《がい》の如し
風を裳《しょう》と為し　水を佩《はい》と為す
油壁車　久しく相《あ》い待つ

冷翠燭　労光彩　　　　冷やかなる翠燭《すいしょく》　光彩《こうさい》を労《ろう》す

西陵下　風雨晦　　　　西陵の下　風雨　晦《くら》し

●翠燭—鬼火。　●風雨晦—『楽府詩集』は「風吹雨」に作るが、それでは韻を踏まない。李賀の詩集に従って「風雨晦」とした。

ここに描かれているのは、もはや蘇小小の恋ではあるまい。李賀は、古辞にいう「松柏」に敏感に死の匂いを嗅ぎ取り、すべてを暗転させ、柩《ひつぎ》のような油壁車に彼女を乗せて暗黒の世界へと連れ去ったのである。墓の側に静かに佇《たたず》む蘭草、そこに降りそそいだ露は涙で潤んだ彼女の眼。愛の記憶となる贈り物はなく、靄《もや》の中に煙《けぶ》る花はあったとしても、それを剪って贈り物とすることはできない。それは幻影の花に他ならないから。青々と茂る草は彼女が横たわる敷物。広く枝を張る松は彼女の車蓋。風は裳がたなびく衣《きぬ》擦《ず》れの音。水は帯飾りが揺れる澄んだ音。油壁車のなかで、「青驄の馬」に乗るあなたがいらっしゃるのを待ち続ける。でもあなたは来ない。冷やかなる「翠燭」。はじめから疲れきった暗黒の光彩。なんと不気味な表現だろう。西陵は冷たい雨と凄凄《せいせい》たる風に満ちている。李賀の「鬼才《きさい》」はこの作品においても遺憾なく発揮されている。

話を冒頭の【蝶恋花】に戻そう。

『楽府詩集』の古辞を読み、李賀の「蘇小小の歌」を読んだ我々が想像するのは、「西陵の松柏の下」で永遠の愛を誓った蘇小小は、すでに南斉の時から「幽鬼」だったことだろう。彼女は、かつて誰かと永遠の愛を「西陵の松柏の下」で誓いあった。だが、彼も彼女もこの世から去り、「松柏」と愛の誓いだけが残った。「十大楽」が掲載する【蝶恋花】を、もし『楽府詩集』が掲載する古辞「蘇小小の歌」の末裔として文学史的に位置づけるならば、そこに登場する蘇小小は、「青驄の馬に乗る郎」を求め続ける彷徨の魂でなければならない。もちろん、『春渚紀聞《しゅんしょきぶん》』の逸話を忠実に受けとるなら、【蝶恋花】は問答体であり、後段の話者は司馬才仲ということになるが、そのように考える必要はないだろう。この【蝶恋花】に文学的なリアリティーをあたえているのは司馬才仲の逸話ではない。「蘇小小の歌」の伝統であり、「永遠の愛を信じて待ち続ける女」という物語的イメージであろう。少なくとも李賀「蘇小小の歌」の後にこれを読むものは、【蝶恋花】の中にさまよえる魂の呟きを感じとってしかるべきである。とすれば、【蝶恋花】の後段に詠われるのは、恋人の訪れを幽鬼となってもなお待ち続ける愚かな期待、とするのがふさわしい。芝庵先生が「十大楽」の一首として【蝶恋花】を採録した時の意識はそうだったのではあるまいか。

この【蝶恋花】の最大の魅力は何といってもその伝奇性・神秘性にある。「私はもともと銭塘江のほとりに住んでおりました」。冒頭のこの一句のなんと魅力的なことか。続く「花は落ち花は開き、そうした歳月の流れに私は関わりません」は謎めいて、無限のロマンを感じさせないだろうか。文体の面について言えば、【蝶恋花】にこうした伝奇性・神秘性を与えているのは、「女性の問わず語り」または「幽鬼の独白」ともいうべき独特の語り口であって、要はそれも「蘇小小の歌」の伝統から受け継がれた、「代言体による語りの力」なのである。

二　歌か物語か――月を待つ　西廂の下

【蝶恋花】のような俗謡はそもそも、巷で行われる「街談巷説《がいだんこうせつ》」や物語の類と深い関係をもつ。たとえていえば今日のテレビドラマと流行歌の関係のようなもので、ドラマの劇中歌がそのドラマ性に支えられて流行歌になり、ドラマがまた劇中歌の流行により広く普及する。流行歌の方は巧みに物語的世界を利用してドラマ仕立ての俗謡を書くし、「街談巷説」は「街談巷説」で優れた歌曲をまじえることにより浸透力の強化をはかる。たとえば、本章冒頭の【蝶恋花】が蘇小小にまつわる伝奇性と「代言体による語りの力」を使うことによって一首全体に大きな奥行きを与え、そこに描かれた女心に陰影を与えたのは前者の例だし、唐代の伝奇小説『鶯鶯伝《おうおうでん》』の劇中歌が主人公の名前を作者名として『才調集』という詞華集に収められているのは後者の例だといえるだろう。『鶯鶯伝』とは中唐の元稹《げんしん》作と伝えられる小説の題名であり、『才調集』とは五代の蜀で編纂された唐詩の総集であった。

元稹『鶯鶯伝』は別名『会真記《かいしんき》』、単に『伝奇《でんき》』というのがこの小説の原題だともいう。すでに宋代には【蝶恋花】という詞の連作によって「諸宮調《しょきゅうちょう》」に類する潤色が施され（宋・趙徳麟《ちょうとくりん》『侯鯖録《こうせいろく》』巻五参照）、金・元代には『西廂記《せいしょうき》』という一大曲文学を生むに至る、中国恋愛文学の中核をなす作品である。

これはおよそ次のような物語――時は唐の貞元《じょうげん》年間。書生張君瑞《ちょうくんずい》は遊学の途次、蒲州《ほしゅう》の名刹普救寺《ふきゅうじ》に泊ると、娘と息子を連れた崔家の未亡人が偶然居合わせた。おりしも朝廷に反旗をひるがえした付近の駐屯軍が掠奪をはじめ、その危険が未亡人と娘の鶯鶯にも迫る。張生（張君瑞）は友人であった将軍の力を借りて賊を撃退する。そのお礼の宴席で張生は鶯鶯の美貌に魅せられ想いを寄せるが、鶯鶯に近づく手立てがない。張生は鶯鶯の召使い紅娘《こうじょう》に頼み、想いを告げる艶詩《えんし》を届けさせる。その日の夕べ、彼女からの返事として紅娘がもってきたのは「明月三五夜」と題される次の詩であった（『才調集』はこれを「答張生（張生に答う）」詩として引く）。

待月西廂下　　月を待つ　西廂《せいしょう》の下
迎風戸半開　　風を迎えて　戸　半ば開く
払墻花影動　　墻《かきね》を払《はら》いて　花影　動き
疑是故人来　　疑うらくは　是《こ》れ　故人の来たるかと

鶯鶯と張生の物語が後に『西廂記』と名付けられたのは、冒頭「待月西廂下」の句に拠る。この詩、張生からすれば「西の回廊で月が昇るのを待っています。部屋の扉を半開きにしておきます。低く壁に垂れた花の影が揺れるたびに、恋しいあなたが壁を乗り越えて来てくれたのかと思うことでしょう」とでも読めたのであろう。良家の子女にしては大胆な、密会の誘いの詩である。ただしこの詩、古くから指摘があるように、必ずしも『会真記』のオリジナルではない。たとえば、『霍小玉伝《かくしょうぎょくでん》』が引く唐・李益《りえき》の詩は次のようにいう。

開門復動竹　　門を開きて 復《ま》た 竹を動かす
疑是故人来　　疑うらくは 是れ 故人の来たるかと

また、『楽府詩集』巻四六が引く「華山畿《かざんき》」にも次のような一首がある（全二十五首のうちの第二十三首）。

夜相思　　夜 相い思えば
風吹窓簾動　　風 窓簾を吹きて動かしむ
言是所歓来　　言うならく 是れ 所歓《あなた》の来たると

風の音に恋人の到来を聞く錯覚は、日本にも 額田王《ぬかたのおおきみ》 の歌（「君まつと あが恋をれば わがやどの すだれうごかし 秋の風ふく」）があるように、俗謡風の恋歌が古くから詠う「お決まりのパターン」である。ただ、ここで面白いのは、その「お決まりのパターン」を『会真記』の主人公が模倣すると、その模倣作が『才調集』などに収録され、まるでオリジナルのような顔をしておさまってしまった点だろう。元来「劇中歌」であったものが、物語性を揺曳させた歌謡として享受されたのである。

さて、これを受け取った張生は、その夜、月光のなか塀を乗り越えて西廂に忍び込むが、なんと鶯鶯から不徳を痛罵される。ところが、数日後の夜、紅娘に支えられた鶯鶯が突然張生を訪れ、二人は夢のような一夜を過ごす（張生がこの時のことを「会真詩三十韻」に詠んで彼女に贈ったことから、この物語は『会真記』と呼ばれる）。以後、二人は母親の目を盗んでこっそりと密会を続けるが、張生は翌春の科挙に応じるため、彼女と別れて京に赴く。鶯鶯は、別れの夜に琴を弾いて送り出す。しかし、張生が試験に落第してそのまま滞京するうち、いつしか交渉も絶たれ、一年後には鶯鶯は人妻となり、張生も他の女性と結婚する。数年後、張生は鶯鶯の住む近辺をたまたま通りかかった。その時、張生は従兄と名乗って彼女に面会を求めるが、鶯鶯はそれを断り、自身の思いを綴った詩を密かに彼に贈った。その詩は次のようにいう。

自従消瘦減容光　消瘦《しょうそう》して 容光《ようこう》の減《げん》じて自従《よ》り
万転千回懶下牀　万転千回して 牀《しょう》を下《くだ》るに懶《ものう》し
不為旁人羞不起　旁人《ぼうじん》の為《ため》に 羞じて起きざるにあらず
為郎憔悴却羞郎　郎の為に憔悴《しょうすい》し 却《かえ》って郎に羞ず

●消瘦―痩せる、の意。「消」は「銷」とも書く。●容光―容貌の意。●万転千回―頻りに寝返りをうつさま。●懶―ものうい、おっくう、の意。●旁人―側にいる人。ここでは「夫」を指す。●羞―はにかむ、の意。

最後の二句は、かつての恋人に対するいじらしい女心を詠って、物語のふくらみ・余情を感じさせる。「あなたにお会いしないのは、傍らにいる夫を憚ってのことではありません。あなたにお会いしたくてやつれ果てたのに、今のこの姿をお見せするのが恥ずかしいから」。『会真記』の中では語られなかった鶯鶯の「その後」をあれこれと想像させる、実に思わせぶりな一首といえるだろう。劇中歌の効用の一つは、物語が展開するストーリーを踏まえつつ、その物語が語りつくせない陰影を象徴的に語ってみせる点である。物語が詩歌の背景を補ってくれる分、劇中歌は読者の空想力を刺激して思わぬ効果をあげることがある。
劇中歌としての味わいをもつ俗謡をもう一首紹介しておこう。『会真記』の説明中にすでに言及した『楽府詩集』巻四六「華山畿」の第一首である。

「華山畿」

華山畿
君既為儂死
独生為誰施
歓若見憐時
棺木為儂開

華山畿
君 既《すで》に儂《わ》が為に死す
独《ひと》り生くるも 誰《た》が為に施《ほどこ》さん
歓《きみ》 若《も》し憐《あわ》れまるる時
棺木《かんもく》を 儂が為に開け

●華山畿―「華山」がどこの華山を指すのかは未詳。一説に江蘇省句容県《くようけん》の北だという。「畿」は「ふもと」の意とされる。●儂―古くから使われる南方方言で、「わたし」の意。●歓―六朝期の楽府に頻見される言葉。「歓」「所歓」で恋人の呼称。●見憐―「憐」は「愛する」の意。「見」は受身や尊敬を表す。ここでは尊敬。

『楽府詩集』が引く『古今楽録《ここんがくろく》』によれば、この歌曲の背景には次のような悲恋物語があったという。
――南朝・宋の少帝《しょうてい》の頃（四二三～四二四）、南徐《なんじょ》のある男性が華山畿から雲陽《うんよう》に赴いた。華山畿の旅籠で十八九の女性を見初めたが、それを伝える手立てがなく、病となった。心配した母親はその理由を聞き、華山に娘を訪ねて事情を説明した。女性は、自分の膝覆《ひざおお》いを母親に与え、これを男性の寝具の下にひそかに敷いて寝かせるようにいう。しばらくすると男性の病は癒えたが、蒲団を片付ける時に娘の膝覆いを見つけ、それを抱きかかえ、呑み込んで死んでしまった。息絶えようとする時、母親に「葬儀の車は華山を通るように」と頼んだ。母親はその遺志に従った。棺を載せた車が女の家の前まで来ると、車をひく牛は前に進もうとせず、鞭をあてても動かない。それを知った娘は「しばらく待って」というと、化粧を整え沐浴をした。出てくると、「華山畿。あなたが私のために死んだからには、私ひとりが生きても仕方ない。あなたがもし私を愛してくださるのなら、どうかこの棺を開けてください」と歌った。すると、その歌にしたがって棺は開き、娘は忽ちその中に身を投じた。慌てた家族が棺を開けようとしたが、どうすることも出来なかった。二人を華山のふもとに合葬した。その墓を「神女塚《しんにょづか》」と呼ぶ――

「華山畿」という右の俗謡は、「孔雀 東南に飛ぶ」（中国唯一の物語詩。引き裂かれた夫婦がともに自害をとげ、合葬される経緯を描く）として有名な楽府等と、その起源や背景において深い関連をもつ。中国文明が育んだ死生観・死の習俗を何がしか反映する、深淵を秘めた作品であろう。ただ、今日の我々は、この作品が秘めた深淵の実態をもはや知ることができない。その民謡調の素朴な口吻の中に、『古今楽録』が描く以上の愛の悲劇を想像するだけである。「華山畿」がうたう「愛の死」は、歌辞と物語が素朴なだけに、驚くほど深い浸透力をもって我々の心をゆさぶる。

では次に、物語的なふくらみをもって詠まれた歌曲が、実際に物語を生み出した例をみてみよう。『柳《りゅう》氏伝《しでん》』という小説の中核となった詞である。

韓翃《かんこう》

章台柳。章台柳。昔日青青今在否。縦使長條似旧垂、也応攀折他人手。

章台の柳よ、章台の柳よ。昔のあの青々とした美しい枝は今も健在なのか。しなだれる柔らかな枝が昔と変らず長く伸びていたとしても、すでにほかの人に手折られたにちがいない。

柳氏《りゅうし》

楊柳枝、芳菲節。所恨年年贈離別。一葉隨風忽報秋、縦使君来豈堪折。

楊柳の枝がしだれる美しい春の季節。なのに、来る年も来る年も、旅立つ人との別れのために手折られる。風に乗って葉が落ちる秋が来れば、たとえあなたが来ても、手折ることはできない。

●章台—もとは春秋時代の楚国の離宮にあたる章華台《しょうかだい》のことを指して言うが、後漢より長安の繁華な大路の名前として使われ、その後、転じて花柳の巷を指す言葉となった。●贈離別—送別の場で柳の枝を手折って行人に贈り、「柳」と同音の「留」にかけて惜別の情を表す風習があったという。

右の二首、一読してすぐに知られる顕著な特徴をもっている。その第一は、二首が問答の形になっていること。第二は、俗謡に似た平明な表現がなされていること。「柳よ柳、人に手折られることなく、今も美しいか」という問いに対し、「わたしは健在ですが、秋ともなれば手遅れとなりましょう」と答える。

この問答が、同一の形式をもった二首の韻文によって展開され、その形式は「三、三。七。七、七。」という、七言絶句に類する通俗的な曲子詞のスタイルである。この二首は、「聯章体《れんしょうたい》」と呼ばれる連作体のデュエット曲なのである。

前篇の作者韓翃は実在の人物。中唐の詩人で、「大暦十才子《たいれきじゅうさいし》」の一人に数えられる。後篇の作者柳氏はその愛妾という。この二首をめぐって次のような物語が伝えられる——韓翃は若くして才名があったが貧しかった。その住まいの隣に妓女の柳氏が住んでいた。柳氏の主人・李生《りせい》は侠気をもち、韓翃の人物を見込んで柳氏を与えた。そののち韓翃は出世したが、安史《あんし》の乱で世の中が混乱していたため柳氏を都に残して任地に赴き、三年の間帰ることができなかった。韓翃は前掲の詞を送った。柳氏からも返答があった。やがて韓翃は都に戻ったが、柳氏は沙吒利《さたり》という将軍に連れ去られていた。そのことを知った若い武侠が柳氏を救い出し、柳氏は韓翃のもとに返った——

以上は、許堯佐《きょぎょうさ》という人が書いた『柳氏伝』という小説（『太平広記《たいへいこうき》』所収）の内容なのだが、ここできわめて興味深いのは、『柳氏伝』と同内容の物語が『本事詩《ほんじし》』というまったく別の書物に収められ、しかも両者が文章をまったく異にしていることである。つまり、同一の詞をもとに、二つの物語がすでに唐代に書かれていた。このことは恐らく、物語性のきわめて高い二首の「聯章体」がまずあって、その二首をめぐる「歌物語」が後に別々に書かれたことを意味するだろう。本節冒頭に紹介した崔鶯鶯の詩は、劇中歌がそれだけで独立して流行し、詩選集に載るほどの浸透力を発揮した例であったが、『柳氏伝』はそれとは別に、歌曲の流行がそれにまつわる物語を生み出した例といえるかもしれない。韓翃と柳氏の聯章体の場合も、「十大楽」の【蝶恋花】と同様、その伝奇性を支えていたのは「代言体による語りの力」と言ってよい。

「代言体」を用いて問答を展開する曲子の例をもう一首見てみよう。『敦煌曲子詞集《とんこうきょくししゅう》』が収録する、無名氏の作品である。

【鵲踏枝】　　無名氏

叵耐霊鵲多満語。送喜何曾有憑拠。幾度飛来活捉取。鎖上金籠休共語。
比擬好心来送喜。誰知鎖我在金籠裏。欲他征夫早帰来。騰身却放我向青雲裏。

憎《にっく》きカササギめ、よくも何度も嘘をついてくれたわね。吉報を送るといいながら、なんの当てにもなりはしない。しつこく飛び回るから生け捕りにしてやったわ。鳥籠に閉じこめ、お前とは口もきたくない、絶交だわ。

良かれと思って吉報を伝えたが。鳥籠に閉じ込められるとは、あまりの仕打ち。戦にいった夫に早く帰ってほしけりゃ、私を籠から出して、あの青雲の下を飛ばせるがいい。

●叵耐―「頗奈」と同じ。「憎《にっく》き」といった意。●霊鵲―喜鵲《かささぎ》のこと。カササギは鳴いて吉報をもたらすという俗信がある。この後に見える「送喜」は「報喜」ともいう。●満語―『敦煌曲子詞集』には「満」は「瞞」に訂正すべきという説が見える。それに従う。「瞞語」とは人を騙《だま》す言葉、でたらめ、の意。●比擬―「比擬」で「擬（思う）」の意だろう。当時の口語であろう。

この曲子詞は、前段と後段とが問答の形式をとり、前段が夫の帰りを待つ妻の言葉、後段が鳥籠に入れられた鳥の言葉になっている。妻は鳥の吉報を信じて夫の帰りを待っていたが、いつまでたっても帰ってこず、業を煮やして鳥に八つ当たり。だが鳥も負けてはいない、「お前が待ちくたびれていることを飛んでいって知らせてやろうじゃないか」と取引に出る。この辺のコミカルな遣り取りが「待つ女」の姿を生彩に富んだものとし、また場面全体に一抹の哀情を添えているといえるだろう。

「聯章体による物語的問答」という形式は、『柳氏伝』の二首のような作品を経て、やがて中国の古典歌曲を代表する傑作を生み出す。そこに展開される「問答」は、心を澄まして注意深く耳を傾けなければ聞こえない。だが、一度その対話を聞き取ったものは、二人の間に繰り広げられたドラマを二度と忘れることは出来ないだろう。『花間集《かかんしゅう》』巻三に収録される晩唐・韋荘《いそう》の【女冠子】二首をみてみよう。

【女冠子】其の一　　　　韋荘

四月十七。正是去年今日。別君時。忍涙佯低面、含羞半斂眉。
不知魂已断、空有夢相隨。除却天辺月、無人知。

四月十七日、まさしく去年の今日、あなたとお別れした日。うつむいたふりをして、涙をおさえ、羞じらいに眉を半ば顰《ひそ》めておりました。

悲しみに魂も断たれ、ただ空しく夢の中であなたを追うばかりでした。この想い、あけぼのの空にかかる十七日の月を除いては、知るものはありません。

●佯—いつわる、ふりをする。　●魂已断—「魂断」は、悲しみのあまり魂が肉体から離れること。

【女冠子】其の二　　韋荘

昨夜夜半。枕上分明夢見。語多時。依旧桃花面、頻低柳葉眉。
半羞還半喜、欲去又依依。覚来知是夢、不勝悲。

昨日の夜半、私は枕元であなたをはっきりと見て、夢の中で長い間語り合った。あなたは昔のまま、桃の花のように美しく、柳のような眉をしきりに顰め、羞じらっていた。半ば羞じらい、半ば喜び、立ち去ろうとして、また振り返る。目が覚めてみれば夢だった、悲しくてたまらない。

前篇は女性の口吻で「空有夢相随（ただ空しく夢の中であなたを追うばかりでした）」といい、後篇は男性の口吻で「覚来知是夢（目が覚めてみれば夢だった）」という。一見すると、前者は、女性の語り手によって詠われる女性の夢、後者は、男性の語り手によって詠われる男性の夢であるかに見え、「聯章体」とする必要のない別々の詞にも見える。しかし、二首は同じ韻目を用い、前段の一部は韻字まで共通する。このことからするに、二首はいずれも男性の夢を描き、前篇が男の夢の中に出てきた女の語り、後篇が夢から覚めた後の男の語りを描くのではあるまいか。それぞれの夢が独立してあるのでは恐らくない。妄想の中でしか交わし得ない対話を、夢に託して展開するのである。女性は男性の夢の中で語るのみであり、男性は目覚めて独り言をいうのみ。二人がこの世で会うことはもはやない。女は男の夢の中で悔恨を語り、男の絶望感を深める。

右の【女冠子】二首は、俗謡調の「聯章体」によって男女の「問答」を形成する点、代言体を用いて伝奇的ふくらみを図る点など、『柳氏伝』の二首と明らかに共通した手法がとられる。【女冠子】は、その点では『柳氏伝』の末裔といえるだろう。だが、そこに暗示される男女の運命ははるかに過酷で悲劇的である。この二首が俗謡調の口吻をとりながらきわめて深刻な悲哀を醸しているのは、「問答体」を単なる対話に終わらせなかった韋荘の独創性によるだろう。

三　歌となった物語——九泉　帰り去らば是れ仙郷

では次に、物語世界を歌う歌曲がいかなる工夫を施して物語世界にリアリティーを与えたかを見てみよう。

その第一は、『碧鶏漫志《へきけいまんし》』巻四に見える無名氏の【虞美人】（一説に唐人の作という）。

【虞美人】　　無名氏

帳前草草軍情変。月下旌旗乱。褫衣推枕愴離情。遠風吹下楚歌声。正三更。

撫騅欲上重相顧。艶態花無主。手中蓮鍔凜秋霜。九泉帰去是仙郷。恨茫茫。

陣中にてにわかに情勢は変化し、月下、敵の軍旗は乱れ並ぶ。仮寝《かりね》の衣をはねのけ枕を推《お》せば、別れの気配は胸に迫る。遠くから風に乗って楚《そ》の歌が聞こえる。時は三更。騅《すい》を撫《な》で、跨《また》ろうとしてまた見つめ合う。美しい虞美人《ぐびじん》の花を世話するものはいない。手中の刃は秋の霜のように白くきらめく。黄泉《よみ》の国にも仙界はあろう。つきぬ心残りよ。

●褫衣推枕―「褫」は、はねのける、の意。「褫衣」は、布団の代わりに衣服を身に掛けていたことを意味する。●騅―項羽《こうう》の乗馬の名前。後に名馬の代名詞ともなった。●蓮鍔―「鍔《がく》」は、刀・剣の刃を指す。南朝梁《りょう》・呉均《ごきん》「蕭《しょう》洗馬子顕《せんばしけん》の故意《こい》に和す 其の六」に「蓮花《れんか》 剣鍔《けんがく》を穿《うが》ち、秋月 月環《げっかん》を掩《おお》う」とある。「蓮」とはおそらく刀や剣の鍔として付けられた飾りものの模様だろう。●秋霜―秋の霜。ここでは刃の冷ややかな色を喩える言葉。

ここに描かれるのは、『史記《しき》』巻七「項羽本紀《こううほんぎ》」が記す、かの有名な「四面楚歌《しめんそか》」の場面。というより、この場合は「覇王別姫《はおうべっき》」といった方がいいだろう。垓下《がいか》で劉邦《りゅうほう》に包囲された項羽は、夜、四方から楚の歌が挙がるのを聞く。項羽は驚き、「劉邦はすでに楚を手に入れたのか、敵軍になんと楚の人間が多いことよ」というと、夜中起き上がって酒を飲んだ。彼の傍には愛姫の虞氏《ぐし》（すなわち虞美人《ぐびじん》）がいた。戦場をともに戦ってきた愛馬騅もいる。項羽は悲憤慷慨し、自ら詩を作って歌った。

力抜山兮気蓋世　力は山を抜き 気は世を蓋《おお》う

時不利兮騅不逝
騅不逝兮可奈何
虞兮虞兮奈若何

時に利あらず　騅《すい》逝《ゆ》かず
騅の逝かざるを　奈何《いかん》すべき
虞や虞や　若《なんじ》を奈何《いかん》せん

この歌を項羽が何度も歌うと、虞美人も和した。項羽は涙を流し、左右のものはみな悲しんで顔をあげることができなかった。

史書のみならず、戯曲・小説でもおなじみの有名な一節である。「虞や虞や　若を奈何せん」とは、いうならば元祖「劇中歌」。美しい虞美人が見つめるなか、死を覚悟した英雄が剣舞を舞う。その悲壮美に一体どれほどの人が涙したことだろう。俗説では、虞美人はその夜の宴席で自害したといい、彼女が「虞や　若を奈何せん」に応えた歌を、『史記正義《しきせいぎ》』(『史記』の注釈書)は『楚漢春秋《そかんしゅんじゅう》』という書から引いて次のようにいう。

大王意気尽
賤妾何聊生

大王《だいおう》　意気尽《つ》きたり
賤妾《せんしょう》　何《なん》ぞ生を聊《かりそめ》にせん

この句など、確かに虞美人の自害を暗示する。「覇王別姫」という四字の熟語はこの辺を起源として生まれたのである。

ただし、右に引いた無名氏【虞美人】の直接の起源は、おそらく胡曾《こそう》の詠史詩あたりにあるだろう(胡曾の詠史詩については「I　詠史と滑稽」三三頁を参照)。

「垓下」　　胡曾

抜山力尽勢図堕
倚剣空歌不逝騅
明月満営天似水
那堪回首別虞姫

抜山《ばつざん》の力は尽きて　勢図《せいと》堕《お》ちたり
剣に倚《よ》りて空しく歌うも　騅《すい》逝《ゆ》かず
明月　営《えい》に満ちて　天は水の似《ごと》し
那《な》んぞ堪えん　首《こうべ》を回《めぐ》らし　虞姫《ぐき》に別るるに

●那堪―反語。「不堪」の意。

「覇王別姫」を扱う佳篇ではある。しかしながらこの詠史詩は、そのドラマティックな力において【虞美人】に遠く及ばない。

無名氏【虞美人】がなにより優れるのは、項羽が剣を片手に歌った劇中歌「虞や虞や　若を奈何せん」をすべて省略してしまった点である。省略したというより、ストーリーを変えてしまったというべきだろうか。

【虞美人】はまず、あわただしく伝令がもたらされる所から始まる。敵軍の包囲の知らせとともに、月下、無数の軍旗が四方を取り囲む。知らせを受けた項羽はやおら起き上がり、すでに死を覚悟しながら、しばし「別れの思い」のために躊躇する。遠くから風に乗って楚歌が聞こえる。敵の軍旗を照らす月は三更。前段のここまでは、項羽はまだ帳幕の中にいるにちがいない。

後段、彼は騅に乗ろうとする。剣舞などはなく、いきなり出陣しようとするのだ。だが、ここでもまた

「別れの思い」に躊躇する。手には秋の霜のように光り輝く剣。「九泉《きゅうせん》帰り去らば是れ仙郷。恨みは茫茫《ぼうぼう》たり」。最後の二句は何を意味するのだろう。「あの世で再会しよう」と述べているのか、「一足先に行くがよい」と述べているのか。項羽は手にした剣を虞美人に渡して自害させるのか、それとも自ら殺すのか。

無名氏の【虞美人】は、項羽と虞美人との永遠の別れと恨みを、実にドラマティックに描いた。作者は恐らく、馬に乗ろうとして振り返り、二人の目が合って永久の別れを覚悟する、その瞬間に着目したにちがいない。前段は、次々に生起する事態が劇的瞬間にむかって配列され、トピックだけが客観的に叙述される。項羽が馬に乗ろうとして振り返ると、今度は手中の剣がにわかにクローズアップされ、作品は突然代言体にかわって「九泉 帰り去らば是れ仙郷。恨みは茫茫たり」と結ばれる。躍動感に富む、実に巧みな描写であろう。この【虞美人】は月並みな詠史詩に見えながら、「史実」さえ書き換えてドラマを描こうとする、旺盛な表現意欲にあふれた作品となっている。

【虞美人】にみられるこうした旺盛な表現意欲、ドラマを構築するための巧みな視点の設定は、後代の歌曲・散曲にも当然うけつがれた。次に、その精華の一つを紹介してみよう。

【罵玉郎過感皇恩採茶歌】　無名氏

【罵玉郎】牛羊猶恐它驚散。我子索手不住緊邀欄。恰才見鎗刀軍馬無辺岸。諕的我無人処走、走到浅草裏聴。聴罷也向高埠処偷睛看。

図2　『新刊全相平話秦併六国』巻下「蒙恬殺死石凱」の挿絵。右側に落馬する人が見える。

【感皇恩】吸力力振動地戸天関。唬的我撲撲的胆戦心寒。那鎗忽地早刺中彪軀、那刀亨地掘倒戦馬、那漢撲地搶下征鞍。俺牛羊散失、您可甚人馬平安。把一座介丘県生紐做枉死城、却番做鬼門関。

【採茶歌】敗残軍受魔障、得勝将馬頑奔、子見它歪刺刺趕過飲牛湾。蕩的那卒律律紅塵遮望眼。振的這滴溜溜紅葉落空山。

●子索―「子」は、「則」と同じ。「只」の意。「索」は、「要」の意で、～しなければならない。●不住―休みなく、の意。●吸力力―「吸力力」以下、「撲撲的」「忽地」「亨地」「歪刺刺」「卒律律」「滴溜溜」は、すべて擬態語・擬音語の類。●地戸天関―大地のとびら、天の入り口。●搶下―この場合は「逆さまに落ちる」の意。●人馬平安―成語の類だろう。●生紐做―「生」は生きながら、むざむざ、の意。「紐」は「扭」と同じ、ここでは「ひねる、ねじまげる」の意から転じて「むりやり」の意。

●番―「翻」に同じ。

右は『梨《り》園《えん》按《あん》試《し》楽《が》府《ふ》新《しん》声《せい》』巻下が収める無名氏の作品。「帯《たい》過《か》小《しょう》令《れい》（小令を繋ぎ合わせる）」と呼ばれる散曲特有の形式を採り、三曲の小令をつなぎ合わせて一曲の小令としたもの（「套数《とうすう》」とは異なる）。この作品には難解な語彙が多いので、一部は注においても示したが、右の作品を鑑賞する上で重要なものを簡単に解説してから、訳を示そう。

まず「邀欄」は「邀攔」に通じ、手で阻み遮る、の意。「埠」は丘を意味する「阜」と同じ。「彪軀」は、精悍な男の肉体。この散曲には地名らしき名詞が登場することにも注目したい。「介丘県《かいきゅうけん》」は「介休県《かいきゅうけん》（今の山西省介休市）」に似るが、その誤りというより、恐らくは架空の地名であろう。【採茶歌】に見える「飲牛湾《いんぎゅうわん》」も同様に架空の地名ではあるまいか。また、「枉死城《おうしじょう》」「鬼門関《きもんかん》」は、それぞれ「横死《おうし》した人の魂があの世で落ち着く場所」と「地獄の入り口」を指す。ともに、もとは「地獄」を表す常套表現だが、ここでは戦場の地獄絵図を見事に表現した言葉になっている。また、「魔障」は仏教語で「修身・成仏の妨げとなるもの」の意。ここでは、転じて「苦」の意。「頑奔」の語も見慣れないが、「頑」は現代語で「頑皮（きかん坊）」という時の「頑」、「奔」は走るの意で、恐らく「得意げに走らせる」といった意味だろう。

さて、右の散曲はどのような「地獄」を描くのだろう。

【罵玉郎】牛や羊が驚かされて逃げ出しちゃならねえと、おいらはひたすらにやつらを追いまとめる。ところがちょうどその時、あたり一面を鎗と刀、兵士と馬とが埋め尽くすもんだから、おいらはびっくり仰天、慌てて人気のない所に走って行き、浅い草むらに隠れてこっそりと物音を聴く。それから恐る恐る、小高い丘の上から覗《のぞ》いてみた。

【感皇恩】ゴーゴーと天地を揺るがすほどの音、驚いたおいらは心臓がドキドキ、震えあがって鳥肌まで立っちまう。見れば、手に握られた鎗はグサッと早くも大男の身体を一刺し、刀はドサッと戦馬をなぎたおす。馬に乗った男はドスンと鞍から真っ逆さま。おいらの牛や羊は、あちこちに逃げちまって、「人馬はご無事で。よい旅を」なんぞは言ってられネェ。この介丘県はむざむざと、有無を言わさず「枉死城」に変えられ、「鬼門関」になっちまった。

【採茶歌】敗けた方の軍隊は因果がたたって受苦のかぎり、勝利を収めた将軍は威張り散らして馬を走らせる。見れば、パカパカと、飲牛湾の方へ軍馬が追いかけていき、砂埃《すなぼこり》がビュービューと、おいらの視界を遮ったかと思えば、ザーザーと、紅く染まった秋の葉っぱが、空っぽになった山を飛ばされていく。

この散曲の最大の特徴は、目の前で展開される激烈な戦いと悲惨な結末を、その当事者ではなく、覗き見をする第三者の目を通して描く点である。作品は、あたりの気配に気付いて騒ぎ出した「牛羊」の動きから始まる。理由がわからず戸惑っている羊飼いの眼前に突然出現するのは軍馬の大群。あっという間に目の前は地獄絵図となり、累々と死体が重ねられる。と思うと、潮が引くように敗軍は逃走し、勝者が追いかける。「牛羊」はどこへ逃げたか解らない。後に残ったのは軍馬の砂埃。呆然と佇む羊飼いの目の前を、真っ赤な秋の木の葉が山一面を埋め尽くすように、ザーザーと飛んでいく。

ここには映画のワン・シーンのような映像的世界がある。誰が戦っているのか解らない、なぜ戦っているのかも解らない、厭戦感もなければ昂揚もない。軍馬のぶつかり合いがスロー・モーションのように繰り広げられ、なんの「評価」も与えられず、ただ放置される。羊飼いは目の前で展開される戦争の是非には無頓着で、ただ自分の「牛羊」の行方だけが気がかりなのだ。しかも最後は、（血に染まって）真っ赤に色づいた木の葉が山を埋め尽くす。講史小説の常套である戦争シーンを、日常性の観点から描いてそこに詩情を点描した、なかなかの傑作といえるだろう。作者はこの傑作を、従来の歌曲と同様「代言体」という手法を用いて描いた。だが、その「代言体」は当事者の口吻を写すためのものではなく、無知なる傍観者の驚愕を写すためのものだった。いわば「一人称による覗き」による新しい興奮の創造とでもいえようか。そしてその「一人称による覗き」という視点の設定は、散曲という文学ジャンルが初めて切り開いた新手法だったのである。

Ⅲ　文人家庭の音楽――晏叔原【大石調　鷓鴣天】

加藤　聰

一　室内の風景――歌は尽くす　桃花扇底の風

綵袖殷勤捧玉鍾。当年拚却酔顔紅。舞低楊柳楼心月、歌尽桃花扇底風。
従別後、憶相逢。幾回魂夢与君同。今宵剰把銀缸照、猶恐相逢是夢中。

美しい袂を伸ばして玉の杯を捧げもったひと。あの日、ほろ酔いにほんのり桜色に頬を染めたひとを思い切って、別れた。楊柳が揺れる高殿。舞は、その楊柳の中に月が消えるまで続いた。桃花を描いた扇。歌は、その扇から風が消えるまで続いた。
別れて後、逢瀬を思った。なんど夢の中であなたと一緒に過ごしたことか。今宵、銀の燭台をことさらに照らして、あなたの姿を焼き付ける。それでもなお、この逢瀬が夢ではないかと心配になる。

●殷勤―畳韻の語。情の濃やかなさま。●拚却―「拚」は音は「判」。「拚却」で、棄てて顧みないこと。●舞低……底風―「舞低楊柳楼心月」と「歌尽桃花扇底風」は対句で、両句とも「低」「尽」が動詞、「月」「風」がその目的語。「舞が月を低くし、歌が風を尽くす」の意。舞と歌が一晩中続くことをいう。●剰―「儘（ひたすら)」の意。●今宵……夢中―宋・王楙《おうぼう》『野客叢書《やかくそうしょ》』巻二〇は、この句が杜甫「羌村《きょうそん》」の「夜闌更秉燭、相対如夢寐」に基づくことを指摘する。

別れて後の再会を描いた傑作として古来愛唱されてきた詞である。

第二句にいう「拚却」は未練を断ち切るようにして思い切った、の意。その別れの晩が「舞低楊柳楼心月、歌尽桃花扇底風（舞は楊柳楼心の月を低くし、歌は桃花扇底の風を尽くす）」、すなわち、舞姫が「楊柳の中に月が消えるまで舞い、扇から風が消えるまで歌い続けた」という。後段は、まず「従別後、憶相逢。幾回魂夢与君同（別れて後、逢瀬を思って、なんど夢をあなたとともにしたことか）」といい、別れた後の「夢」を述べ、最後の二句「今宵剰把銀釭照、猶恐相逢是夢中（今宵 銀の燭台をことさらに照らしてみるが、それでもこの逢瀬が夢ではないかと心配になる）」は再会後の「夢」。別れの後は「夢を現実か」と疑い、再会後は「現実を夢か」と疑う、という。前段の「舞低楊柳楼心月、歌尽桃花扇底風」、後段の「今宵剰把銀釭照、猶恐相逢是夢中」、ともに中国の古典歌曲を代表する「佳句」といえるだろう。

この詞の作者は晏幾道《あんきどう》。北宋を代表する詩人の一人である。やはり北宋を代表する詩人であり、仁宗《じんそう》朝の宰相にまで昇った晏殊《あんしゅ》（九九一～一〇五五）の第七子。親子ともども詞の名手として知られ、父を大晏、子を小晏と呼ぶこともある。子の幾道は、字を叔原《しゅくげん》、号を小山《しょうざん》といい、詞作を集めた『小山詞《しょうざんし》』も残る。生卒年は明らかではないが一一〇六年あたりに七十数歳で逝去したという。

右の【鷓鴣天】の最後の二句は、註でも示したように、杜甫の詩「羌村《きょうそん》」に基づく。安史《あんし》の乱《らん》の後、鄜州《ふしゅう》の羌村に疎開していた家族の元に杜甫はやっとの思いでたどり着く。その時の模様を描いたのが「羌村三首」であり、その第一首は次のようにいう。

「羌村三首　其の一」　杜甫

峥嵘赤雲西
日脚下平地
柴門鳥雀噪
帰客千里至
妻孥怪我在
驚定還拭涙
世乱遭飄蕩
生還偶然遂
鄰人満牆頭
感歎亦歔欷
夜闌更秉燭
相対如夢寐

峥嵘《そうこう》たり　赤雲《せきうん》の西
日脚《にっきゃく》　平地に下る
柴門《さいもん》に鳥《う》　雀《じゃく》は噪《さわ》ぎ
帰客　千里より至る
妻孥《さいど》　我が在るを怪しみ
驚きの定まりしのちも還《ま》た涙を拭《ぬぐ》う
世は乱れ　飄蕩《ひょうとう》に遭えり
生還　偶然に遂げたるのみ
鄰人は牆頭《しょうとう》に満ち
感歎して亦《ま》た歔欷《きょき》す
夜　闌《たけなわ》にして　更に燭を秉《と》る
相対すれば　夢寐《むび》の如し

●峥嵘赤雲西―「峥嵘」は畳韻の語で、高く聳えるさまをいう。「赤雲西」は夕焼けが西の雲を染めていること。

●日脚―太陽のあし。●妻孥―妻子。●驚定―驚愕の昂奮が落ち着くこと。●遭飄蕩―放浪の目に遭うこと。●鄰人満牆頭―見物の隣人が垣根を満たすこと。●感歎亦歔欷―隣人が杜甫の生還に感動してすすり泣くこと。●夢寐―「寐」は「寝」。「夢寐」は夢の意。

最後の二句は、「明け方近くなってさらに灯火をとる。家族と向き合い、再会を果たしたこの現実を夢かと疑うばかり」。杜甫のこの二句に「剰把」の一語を加え、夢かと疑う男の行動に具体的内容をあたえれば、晏幾道の【鷓鴣天】が出来上がる仕組みである。ただしこの「剰」、ささやかではあるが神の一語であろう。

中国の文人たちは古くから家庭内の音楽の楽しみのために歌妓をたくわえた。有名なところでは晋《しん》・石崇《せきすう》の緑珠《りょくじゅ》や唐・白居易の樊素《はんそ》、宋・蘇東坡の朝雲《ちょううん》などがある。右の【鷓鴣天】に歌われる「桃花扇の女」もそうした「家妓」ではあるまいか。左遷などによって都を追われ、残していった家妓と年月を経て再会する、その「悲歓」を詠ったものであろう。もっとも、東坡の愛妾の朝雲は東坡が恵州《けいしゅう》に流された際にただ一人つき従い、その地で他界したという。「桃花扇の女」は、「Ⅱ 歌と物語の世界」(七二頁)で紹介された『柳氏伝《りゅうしでん》』の柳氏に似て、恐らく都にでも留め置かれ主人の帰還を待ったのである。

図は、南唐《なんとう》の顧閎中《ここうちゅう》の作と伝えられる有名な「韓熙載夜宴会図《かんきさいやえんかいず》」。韓熙載は、「Ⅴ 惜春の系譜」(一四三頁)で紹介される南唐の後主李煜《りいく》に仕えた実在の人物で、姫妾四十数人をたくわえ、俸禄のすべてを彼女たちに与えて自らは粗末な服を着けたという伝説をもつ。図に描かれた空間は韓熙載の屋敷であり、女た

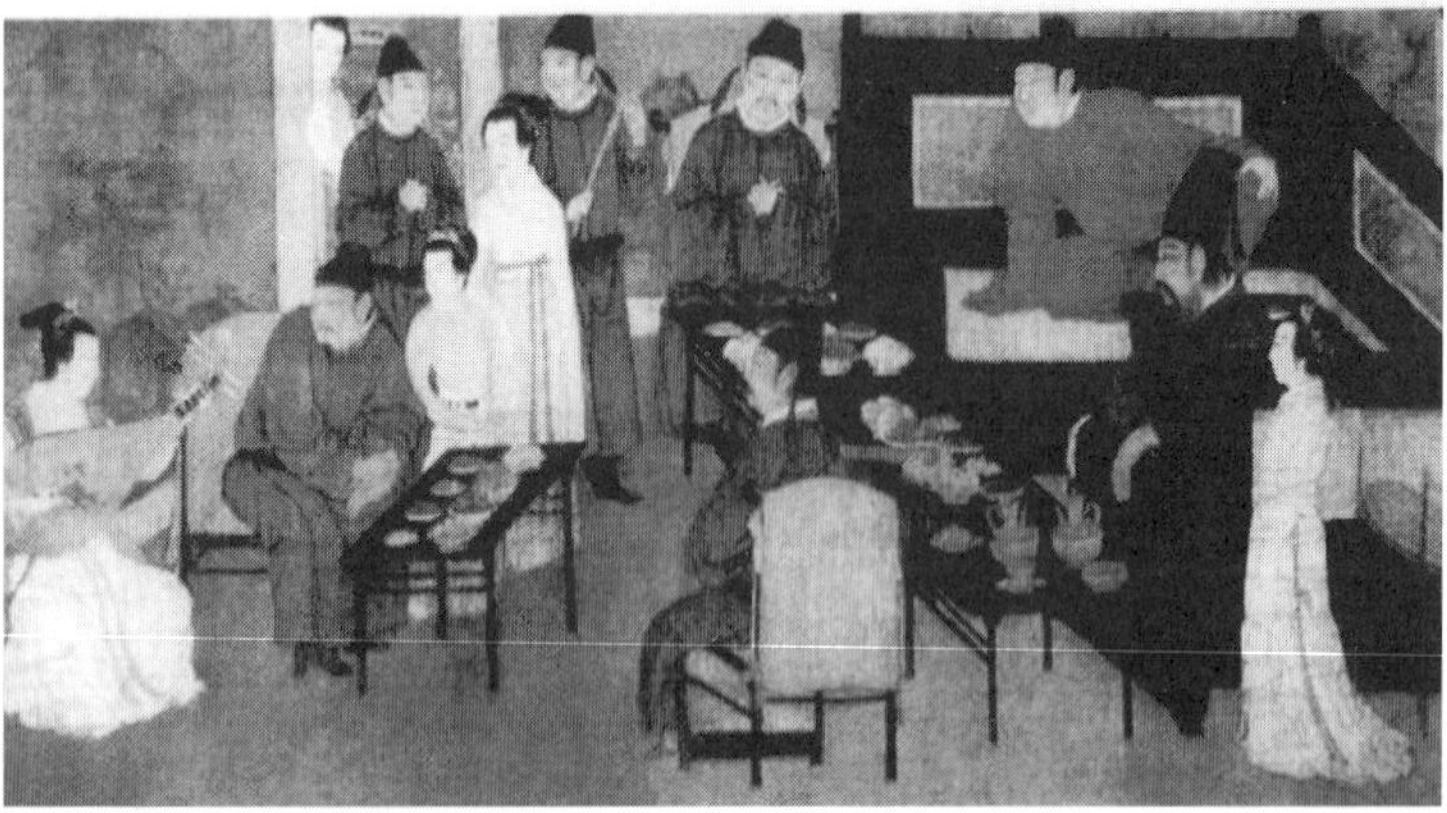

図3　南唐・顧閎中「韓熙載夜宴会図」。

ちは家庭内の音楽を楽しむ家妓たち。

こうした家妓たちは、主家に応じてもちろん状況は千差万別だったろうが、必ずしも無学な芸妓ばかりではなかった。たとえば朝雲は、東坡が伝えるところによれば初めは文盲だったが、東坡が「書」を教えると優れた楷書《かいしょ》を書いたという。また、恵州に流された秋、「悲秋」の思いを振り払おうとして東坡が「花褪残紅青杏小」に始まる【蝶恋花】を朝雲に歌わせようとしたところ、朝雲は突然涙ぐんで、「枝上柳綿吹又少。天涯何処無芳草（柳の枝の柳絮は風に飛ばされ少なくなった。天の果てでも、春が訪れれば花を咲かせない草木はない）」の部分を歌うことが出来ません、と述べたという。「わたしが秋を悲しんでいる時に、お前には傷春の思いをさせてしまった」と東坡は彼女を慰め、以来その歌は二度と歌わなかったという（【蝶恋花】の歌辞については、「Ⅶ 多情の饒舌」二〇四頁参照）。この逸話など、東坡の詞がもつ奥行きを朝雲がその奥行きのまま理解していたことを意味するのみならず、詩人たちの作品がそもそもどういう場面で歌われたかを物語って、興味深い。

蘇東坡には「海棠《かいどう》」と題される有名な七言絶句がある。

「海棠」　　　　蘇軾

東風裊裊汎崇光　　東風　裊裊《じょうじょう》として　崇光《すうこう》を汎《うか》ぶ
香霧空濛月転廊　　香霧《こうむ》　空濛《くうもう》として　月は廊を転《めぐ》る
只恐夜深花睡去　　只《た》だ恐る　夜深くして花の睡去《すいきょ》するを
故焼銀燭照紅妝　　故《ことさら》に銀燭《ぎんしょく》を焼き　紅妝《こうしょう》を照らす

●海棠―唐の玄宗《げんそう》が沈香亭《じんこうてい》から楊貴妃《ようきひ》を呼び出したところ、楊貴妃は昨夜の酒も覚めやらず、化粧もそのまま釵も斜めに、高力士《こうりきし》に支えられながら現れた。それを見て玄宗は「これは貴妃ではない、眠りの足りない海棠の花であろう」と述べたという。この詩はこの故事を踏まえる。●崇光―月の光をいう。●香霧空濛―一本に「香霧霏霏」に作る。「香霧」は、花の香を帯びた霧。「空濛」は畳韻の語で、ぼんやりとかすむさま。●故焼銀燭―「更焼高燭」や「高焼銀燭」に作るテキストがある。

海棠と美女と、どちらを詠んだのか判然としない詩といえようか。右に示したのは、『千家詩《せんかし》』という通俗的な詩選集のテキスト（楝亭本《れんていぼん》）に従ったものだが、東坡の古い文集が普通「更焼高燭」や「高焼銀燭」などとする末句を「故焼銀燭（ことさらに銀の燭台を掲げて）」に作るのは、あるいは晏幾道【鷓鴣天】

にいう「剰把銀釭照（銀の燭台をことさらに照らして）」に引かれてのことかもしれない。再会を果たした現実を疑って晏幾道が燭台を掲げたとすれば、『千家詩』所収の東坡詩はそれを踏まえつつ、離別を恐れて海棠を目に焼き付けようとするのではあるまいか。もっと単純には、【鷓鴣天】の「剰」を「故」に移したともいえようか。もっとも、主人の酔狂に付き合いきれず家妓が眠りこける様をより単純にからかっただけかもしれないが、いずれにしても、文人家庭にあっては、さまざまな場面においてこうした歌曲が歌われ、主人の生活に興を添えたと思われる。

たとえば、こんな話もある――五代から宋初にかけての文人・陶穀《とうこく》は党大尉《とうたいい》（党進《とうしん》）という武人から家妓を買った。ある雪の日、陶穀は雪を取って湯を沸かし、それで茶を入れて家妓に問うた、「党家ではこのような楽しみはご存じあるまい」と。するとその家妓は「あの方は粗野な武人ですから、このような楽しみを知ろう筈もございません。ただ、金箔張りの部屋で暖かな炬燵に入り、上等のお酒を飲んで浅斟低《せんしんてい》唱《しょう》するだけでした」と答えた。陶穀はこれを聞いて自らの言を羞じたという。「浅斟低唱」とは「小唄をやりながら、ちびちび飲む」といった意だが、後の文学がこの言葉を用いるとき、必ず陶穀の故事を意識した。

陶穀はまた、宋の使者として南唐に赴いた逸話ももつ。その際、さきほどの図にひときわ大きく描かれていた韓熙載が「女スパイ（この女性も韓熙載の家妓だったという）」を送り込み、陶穀は騙されてそのスパイに「淫詞」を贈る。ところが、外交交渉の席上その詞を演奏され、陶穀は赤っ恥をかかされて宋に逃げ帰った、というのである。因みに、その「淫詞」は【風光好】という詞牌をもち、小説や戯曲では次のような内容として知られる。

【風光好】　　　　　　陶穀

好姻縁。悪姻縁。只得郵亭一夜眠。別神仙。
琵琶撥尽相思調、知音鮮、待得鸞膠続鳳絃。是何年。

よいえにし、悪いえにし。郵亭でたった一晩出会っただけで、天女のような人と別れてしまった。琵琶をかき鳴らし思いを伝えようにも、曲は終わり、心を知る人はない。伝説の鳳麟洲《ほうりんしゅう》に出る膠《にかわ》で切れた弦をつなぎ、もう一度天女に出会えるのはいつのこと。

●郵亭―宿場、宿駅。●鮮―「少」の意。●鸞膠続鳳絃―「鸞膠」は、鳳麟洲に産するという膠。それで「鳳絃を続《つ》ぐ」とは、後妻を娶ることをいう。また「鳳絃」を一本に「断絃」に作る。

逸話の真偽は定かでないが、「続絃（絃を続《つ》ぐ）」とは普通は後妻を娶ることをいい、しかも、後代の戯曲・小説がこの語を用いる時は、「浅斟低唱」の場合と同様、必ず陶穀の故事を意識した。してみるとこの詞、当時よほど人口に膾炙したものとみられる。宴席でこの歌を暴露されて陶穀が逃げ帰ったように、右の【風光好】は酒の席で歌姫が歌うにふさわしい。党大尉ならずとも「浅斟低唱」したくなる作品といえようか。

二　家庭の楽しみ——水を掬いて月は手に在り

晏幾道の父親・晏殊に次のような作品がある。

【玉楼春】　　　　　　　　　　晏殊

緑楊芳草長亭路。年少抛人容易去。楼頭残夢五更鐘、花底離愁三月雨。
無情不似多情苦。一寸還成千万縷。天涯地角有窮時、只有相思無尽処。

緑楊と、芳草と、長亭の路。青春は人を棄ててやすやすと去っていく。高殿のもと、夢を破るのは五更の鐘。花のもと、別れの哀しみをそそるのは三月の雨。

無情のものは多情の苦しみを知らぬ。一寸の心は千々に砕けて糸となり、天にも地にも限りはあろうに、ただ果てしなく思いを飛ばす。

「緑楊」「芳草」という晩春の景物を冒頭に配し、前段は、別後の感傷を惜春の情に託す。後段は、李煜【蝶恋花】にいう「一片芳心千万緒。人間没箇安排処（一片の恋心は千万にも砕けて愁いの種となる。だが一箇所として落ちゆくべき場所がない）」を換骨奪胎して、無限の「相思」を述べる。過不足のない、ふくよかな洗練を示すといえようか（なお、「無限の情」を詠った表現の系譜については、「Ⅶ　多情の饒舌」二〇六頁参照）。

晏殊は単に高官に昇ったのみならず、范仲淹《はんちゅうえん》や韓琦《かんき》、歐陽脩《おうようしゅう》といった後進を指導し、葉夢得《しょうぼうとく》の『避暑録《ひしょろく》話《わ》』が「客を喜び、一日として宴飲しない日はなかった」と記述した人であった。右の【玉楼春】も歐陽脩などが同席する家宴で歌われ、後進の詞風に大きな影響を与えたにちがいない。

この【玉楼春】については次のような逸話も伝えられる——子の晏幾道は蒲伝正《ほでんせい》という人に「父は平生たくさんの小唄を作りましたが、婦人の言葉は用いませんでした」と語った。蒲伝正が「【玉楼春】にいう「年少 人を抛《す》てて容易に去れり」は婦人の言葉ではないでしょうか」というので晏が訊きかえすと、蒲は「未練を知らない年若いあの人は、私をやすやすと棄てて去った、というのではありませんか」とこたえた。そこで晏は「あなたのお蔭で白居易の「浩歌行《こうかこう》」にいう「欲留年少待富貴、富貴不来年少去」の意味が解りました」というと、「あれは「年若いお前を留めて金持ちになりたいと思ったが、金持ちにはならず年若いお前は去った」の意味なのですね」と蒲を皮肉った。蒲は笑って自身の失言を悟った——というのである。

晏幾道の言い方はかなり意地が悪い。「年少」が「年若いひと」の意ではなく「青春」の意ならそう言えばいいものを、わざわざ白居易の「欲留年少待富貴、富貴不来年少去」を引き合いに出すことはあるまい。ここに込められた晏幾道の皮肉は明らかだろう。白居易の句は元来「青春を留めて富貴になることを願ったが、富貴は来ず青春は去った」の意である。が、「年少」が「年若いひと」の意であれば、「富も美女も失った」という老人の未練の詩になってしまう。要するに、「年少抛人容易去」を女性の言葉として読むのはそれに類する下衆の根性だと言いたいのである。「人生のそこはかとない寂寞を父は惜春に託したのであり、女性の恋情を描いたのではない」、これが彼の言い分であろう。もっとも、晏殊はその寂寞を「閨怨という見立て」の中で描いたのであり、蒲伝正は自身の解釈を安易に撤回する必要はなかったと思うのだが、ただし、ここで右の逸話を紹介したのは、蒲伝正に加担せんがためではない。詩歌にも「家学」のようなものがあって、晏幾道は普段から父の歌曲に馴染んでいたこと、さらには、父親の書いた歌曲を息子が白居易の「歌行」と同様に扱っていたことが解るからである。これは、翻っていえば、白居易の「歌行」のような作品も文人の家庭にあっては、「詞」に類する音楽として享受されたことを意味するにちがいない。

因みに、白居易の「浩歌行」は次のようにいう。左は、「富貴不来年少去」に続く一部である。

去復去兮如長河　　去りて復《ま》た去るは　長河《ちょうが》の如し
東流赴海無迴波　　東流して海に赴き　迴波《かいは》無し
賢愚貴賤同帰尽　　賢愚貴賤　同《とも》に帰尽《きじん》し
北邙塚墓高嵯峨　　北邙《ほくぼう》塚墓《ちょうぼ》　高きこと嵯峨《さが》たり
古来如此非独我　　古来此《か》くの如し　独り我のみに非ず
未死有酒且酣歌　　未だ死せずして酒有らば　且《しばら》くは酣歌《かんか》せん

士大夫の家庭においては、生活のいたるところに伝統的な詩歌・歌曲が浸透していた。家族や職場にかぎらず、人が集まれば必ず詩歌は歌われたし、彼らが普段使う文房具や食器、鏡、扇、寝具、家具といった調度品にも、美しい装飾にまじってさまざまな詩歌が書かれていた。そのことは、宋元の頃から今日に伝えられる工芸品を見れば明らかだし、なにより、戯曲・小説を読めば蟹を食べては詩歌、お誕生日が来ては詩歌といった調子で、季節ごとの行事には必ず「酒」と「糸竹《しちく》（音楽）」がセットでついていた。こうしてさまざまな場面で作られ歌われる歌曲は、たとえ同一の曲、同一の歌詞であっても、場面に応じてニュアンスを変えながら享受されたはずであり、晏殊の詞に対する晏幾道と蒲伝正の解釈はいずれか一方が誤りだということもないように思われる（唐詩の歌われ方に対する同様の考え方は「VI 諷諭の系譜」一八四頁でも示されている）。

文人家庭の音楽の多面性を物語るおもしろい例がある。次に示すのは元朝期の散曲「掬水月在手（水を掬《すく》いて月は手に在り）」。作者は「I 詠史と滑稽」（五四頁）でも紹介した馬致遠《ばちえん》という人で、散曲集『太平《たいへい》楽府《がふ》』巻六に収められた、套数の冒頭を飾る傑作である。

「掬水月在手」　　　馬致遠

【仙呂　賞花時】古鏡当天秋正磨。玉露瀼瀼寒漸多。星斗燦銀河。泉澄源尽、仙桂影婆娑。

【幺】不覚楼頭二鼓過。慢撒金蓮鳴玉珂。離香閣近花科。丫鬟喚我。渇睡也去来呵。

【賺煞】緊相催、閑篤磨。快道与茶茶嬷嬷。宝鑑粧奩準備着。就這月華明乗興梳裹。喜無那。非是咱風魔。伸玉指盆池内蘸緑波。剛綽起半撮。小梅香也歇和。分明掌上見嫦娥。

【仙呂　賞花時】古い丸い鏡は空にあって磨かれたばかり。露のような真っ白な光が秋の肌寒さをいやましにする。北斗七星は銀河に輝き、天の河の流れは清く、月の桂が水面に影をおとす。

【幺】知らぬ間に水時計は二更（夜の十時頃）を過ぎた。ゆっくりと金蓮を歩ませ、帯玉《おびだま》も美しい音を奏でる。女部屋をはなれ、植え込みに近づいた頃。幼い侍女があたしを呼ぶ。「おねむの時間です、帰りましょう」と。

【賺煞】しつこく催促されても、ぶらぶら歩きまわり、「ねえ、はやく茶茶と乳母を呼んで来て。鏡とお化粧箱を用意して、って。この月明かりの中で櫛を入れ、ネッカチーフで髷を包んでみましょうよ。楽しいったらないわ。月に浮かれて気が変になったのではないのよ。指を伸ばして、ほら、月明かりに緑に輝くお盆の水に手を浸し、やっと半分すくい上げたら、梅香や、調子をそろえて見てごらん、手のひらの中にちゃんと月の女神様が」。

●古鏡―中国の銅鏡は普通まるいので、鏡はしばしば月に喩えられる。●仙桂影婆娑―「仙桂」とは月。月には桂の木があるとの伝説からこういう。「婆娑」は畳韻の言葉で、揺れる様を表す。●慢撒金蓮鳴玉珂―「金蓮」は纏足をした足を喩える言葉。四九頁参照。また、「玉珂」は、普通は馬のくつわの飾り玉。ここでは女性の帯玉だろう。●花科―「科」は「棵」と同音。「花棵」は花が咲く草、の意。●丫鬟―双鬟に結った女性の意。成人前の下働きの女。●渴睡也去来呵―「渴」は「瞌（居眠りする）」と同音。「渴睡」は居眠りの意だが、ここでは単に「床に着く」の意だろう。「去来呵」は「行きましょう」の意。●篤磨―うろつく、ぶらぶらする、の意。●茶茶嬷嬷―「茶茶」は、元曲では女真族《じょしんぞく》の少女の名前によく使われる。「嬷嬷」は母・乳母などに対する呼称。●準備着―「着」は、命令の語気を表す。●喜無那―「那」は「奈」。「喜無那」で「喜びを奈何ともし難い」の意。●風魔―「風顛」に同じ。●蘸緑波―

「緑波」は普通は酒を指す。ここは月に照らされた水。「蘸」は「沾」。浸すの意。●綽起半撮―「綽起」は掬いあげること。「撮」は量詞。つまむことを表す。●小梅香也歇和―「梅香」は侍女の名。「歇」はやすむ、「和」はあわせる。「歇和」で、音楽や動作を休んだり合わせたりすること。ここでは、タイミングをはかって掌を覗き込むことをいう。●嫦娥―月の世界に住む女神の名。

巧みに構成された見事な作品といってよい。まず「水を掬《すく》いて月は手に在り」という題が示され、夜更けて、月光の中を勝手気儘に散歩する少女の姿が描かれる。「もうお休みの時間ですよ」と侍女に咎められて少女の我儘はさらに昂じ、「鏡を持ってきて。お化粧箱を持ってきて」と勝気な気性が点描されると、この辺から作品は彼女の口吻を写しつつ、多感な少女の「怜悧」を溌剌と描く。最後は、少女がタライから水をすくい取って「水を掬いて月は手に在り」の落ちが付くかと思えば、作品は実はもう一捻りあって、掌の水に映った月とはその少女と侍女の梅香なのである。二人の少女が仲良くならんで手のひらの水の中で微笑みかける。水を掬いて、月のような美女は正しく手の中に在り。なんとも絵画的な作品ではあるまいか。

この「水を掬いて月は手に在り」という馬致遠の作品、絵画的なのも当然で、「掬水月在手」という五字は恐らく画題であった。そのことを証す端的な例は『金瓶梅《きんぺいばい》』の第五十九回である。

『金瓶梅』第五十九回は、主人公西門慶《さいもんけい》の一人息子官児《かんじ》が猫に殺される展開を後半にもち、『金瓶梅』全百回の中でも特に重要で優れた回だが、その前半は、『マクベス』第二幕第三場の門番のシーンに類して、悲劇を前にした幕間狂言的な味わいをもつ。西門慶は近ごろ知り合いになった妓女・鄭愛月《ていあいげつ》を訪ねてこっそり家を抜け出すが、この鄭愛月、若い芸者なのに老獪な駆け引きをすでに身につけ、西門慶を彼女の部屋で待たせ続ける。手持ち無沙汰な西門慶はぼんやり待つ以外にない。

見れば、内は香がたちこめ、奥へ進むと「海潮観音《かいちょうかんのん》」の軸が掛けてある。両側には四軸の美人画が春夏秋冬になぞらえて掛けてあり、「惜花春起早（花を惜しんで春は早く起きる）」、「愛月夜眠遅（月を愛でて夜は遅く眠る）」、「掬水月在手」、「弄花香満衣（花を弄べば香は衣に満つ）」という。その上には「捲簾邀月入、諧瑟待雲来（簾を捲きて月の入るを邀《むか》え、瑟を諧《ととの》えて雲の来たるを待つ）」という対句があり、上手には東坡椅子が四脚、両側には漆塗りの長椅子が二つあって、西門慶が腰を下ろすと、正面には楷書で「愛月軒《あいげつけん》」の三字が目に入った。

ここにいう「春夏秋冬になぞらえて掛けてある四枚の美人画」の一つが馬致遠の散曲と同名の「掬水月在手」。してみると、「掬水月在手」のみならず他の三句もみな美人画の画題であること、間違いない（ただし、『金瓶梅』は春夏秋冬とするが、実際には春秋が二枚ずつと考えるべきであろう）。

因みに言えば、「惜花春起早」「愛月夜眠遅」「掬水月在手」「弄花香満衣」の四句は戯曲・小説で常套的に用いられる一種の成語である。また、『太平楽府』巻六が冒頭に置く馬致遠の套数も全部で四首あり、その題名を順に紹介すれば「長江風送客（長江に風は客を送る）」、「孤館雨留人（孤館に雨は人を留む）」、「掬水月在手」、「弄花香満衣」（つまり「掬水月在手」は第三首目であり、真の冒頭ではない。また、「長江風送客」「孤館雨留人」の二句も戯曲・小説に頻見され、元来は唐・賈島《かとう》の句という）。更にまた、宋元の頃から今日に伝えられている瓶や皿や枕といった陶器類には、装飾としてこれらの句がしばしば書かれる。

しかも、南宋期に編纂されたとされる一種の百科事典、ないし学習参考書『古今事文類聚《ここんじもんるいじゅう》』の「前集」巻六「天文部」「春・律詩」には、中唐の于良史《うりようし》という人の「春山夜月」と題する次のような詩を掲載する。

「春山夜月」　　于良史

春山多勝事　　春山 勝事多し
賞翫夜忘帰　　賞翫《しょうがん》して 夜 帰るを忘る
掬水月在手　　水を掬えば 月 手に在り
弄花香満衣　　花を弄べば 香 衣に満つ
興来無遠近　　興来たれば 遠近無し
欲去惜芳菲　　去らんと欲して 芳菲《ほうひ》を惜しむ
南望鳴鐘処　　南のかた鳴鐘の処を望めば
楼台深翠微　　楼台は翠微《すいび》に深し

●無遠近—遠近を忘れて遠出する、の意。●芳菲—双声の語で、花盛りをいう。●深翠微—「翠微」は山の緑の奥深く。「深翠微」は、「翠微」の更に奥、の意。

「掬水月在手」「弄花香満衣」の二句は中唐の詩人・于良史の詩句。しかも原作は美女とまったく無関係な、山中の春の楽しみを詠った詩歌といってよい。春を追って山中に入り、つい帰りそびれてしまった、花を訪ね、月を訪ね、昼ともなれば山の彼方に寺院の楼閣が霞む。隠者の境涯でも詠うのであろうか。単純な内容ではあるが、印象深い詩である。

以上のことから推測されるのは次のことであろう。于良史の「春山夜月」詩は、今は知る人も少ないが、春の山中の美しさを描いた名詩としてかつては広く人口に膾炙した。詩文の教養を中核とする士大夫の家庭では当然知っておく必要があったし、また、時に歌われることもあったから、『古今事文類聚』のような参考書に掲載され、家具や調度品にも書かれて、彼らの生活に季節感や雅味を添えたのである。戯曲や小説の作者たちは、したがってこの詩を熟知していた。が、この「春山夜月」詩は、「掬水月在手、弄花香満衣」の二句が特に愛好され、「掬水月在手」は秋、「弄花香満衣」は春の景物をいうものとして原作からはなれ、絵画や歌曲、美人画の題としても用いられた。こうして生まれたのが馬致遠の散曲や西門慶が見た美人画であった。また、馬致遠の散曲が良家の少女を描き、『金瓶梅』の美人画が屋内の壁に軸として掛けられていたように、こうして生まれた副産物も恐らくは良家の子弟たちの間で楽しまれることがあった。詞や散曲は、常に妓楼で歌われるものとは限らなかったのである。

三　教養と愛唱のはざま――秋草 人情 日日に疎し

最後に、元雑劇が典故として引用する唐宋の詩詞から、今日の我々からすれば意外に思われる詩歌を幾つかあげてみよう。

たとえば杜甫の詩は、「唐詩三百首」や「杜甫名詩選」の類に入っていないような詩が意外に多く元曲で使われる。そのことは恐らく、我々の想像を遥かに上回って杜詩は流布し、しかも当時の嗜好は今日のそれとかなり異なっていたことを示唆する。ひとり杜詩に限らない、それは他の詩人にも当てはまる。元曲の作者たちが引用するということは、元曲が「大衆的な文学」であっただけに、当時の一般的な嗜好を最も如実に物語る。こうした作品を幾つか紹介して、元朝期の「文人家庭の音楽」を垣間見てみよう。

では、まず杜甫の律詩を二首。

「夜宴左氏荘（夜　左氏《さし》の荘に宴す）」　杜甫

風林繊月落　風林に繊月は落ち
衣露浄琴張　衣《ころも》は露《ぬ》れて　浄琴《じょうきん》張らる
暗水流花径　暗水　花径《かけい》を流れ
春星帯草堂　春星　草堂を帯ぶ

検書焼燭短　書を検《けみ》し　燭を焼くこと短く
看剣引盃長　剣を看て　盃を引くこと長し
詩罷聞呉詠　詩罷《や》み　呉詠《ごえい》を聞く
扁舟意不忘　扁舟《へんしゅう》　意《こころ》に忘れず

●繊月―まゆ月。●衣露浄琴張―「露」は動詞で、露に濡れる。「浄」は一本に「静」に作る。「浄琴張」は、宴のために楽器の準備が整ったことをいう。●春星帯草堂―左氏の草堂に春の星がかかっていることをいう。●検書焼燭短―「検書」は作詩のため書物を調べること、「焼燭短」は時間の推移をいう。●看剣引盃長―「剣」は俠気の象徴。「引盃長」も時間の推移をいう。●詩罷聞呉詠―作詩の手を擱《お》き、宴で歌われる「呉の歌」に聞き入ることをいう。呉は今の蘇州《そしゅう》あたり。杜甫はかつてその地を訪れたことがある。●扁舟意不忘―杜甫がかつて呉の地で小舟に乗って遊んだ思い出をいう。

左氏の別荘での宴を詠う、杜甫徒弟時代の詩。月が落ちた夕方から宴ははじまり、夜更けまで続く。「暗水流花径」は月のない春の闇の中を水がかすかな音を立てて流れていく様を描き、「春星帯草堂」は夜が更けるにしたがって星々が静かに回転していく様。また、「検書焼燭短、看剣引盃長」の二句は宴席における杜甫の行動を描くとともに、彼の若々しい胸懐も描くだろう。詩を作り剣を撫して、志は千里にある。いずれもあざやかな対句である。元曲は「看剣引盃長」を引く（元刊本『貶夜郎』）。

次に、杜詩をもう一首。

「重過何氏五首（重ねて何氏《かし》を過《よ》ぎる 五首）其の四」　杜甫

頗怪朝参懶　頗《いささ》か怪しむ 朝参《ちょうさん》の懶《ものう》きを
応耽野趣長　応《まさ》に 野趣の長きに耽《ふけ》るなるべし
雨抛金鎖甲　雨に抛《なげう》つ 金鎖《きんさ》の甲《よろい》
苔臥緑沈槍　苔《こけ》に臥す 緑沈《りょくちん》の槍
手自移蒲柳　手もて自ら蒲柳《ほりゅう》を移し
家纔足稲粱　家 纔《わず》かに稲粱《とうりょう》足るのみ
看君用幽意　君の 幽意を用《もっ》て
白日到羲皇　白日《はくじつ》に羲皇《ぎこう》に到るを看たり

●何氏―未詳。杜甫は別の詩でもこの人の山荘・山林を詠んでおり、長安郊外の山荘に隠棲した将軍であることが解る。●頗怪朝参懶―「頗」はいささか。「朝参」は何将軍が参加すべき朝廷の朝会。●雨抛金鎖甲―「金鎖甲」は金を鎖あみにした鎧。「雨抛」は、その鎧が雨の中に捨て置かれていることをいう。●苔臥緑沈槍―「緑沈槍」は緑に漆塗りされた槍。「苔臥」は、その槍が苔の中に捨て置かれていることをいう。●白日到羲皇―「羲皇」は三皇のひとり伏羲氏《ふっきし》。『晋書《しんじょ》』「隠逸伝《いんいつでん》」陶潜伝《とうせんでん》に「(陶淵明が)夏日、北窓の下の高臥するに、清風 颯《さっ》として至り、みずから羲皇の上の人とおもえり」とあるのを踏まえる。「白日」は昼の意で、ここでは陶淵明の午睡をいう。陶淵明のように、何将軍は午睡の間に理想の太古に到達した、の意。

詩は、天宝《てんぽう》十三年（七五四）、杜甫四十三歳の作とされる。武人でありながら「野趣」を愛して郊外の山荘に引きこもる何将軍を訪ねての、五言律詩連作五首のうちの第四首。「雨抛金鎖甲、苔臥緑沈槍」は、何将軍が武意を好まず、武具が棄て置かれる様をいう。彼は水辺に生える蒲柳をみずから移し植え、清貧に甘んじて（「家纔足稲粱」）、陶淵明にも通じる太古の高雅さをもつ、という。元曲は「雨抛金鎖甲、苔臥緑沈槍」を援用するが（元刊本『三奪槊』）、この二句は雨中に打ち棄てられる黄金の鎧・暗緑の苔中に横たわる漆塗りの槍を詠って、確かに豊かな視覚的喚起力をもつ。

次に、中唐の孟郊《もうこう》の詩を『古今事文類聚』から一首。

「去婦怨（去婦の怨）」　孟郊

君心匣中鏡　君が心は匣中《こうちゅう》の鏡
一破不復全　一たび破れれば　復《ま》た全《まった》からず
妾心藕中糸　妾《しょう》が心は藕中《ぐうちゅう》の糸
雖断猶牽連　断つと雖も　猶《な》お牽連《けんれん》するがごとし
安知御輪去　安《いず》くんぞ知らんや　輪を御して去りしに
今日翻迴轅　今日　轅《ながえ》を翻迴《ほんかい》せんとは
一女事一夫　一女　一夫に事《つか》えなば
安可再移天　安んぞ再び天を移すべけんや

君聴去鶴言　　君は聴け　去鶴《きょかく》の言を
哀哀七糸絃　　哀哀たり　七糸の絃

●藕中糸―「糸」は「思」と同音なので、「思」に掛ける。「藕中糸」は蓮根の糸。次の句にいう「雖断猶牽連」は、蓮根が糸を引くことに掛ける。●御輪去―自身の実家を出て嫁いだことをいう。●君聴去鶴言哀哀七糸絃―『楽府詩集《がふししゅう》』巻五八によれば、「別鶴操《べつかくそう》」という琴曲があって、これは、商陵《しょうりょう》の牧子《ぼくし》の妻が結婚して五年のあいだ子がなかったため父兄に改嫁を迫られ、牧子がそれを悲しんで作った曲という。ここにいう「去鶴言」「七糸絃」はこれを踏まえ、「去鶴言」は「別鶴操」、「七糸絃」は琴を指す。

「藕糸」は蓮根の糸。古来、断ち切ることの出来ない女の恋心をいい、小説や戯曲がこの語を用いる時、孟郊のこの詩を必ず意識する。「私を離縁することは、男の貴方には割れた鏡を棄てるのと同じでも、わたしには藕中の糸。思いの糸を断ち切ろうにも切れませぬ。あの日、家を出て貴方に嫁いできたものを、また車を返す日があろうとは。女にとって夫は天と同じ。天はひとつ。どうしても私を離縁するというのなら、この「別鶴操」の悲しい調べをお聞きなさい」。

次に、晩唐の陸亀蒙《りくきもう》の詩を『才調集《さいちょうしゅう》』から一首。

「春夕酒醒（春の夕べに酒は醒む）」　陸亀蒙

幾年無事傍江湖　　幾年か　事も無く　江湖《こうこ》に傍《そ》う

酔倒黄公旧酒壚　　酔倒《すいとう》せり　黄公《こうこう》の旧酒壚《しゅろ》に
覚後不知新月上　　覚めての後　新月の上《のぼ》るを知らず
満身花影倩人扶　　満身の花影もて　人に倩《こ》いて扶《たす》けらる

●黄公旧酒壚―「酒壚」は酒肆。「黄公の酒壚」とは、『世説新語《せせつしんご》』「傷逝篇《しょうせいへん》」に基づく語で、竹林《ちくりん》の七賢《しちけん》が宴を催したところ。　●倩人扶―「倩」は人に頼むこと。「扶」は支え起こすこと。

何の解説も要しない、平易で美しい詩であろう。春の夕べ、花の下で全身に明月の影を受けながら助け起こされる陶酔を詠う。元曲に引かれるのは、末句「満身花影倩人扶」(元刊本『貶夜郎』)。
次に金朝の詩を一首。『中州集《ちゅうしゅうしゅう》』巻三から趙秉文《ちょうへいぶん》の詩を見てみよう。

「寄王学士子端（王学士《おうがくし》　子端《したん》に寄す）」　趙秉文

寄語雪溪王処士　　語を寄す　雪溪《せっけい》の王処士《しょし》
年来多病復何如　　年来多病　復《ま》た何如《いかん》
浮雲世態紛紛変　　浮雲　世態　紛紛として変じ
秋草人情日日疎　　秋草　人情　日日に疎《うと》し
李白一杯人影月　　李白の一杯は　人と影と月
鄭虔三絶画詩書　　鄭虔《ていけん》の三絶は　画と詩と書

情知不得文章力　情知《じょうち》す　文章の力を得ざるを
乞与黄華作隠居　乞うらくは　黄華《こうか》と与《とも》に隠居を作さん

●王学士子端―王庭筠《おうていいん》、字は子端《したん》。黄華山《こうかざん》の山水を愛して黄華と号した。大定《だいてい》十六年の進士で、官界では趙秉文の先輩に当たる。一句目の「王処士」とは、彼を在野の隠者として呼んだもの。●李白一杯人影月―李白の「月下独酌」詩にいう「盃を挙げて明月を邀《むか》え、影に対して三人と成る」を踏まえる。●鄭虔三絶画詩書―鄭虔は、前出の杜甫「重過何氏五首」において、杜甫とともに何氏の山荘を訪れた人物。広文館博士《こうぶんかんはくし》・著作郎《ちょさくろう》に任じられた。『唐書《とうじょ》』「文藝伝《ぶんげいでん》」によれば、画・詩・書に優れ、玄宗皇帝が「鄭虔三絶」と称えたという。
●情知不得文章力―「情知」は、「明知」の意。「不得文章力」は中唐の詩人劉禹錫《りゅううしゃく》の有名な詩句「一生不得文章力、百口空為飽煖家（万巻の書を読んで勉強はしたが、文章の力を得て不朽の名作を書き天下を利することもなく、家族や下働きの者たちが無駄に豊かな生活を送っただけだった）」を踏まえる。

趙秉文は、字は周臣《しゅうしん》、号は閑閑老人《かんかんろうじん》。大定《だいてい》二十五年（一一八五）の進士で、元好問《げんこうもん》の師でもあった人。礼部《れいぶ》の重鎮として科挙の座主をつとめ、金末の文運を決定付けたが、如何せん、金朝はモンゴルによってあまりにも早く亡ぼされてしまった。彼自身も優れた詩人で、名作は意外に多い。

右の詩はがんらい座興の作と思われ、詞華集に選ばれるべき作品ではあるまいが、「浮雲世態紛紛変、秋草人情日日疎」の警句が当時から愛されたものと思われる。「多病の王学士よ、お元気ですか。世の中は紛紛と変じ、俗事に忙殺される私はついご挨拶を忘れがち。あなたは李白や鄭虔のような天才をもち、しかも清らかな生活を守っていらっしゃる。私も自身の能力にはやく見切りをつけて、貴方と一緒に黄華山に隠棲したい」という。元曲が引くのはもちろん「浮雲世態紛紛変、秋草人情日日疎」（『魯斎郎』）。

趙秉文の作をもう一首。『中州楽府《ちゅうしゅうがふ》』から【青杏児】という詞をみてみよう。

【青杏児】　趙秉文

風雨替花愁。風雨罷花也応休。勧君莫惜花前酔、今年花謝、明年花謝、白了人頭。

乗興両三甌。揀溪山好処追遊。但教有酒身無事、有花也好、無花也好、選甚春秋。

雨や風は花のことを愁えていよう。風雨が止めば花もおしまいだ、と。花の前で酒に酔いしれることを、君よ、咎《とが》めないでくれ。今年花は散り、明年も花は散り、人の頭を白くする。興にまかせて酒を飲もう。溪山を選び、美しい所に更に出かけよう。ままよ、酒があって体が無事なら、花があってもいいし、花がなくてもいい。春と秋さえ構うものか。

何の解説も要しまい。きわめて平明で、歌謡性の高い詞である。元曲はしばしば冒頭の第一句を引くが（『金銭記』）、それを含む「風雨替花愁、風雨罷花也応休」の二句が、確かにこの一首の命であろう。「浮雲世態紛紛変、秋草人情日日疎」に似た警句である。

では最後に、南宋の臨安《りんあん》で愛唱されたという詞を示しておこう。出処は『武林旧事《ぶりんきゅうじ》』巻三「西湖遊幸」、作者は兪国宝《ゆこくほう》という人（伝記は未詳）。西湖の春の楽しみを詠んだ詞で、隠居した高宗《こうそう》皇帝も愛されたという。行間には過去のさまざまな詩歌が典故として響きあっているのだが、ここではその解説は割愛しよう。元曲が引くのは「玉驄慣識西湖路」（元刊本『貶夜郎』）。遊蕩児の倦怠をにじませた一句である。

【風入松】　　兪国宝

一春長費買花銭。日日酔湖辺。玉驄慣識西湖路、驕嘶過沽酒楼前。紅杏香中歌舞、緑楊影裏鞦韆。
暖風十里麗人天。花圧鬢雲偏。画船載取春帰去、餘情付湖水湖煙。明日重扶残酔、来尋陌上花鈿。

春は春のたび、いつも買花の金を使って、日日、湖辺に酔いしれる。あしげの馬も通いなれた西湖の路。誇らしげに、酒を買う楼閣の前を通り過ぎていく。紅い杏花《きょうか》は香りたち、歌舞音曲のおと。緑の楊柳のむこうには揺れる鞦韆《ぶらんこ》が見え隠れ。
暖風は十里の湖面を渡り、美女が微笑みかけるようにうららかな一日。美しい人の髪に挿された花と雲なす髷《まげ》。色あざやかな画船が春を満載して帰っていけば、後に残されるのは湖水と靄と心残り。明日は宿酔の頭をかかえ、もう一度、湖辺に忘れた花と金釵《きんさ》を探しにこよう。

●明日重扶残酔―『武林旧事』によれば、兪国宝の元来の詞はこれを「明日重携残酒」としていたが、この詞を覧じた高宗が、「それでは、まだ書生臭さが抜けきれていない」と述べ、「明日重扶残酔」に改めたという。ここではそれに従って句を改めた。

Ⅳ　野外の音楽——鄧千江【望海潮】

高橋文治

一　詞とナショナリズム

雲雷天塹、金湯地険、名藩自古臯蘭。営屯繡錯、山形米聚、喉襟百二秦関。鏖戦血猶殷。見陣雲冷落、時有鵰盤。静塞楼頭、暁月依旧玉弓彎。

看看。定遠西還。有元戎閫令、上将斎壇。區脱昼空、兜零夕挙、甘泉又報平安。吹笛虎牙閑。且宴陪珠履、歌按雲鬟。未招興霊、酔魂長繞賀蘭山。

雲のように逆巻き雷のように音を立てる天然の要害は黄河。黄金で作った城に熱湯の堀をめぐらせ、いにしえより不落の名城として知られるのは臯蘭《こうらん》の地・蘭州《らんしゅう》。屯営は張り巡らされ、山は形よく、二城で百城に匹敵する、喉もとの要害。激戦の血はあかあかと残り、見れば、砦の雲は寒々と、イヌワシが時に旋回する。辺城の見張り台は静まりかえり、弓を引絞ったような暁の月は昔のまま。

定遠公《ていえんこう》・班超《はんちょう》のごとき将軍は西から帰り、兵車より閫外《こんがい》の命を降し、韓信《かんしん》のごとき名将が壇に上って帝の命を拝せば、夷狄の見張り台は昼間からカラになって、わが軍の狼煙《のろし》は夕べに上がる。都《みやこ》の甘泉宮《かんせんきゅう》にも勝利と平安がもたらされ、牧人の笛の音が峨々《がが》たる辺境の山にのどかに響く。美しい靴を履いた舞姫、雲なす髷《まげ》の歌姫としばらくは楽しむとしよう。いまだ興慶《こうけい》と霊州《れいしゅう》は我がものではなく、英霊の酔魂は遙か賀蘭山《がらんさん》をさまようのだが。

●雲雷天塹―「雲雷」は、雲のように逆巻き雷のように音を立てる波濤の意。「天塹《てんざん》」は、『隋書《ずいしょ》』「五行志《ごぎょうし》・下」に「長江は天塹（天然の壕《ほり》）なり」という。元来は長江を指すが、ここでは黄河。●金湯―「金城湯池《きんじょうとうち》」の意。『漢書《かんじょ》』「蒯通伝《かいつうでん》」に「皆な金城湯池と為さば、攻めるべからざるなり」といい、その顔師古《がんしこ》の註に「金は以て堅きを喩え、湯は沸熱《ふつねつ》の近づくべからざるを喩う」という。●皋蘭―蘭州の古称。●繡錯―「錯」は「錯雑」、まじりあうの意。「繡錯《しゅうさく》」で「色彩が錦繡《きんしゅう》のようにまじりあっている」の意。『魏書《ぎしょ》』「地形志《ちけいし》・上」に「犬牙《けんが》（山の稜線が犬の牙のようであること）は未だ論ずるに足らず、繡錯は能く比する莫し」という。●山形米聚―『後漢書《ごかんじょ》』「馬援伝《ばえんでん》」にある「米を聚《あつ》めて山谷の形を作り、それを指し示しながら形勢の説明をした」故事を踏まえる。●喉襟百二秦関―「喉襟《こうきん》」は喉もとの意。要害の地を指す。「百二秦関」は『史記《しき》』「高祖本紀《こうそほんぎ》」に出る言葉で、「百二関河」ともいう。「百二」は「二を以て百に敵す」の意。●殷―『広韻《こういん》』巻一に「殷、鳥閑の切、赤黒色なり」という。●玉弓―月。●看看定遠西還―「看看」は、みるみる。「定遠」とは「定遠侯」。西域経営に大功があった後漢の班超が、西域より帰って定遠侯に奉じられた故事を指す。ここでは、班超のような将軍が西夏《せいか》との戦いに当たったことをいう。●元戎閫令―「元戎」は兵車をいい、「主将が軍を統帥するときに乗る車」という。「閫令」は「閫外将軍令」の意。「閫」は元来しきいの意で、国内では皇帝の命に従い、国外では皇帝の代理たる将軍の命に従わなければならなかった。●上将斎壇―漢の建国に大功があった韓信が、将軍の位を登壇して拝命した故事をいう。●區脱昼空――「區脱」はもと匈奴《きょうど》の言葉といい、漢と匈奴の間に立てられた見張り場をいう。●兜零―「籠子《のろし》」の意。●虎牙―稜線が「虎の牙」のような山峰をいう。●珠履・雲鬟―「珠履」は「珠の履《くつ》」をはく人、「雲鬟」は「雲なす鬟《まげ》」を結う人、の意で、ともに歌姫・舞姫を指す。●未招興霊―「興霊」は地名。「興慶（西夏興慶府《こうけいふ》）」と「霊州（西夏西平府《せいへいふ》）」のこと。西夏興慶府と西平府の西北に賀蘭山が広がる。

「十大楽」に登場する最初の金朝詞である。

詞中にいう「皐蘭」とは蘭州の古称で、現在の甘粛省蘭州市《かんしゅくしょうらんしゅうし》。今日の蘭州大学が中国における敦煌《とんこう》学の拠点であるように、蘭州は敦煌が位置する甘粛省の省都であるが、宋や西夏《せいか》、金が対峙した十二世紀にあっては、敦煌（すなわち沙州《さしゅう》）は西夏領、蘭州は金朝領に属して、甘粛は「火薬庫」の様相を呈した。しかも蘭州は、西夏と金が接するほぼ国境に位置したため、金朝における西夏攻略の拠点でもあった。この詞は、前段で「見れば陣雲は冷落して、時に鷲《わし》の盤《めぐ》る有り。静塞《せいさい》の楼頭《ろうとう》、暁月《ぎょうげつ》旧《きゅう》に依りて玉弓《ぎょくきゅう》を彎《ひ》くがごとし」と詠うように、西夏攻略の拠点たる蘭州の暁を俯瞰して、イヌワシが楼頭を旋回する静寂を描く。後段は「且《しばら》く宴は珠履《しゅり》に陪《ともな》わしめ、歌は雲鬟《うんかん》に按《あん》ぜしめん」「未だ興霊を招かず、酔魂は長《とこし》えに繞《めぐ》る 賀蘭山」と述べ、歌姫・舞姫が陪席する和議の祝宴と、敵地賀蘭山を彷徨する英霊とが対照される。苛烈な戦場や将軍の栄誉、英霊の悔恨が「皐蘭」「定遠」「賀蘭山」といったエキゾチックな地名の間に点描された、「辺塞詩《へんさいし》」とも「従軍行《じゅうぐんこう》」ともつかぬ作品である。

作者は鄧千江《とうせんこう》とされるが、この人物についてはなにも解らないといってよい。

金朝時代の文学は、金朝文学の巨人・元好問《げんこうもん》（一一九〇〜一二五七）が編纂して一二四九年に上梓した金人のアンソロジー『中州集《ちゅうしゅうしゅう》』（『中州集』は金詩の総集十巻と『中州楽府』という金詞の総集一巻からなるが、両者を総称して一般に『中州集』という）と、やはり金朝人で元好問の後輩・劉祁《りゅうき》（一二〇三〜一二五〇）が逸話集風にまとめた筆記『帰潜志《きせんし》』全十四巻（一二三五年の序文をもつ）を根本資料とするが、『中州集』はこの作品に「蘭州の太守に上《たてまつ》る」という題と「作者は鄧千江、臨洮《りんとう》の人」という一行を付して紹介し、一方の『帰潜志』は巻四において次のような逸話を紹介する。

金朝のはじめ、張六太尉《ちょうろくたいい》（「太尉」は官職名）という人が西辺の守りに当たっていた。鄧千江という人が本詞【望海潮】を奉り、太尉は銀百つぶを与えたが、鄧千江は失望して去り、詞だけが残った。

ここにいう「西辺」とは、金朝と西夏の国境一帯を指すだろう。女真人《じょしんじん》が中原《ちゅうげん》に侵入した際、いわゆる燕雲《えんうん》十六州（今日の北京《べきん》や大同《だいどう》を中心とする北中国）以北には遼《りょう》王朝、その西隣の甘粛や内蒙《ないもう》には西夏国があった。燕雲十六州から遼王朝を追い出した金朝は、遼の王族が西夏に逃亡したこともあって、西夏としばらくは緊張関係が続いたが、のちに西夏が金朝に対して臣従したため、両者の間の表立った対立はモンゴルが侵攻した十三世紀までなかった。『帰潜志』がいう「金朝のはじめ」がいつで「張六太尉」が誰なのかは分からないが、『中州集』が「蘭州の太守に上る」という副題をつけ、作者の鄧千江を臨洮（蘭州の南隣に位置し、やはり黄河に面した拠点都市）の人と記述することなどを総合するなら、右の【望海潮】は、西夏と金朝とが国境を画定しつつあった天会《てんかい》年間（一一二三〜一一三七）に、中原の王朝として金朝が

図4　元刊本『事林広記』所収「甘粛陝西行省所轄図」。図の中央に賀蘭山の文字が見える。

覇権を回復すべきだとの願いをこめ、蘭州を管轄した将軍に鄧千江がたてまつったものであろう。作品の末尾にいう「未だ興霊を招かず」の「興霊」とは興州《こうしゅう》・霊州の謂であり、興州は時の興慶府で現在の銀川《ぎんせん》、霊州は当時の西平府《せいへいふ》・翔慶軍《しょうけいぐん》で現在の呉忠市《ごちゅうし》。ともに黄河沿いの臨洮や蘭州の下流に位置し、両者とも当時は西夏の重要拠点都市であった。興州・霊州とはその興慶府と西平府を漢代の地名で呼んだものである。また賀蘭山は、興慶府の西に広がる山脈の名。したがって「未だ興霊を招かず、酔魂は長えに繞る　賀蘭山」とは、「西夏領たる興州・霊州を取り返すことはならず、「漢児《かんじ》（匈奴《きょうど》が漢の兵士を呼んだ言葉）」の英霊は和議の酒に酔いながらも、賀蘭山を求めてさまよう」の意である。

一首全体は、蘭州が古くからの名城で戦略上の拠点であることを先ずうたい、激戦の後の血の跡と夜明けの砦の静寂とを続いてうたう。後段では、激戦の指揮を執った将軍（恐らく張六太尉であろう）を班超や韓信になぞらえ、その功績によって和議と平安がもたらされたことを言い、祝宴に陪席する歌妓と賀蘭山を彷徨する英霊とを対照して終わる。戦いの様子を直接描写することはしないが、辺塞の雄大な風景と将軍の栄誉、兵卒たちの無念がたくみに構成された名篇といえるだろう。

この作品のクライマックスは末尾「未だ興霊を招かず、酔魂は長えに繞る　賀蘭山」にあって、草原の向こうに雪を頂いて広がるなだらかな山脈を憧憬とともにイメージさせるが（筆者は賀蘭山を見たことはない）、思えばこの賀蘭山は、しばしば詩歌に歌われて中国の人びとのナショナリズムを駆立てた山でもあった。

この山の名が詠み込まれた詞曲として先ず想起されるのは、なんといっても岳飛《がくひ》の【満江紅】だろう。

【満江紅】「写懐（懐《おも》いを写す）」　岳飛

怒髪衝冠、凭欄処瀟瀟雨歇。擡望眼仰天長嘯、壮懐激烈。三十功名塵与土、八千里路雲和月。莫等閑白了少年頭、空悲切。
靖康恥、猶未雪。臣子恨、何時滅。駕長車踏破、賀蘭山缺。壮志飢餐胡虜肉。笑談渇飲匈奴血。待従頭収拾旧山河、朝天闕。

怒髪《どはつ》はわが冠《かん》を衝《つ》き、高殿《たかどの》の欄干《らんかん》によれば、瀟瀟《しょうしょう》たる雨も止む。顔をもたげて眺めやり、天を仰いで嘯《うそぶ》けば、血潮は胸にたぎる。三十にして功名は塵土《じんど》にまみれ、雲と月とは八千里のかなた。月よ、少年の髪をその光でいたずらに白くし、むなしく悲しませるでない。
靖康《せいこう》の恥辱は、いまだに雪《すす》がれてはいない。臣下の恨みは、いつ消えよう。遠征用の長行車《ちょうこうしゃ》を走らせ、国土から欠けた賀蘭山を踏みしだけ。生け捕りにした野蛮人どもの肉を壮志もて食らい、匈奴《きょうど》の血を談笑しつつすすり飲むがいい。中原のすべてをもう一度始めから一つ一つ我が物としてこそ、天子のいます宮闕《きゅうけつ》に私は向かうのだ。

岳飛は、金朝に蹂躙された中原の地を回復しようとして南宋初期に活躍し、秦檜《しんかい》の姦計によって捉えられ獄中に非業の死を遂げた名将。我が国の楠木正成《くすのきまさしげ》に多少似るだろうか。彼の活躍は通俗文学の格好のテーマとなり、『説岳全伝《せつがくぜんでん》』など、彼を主人公とするさまざまな物語が生み出された。右の【満江紅】は彼が三十数歳の折りに詠んだとの伝説をもつ「忠憤詞」だが、真作か否かははっきりしない。

「靖康の恥」とは、靖康二年（一一二七）に女真人によって北宋の都・開封《かいほう》が開城され、徽宗《きそう》・欽宗《きんそう》の二人の皇帝が北方に連れ去られた恥辱を言う。「金朝によって国土と皇帝を奪われた靖康の恥辱はいまだに雪がれていない、遠征用の長行車に乗り、女真人が占拠する賀蘭山を取り返して、生け捕りにした奴ら野蛮人どもの肉を食らい、匈奴の血をすすり、中原のすべてを我が物としたとき、天子のいます開封の宮闕に私は朝賀に向かうのだ」というのが右の詞の後段である。岳飛は賀蘭山を見たことがなかったろうから、ここでの言及は単なる地図上のイメージに過ぎず（彼は賀蘭山が西夏領にあることさえ知らなかったのだろう）、憧憬や郷愁の対象ではない。とはいえ、この作品にあっても賀蘭山は正統王朝が回復すべき最果ての山であった。宋と金と、どちらの王朝に自らのアイデンティティーを置くかは異なっても、同時代に詠まれたと思しき二作品は、ともに賀蘭山にナショナリズムの発揚を託した。しかも、歌妓たちによって歌われる「詞」という柔和な文学ジャンルに「武人の本懐」を託した点も共通したのである。

二　野外の楽しみ

音楽をともなう歌曲の世界は、戦場で功名を立てようとする男たちの殺気と一見相容れないように見える。詞という文学ジャンルは特に、玄宗《げんそう》と楊貴妃《ようきひ》の時代の宮廷に起源の一つがあるから、「美しい宮女たちによって奏でられる柔和な音楽」というイメージが強いが、その唐代にあっても、曲子の重要なテーマの一つは、実はナショナリズムと「戦い」にあった。たとえば、次の歌曲を見てみよう。

【剣器詞】　無名氏

丈夫気力全。一箇擬当千。猛気衝心出、視死亦如眠。彎弓不離手、恒日在陣前。譬如鶻打雁、左右悉皆穿。

勇士の力はみなぎり、一騎当千のつわもの。猛《た》ける気概は胸を衝《つ》く。死など眠るようなもの。弓は手を離れず、いつも陣中で暮らす。（矢を放てば）隼が雁に襲いかかるようなもの、右のものも左のものも、すべて打ち抜いてみせよう。

いわゆる「敦煌曲子」の一首（スタイン文書六五三七）。【剣器詞】は詞牌名で、正しくは【剣器】。【剣器】は、杜甫晩年の詩「公孫大娘《こうそんたいじょう》の弟子の、剣器《けんき》を舞うを観る行《うた》」が暗示するように、玄宗朝の宮廷でももてはやされた剣舞のための「曲子（すなわち詞）」であった。恐らく、女性によって舞われる勇壮な歌舞曲だったのだろう。スタイン文書六五三七は【剣器詞】を三首収め、その三首は連作。有節歌曲のように続けて舞われたと推測される。右はその第二首で、第一首は剣を詠い、ここでは引用しなかったが「秦《しん》王《おう》（李世民《りせいみん》）に奉ったこの剣をもって三郎（玄宗）に仕えるのだ」と歌う。第三首は、今度は弓を片手に、みなぎる勇気をハヤブサにたとえる。死をも畏れぬ兵士の気迫は、鷹狩に使われる精悍なハヤブサとなって天空を駆ける。

剣や弓をもつ武人は任侠に生き狩を愛した。任侠は武人の精神的規範であり、狩は武芸の鍛錬の場でもあった。したがって「任侠」と「狩」は、武人を描く文学の重要なテーマだったのである。たとえば『楽《が》府《ふ》詩《し》集《しゅう》』巻八〇「近代曲辞」が収める【水鼓子】（これは曲子といってよい。「はじめに」一九頁参照）は次のようにいう。

【水鼓子】　無名氏

雕弓白羽猟初回
薄夜牛羊復下来
夢水河辺秋草合

雕弓《ちょうきゅう》　白羽《はくう》　猟して初めて回《かえ》る
薄夜《はくや》　牛羊　復《ま》た下《くだ》り来たる
夢水《むすい》河辺《がへん》　秋草は合《ふ》せ

黒山峰外陣雲開　黒山峰外《こくざんほうがい》　陣雲《じんうん》は開く

●雕弓―彫り物のある弓。●薄夜牛羊復下来―放牧されている牛や羊が夕方ねぐらに帰ることをいう。

●秋草合―「合」は伏せるようになびくこと。

これがいつごろ誰によって書かれた作品か、また、「夢水河」や「黒山峰」が何処なのかも分からないが、『楽府詩集』が収める「近代曲辞」の多くが唐代の作品であり、【水鼓子】が詞牌であることを考えるなら、唐代の武人を描いた、狩の愉悦を詠う歌曲と見るべきだろう。ここに詠われるのは秋の野山での巻狩り。川辺に布陣して夜をむかえ、翌朝のすがすがしい空気と、野山に馬を走らせる喜び、目の前に広がる色づいた草原、雄大な山々に思いを馳せる。素朴で単純ながら味わいに満ち、北斉《ほくせい》の頃に鮮卑語《せんぴご》の歌曲を翻訳したといわれる「敕勒歌《ちょくろくか》」にも似た風格をもつ。

因みに、「敕勒歌」とは次の作品である。草原で狩をしつつ武人として生きる遊牧民の自由を謳う歌といえるだろう。

「敕勒歌」　無名氏

敕勒川　陰山下　敕勒の川　陰山《いんざん》の下

天似穹廬　天は穹廬《きゅうろ》に似て

籠蓋四野　四野《しゃ》を籠蓋《ろうがい》す

天蒼蒼　　天は蒼蒼
野茫茫　　野は茫茫
風吹草低見牛羊　　風は吹き 草は低《た》れ 牛羊見《あら》わる

また、敦煌の曲子には次のような作品もある。【剣器詞】と同じく、スタイン文書六五三七にある【何満子】である。

【何満子】　　無名氏

城傍猟騎各翩翩　　城傍《じょうぼう》の猟騎《りょうき》は各《おの》おの翩翩《へんぺん》
側坐金鞍調馬鞭　　金の鞍《くら》に側坐《そくざ》し 馬の鞭《むち》を調《もてあそ》ぶ
胡言漢語真難会　　胡言《こげん》と漢語《かんご》と 真《まこと》に会《かい》し難きも
聴取胡歌甚可憐　　胡歌《こか》を聴取《ちょうしゅ》すれば 甚《はなは》だ憐《あい》すべし

辺城の傍らを馬を並べて駆けらせる。金の鞍に横座りして鞭をあてて比べ馬。胡人の言葉だとか漢語だとか、人の言葉は通じにくいが、奴らの歌をじっと聞いていると、まことに美しい。

これも、辺境を守る武人、ないしは狩をする武人の歌であろう。「漢児」と「胡人」と、話をすれば言葉は通じないが、馬をならべてともに狩をすれば、美しい歌声と、そして何よりその男気に胸を打たれる、というのである（男気については言及しないが、それが背後にあることは明らかである）。
唐代の詩歌は、敦煌の曲子に限らず、「悲憤慷慨」する男子の気概や武芸に生きる侠気を愛し、さかんにこれを詠った。曲子は、盛唐の頃に盛行した歌行体の詩風を一面でなぞりながら発展したから、歌行体がもった「五陵《ごりょう》の豪気」を多く模倣した。むしろ、歌行体が時代の変化と詩人の個性によってしだいに爛熟・変質していったのに対し、曲子は比較的素朴に、元来の調べを保ち続けたといえる。

歌行体の変質を見てみよう。たとえば、李白の「行行遊且猟篇（行き行きて遊びて且つ猟すの篇）」は次のようにいう。

「行行遊且猟篇」　李白

辺城児
生年不読一字書
但知遊猟誇軽趫
胡馬秋肥宜白草
騎来躡影何矜驕
金鞭払雲揮鳴鞘
半酣呼鷹出遠郊
弓彎満月不虚発

辺城《へんじょう》の児《こ》
生年より　一字の書すら読まず
但だ遊猟《ゆうりょう》して軽趫《けいきょう》を誇るを知るのみ
胡馬《こば》　秋に肥え　白草に宜《よろ》し
騎《き》し来って影を躡《ふ》むは　何ぞ矜驕《きょうきょう》たる
金鞭《きんべん》　雲を払《はら》って　鳴鞘《めいしょう》を揮《ふる》い
半酣《はんかん》にて鷹を呼び　遠郊に出ず
弓は満月を彎《ひ》き　虚《むな》しくは発せず

双鶬迸落連飛髇
海辺観者皆辟易
猛気英風振沙磧
儒生不及遊侠人
白首下帷復何益

双鶬《そうそう》 迸落《ほうらく》して 飛髇《ひこう》 連なる
海辺に観る者 皆な辟易《へきえき》し
猛気《もうき》 英風《えいふう》 沙磧《しゃせき》に振るう
儒生《じゅせい》 遊侠《ゆうきょう》の人に及ばず
白首《はくしゅ》 帷《とばり》を下《た》るるも 復《ま》た何の益かあらん

●誇軽趫―敏捷であることを自慢する。●宜白草―「宜」は似合う。「白草」は、馬草となる、枯れると白くなる草。●鳴鞘―強く振るうと鳴る鞭。●半酣―「酣」は酔う。●双鶬迸落連飛髇―「双鶬」は二羽のまなづる。「迸落」はハラハラと散らばり落ちる。「飛髇」は鏑矢。●辟易―畳韻の語。たじろぐ。●沙磧―砂漠。●白首下帷復何益―「白首」は白髪頭。「下帷」は董仲舒《とうちゅうじょ》の故事を踏まえ、弟子に対しカーテンを下ろして対面し、教えること。全体で、年老いて家にとじこもり弟子に学問を授けて何の益があろう、の意。

ここには、狩と武術を愛し、目に一丁字なく自由に奇矯に生きる蕩児の姿と、その蕩児に対する限りない羨望がある。「歌行体」が「男の世界」として歌ったこの憧憬は、だが、すでに李白の時代から変質しつつあったのであり、すでに言及した杜甫「剣器行」は、【剣器詞】という曲子を聞き、勇壮な剣舞を眼前にし、しかもそこから生まれた感慨をテーマとしながら、「男の世界」を歌うものでは一切なかった。「男の世界」を歌うにふさわしい「歌行体」というスタイルを選択しながら、杜甫はあえて「懐旧の念」を歌ったのである。

「戦い」や「侠気」「剣」「狩」を詠う唐代の「歌行体」は、「厭戦」を詠って社会性を獲得した後、やがて「敗戦」や「死」を詠う退廃へと向かう。
李賀《りが》の「鴈門太守行《がんもんたいしゅこう》」を見てみよう。

「鴈門太守行」　李賀

黒雲圧城城欲摧
甲光向月金鱗開
角声満天秋色裏
塞上燕支凝夜紫
半巻紅旗臨易水
霜重鼓寒声不起
報君黄金台上意
提携玉龍為君死

黒雲は城を圧《あっ》し　城　摧《くず》れんと欲す
甲光《こうこう》　月に向かい　金鱗《きんりん》　開《ひら》く
角声《かくせい》　天に満つ　秋色《しゅうしょく》の裏《うち》
塞上《さいじょう》　燕支《べにいろ》にして　夜の紫《むらさき》を凝《こ》らす
半《なか》ば紅旗を巻《ま》き　易水《えきすい》に臨めば
霜《しも》は重く　鼓《こ》は寒くして　声起《た》たず
君の黄金台上《おうごんだいじょう》の意に報いんとして
玉龍《ぎょくりゅう》を提携《ていけい》し　君の為に死す

●金鱗開―「開」は並ぶの意。「金鱗開」は、月光に照らされた甲が無数に居並ぶ光景を写す。●塞上燕支凝夜紫―「燕支」は口紅の赤。毒々しい夕焼けの色をいう。一説に兵士が流した血を指し、「凝夜紫」はそれが夜に凝結したことをいう、とする。●半巻紅旗―「紅旗」は軍旗。「半巻」は半分捲くの意。強風のなかを出軍するので、軍旗を半分捲いた状態でもつのである。●鼓―陣太鼓。●黄金台上―「台」は、指揮官が命令を降す壇。高貴な人の命なので「黄金台上」という。●玉龍—剣。

ここには、「死を以て君に報いよう」とする荊軻《けいか》のような「侠気」と、風雲急を告げる戦場の緊迫感がある。描かれた感情の激しさ、筆力は、盛唐の「歌行体」と何ら遜色はない。だが、劈頭から歌われるのは「黒雲に押しつぶされた辺城」「闇に並ぶ甲冑」「霜と寒気に音も出ない陣太鼓」なのである。「君の恩」に報いようと、「玉龍（剣のこと）」を手に、寒風吹きすさぶ闇の辺城を出陣した兵士たちは、易水のほとりで全員が死ぬ以外にない。「猛気　英風　沙磧に振るう」と詠った李白の明るさは、ここにはまったくない。あるのはただ、暗黒の魔王によって殺されていく無数の兵士の、グロテスクな昂揚だけなのである。中唐以後の「歌行体」は、「戦功にはやる武人の気概」といった単純な角度からはもはや「戦い」を描かない。

三　軍楽の系譜

「戦い」や「狩」「剣」などをテーマとする歌曲は、「軍隊」と結びついた戸外の音楽である。洋の東西を問わず戦場には軍楽隊が用意され、それら軍楽隊は、行軍等の必要から打楽器や管楽器を中心に編成された。軍楽は、野外でも音がとおる「戸外の音楽」であった。

『楽府詩集』は唐代までに成立したさまざまな歌曲・歌謡を網羅し、起源や用途、伝承ルートにしたがって分類・配列したものだが、その中には非常に多くの「軍楽」が含まれ、全百巻のうちの少なくとも十巻は「軍楽」、ないしは「軍楽」から派生した音楽に充てられる。巻一六から巻二五に列せられる「鼓吹曲《こすいきょく》辞《じ》」と「横吹曲辞《おうすいきょくじ》」は、郭茂倩《かくもせん》の解題にしたがえば「軍楽」であり、たとえば次のような歌辞が紹介される。

「漢鼓吹鐃歌《かんこすいどうか》十八曲　上邪《じょうや》」　古辞

上邪　我欲与君相知
上邪　我れ君と相《あ》い知り

長命無絶衰
長命《ちょうめい》にして絶《た》え衰《おとろ》えること無からんと欲す

山無陵　江水為竭
山に陵《りょう》無《な》く　江水　竭《つ》くるを為し

冬雷震震　夏雨雪
冬雷《とうらい》　震震《しんしん》として　夏に雪雨《ふ》り

天地合　乃敢与君絶
天地　合《がっ》するとき　乃《すなわ》ち　敢《あ》えて君と絶たん

「上邪」と題される、漢代の有名な楽府である。一読すれば明らかなように、この「上邪」は女性の激情を歌う「恋歌」である。「漢鼓吹鐃歌」には他に「有所思」という歌曲もあり、そちらは「今より以往《いおう》、復《ま》た相思うこと勿《な》からん。相思　君と絶たん」と詠う。「冬雷　震震として　夏に雪雨り。天地の合するとき、乃ち敢えて君と絶たん」と詠う「上邪」とともに、二首は思いつめた女性の叫びに似た決意を歌う。こうした歌辞を理由に、「漢鼓吹鐃歌十八曲」は必ずしも「軍楽」にあらずとする論者もなくもないが、音楽的に見ればそれはある意味で無知な意見と言わざるを得ない。『楽府詩集』のいう「軍楽」とは、歌辞の内容を指して述べるものではないからである。「鐃歌」とか「鼓吹曲辞」や「横吹曲辞」とは、楽曲の種類や楽器編成をいうのであって歌詞の中身ではない。「軍楽」とは要するに「吹奏楽器と打楽器を用いる野外での音楽」「行進用の音楽」の謂いであり、だからこそ「鼓吹」（すなわち「打楽器と吹奏楽器」）とか、「鐃歌」（すなわち「銅鑼の歌」）というのである。現在のわれわれの生活に即して考えても、室内での宴会や歌舞にふさわしい楽器編成と、屋外の行進にふさわしい楽器編成とがある。古代の中国にあっても、前者を「相和《そうわ》」とか「清商《せいしょう》」といい、後者を「鐃歌」とか「鼓吹」「横吹」といって区別した。「鼓吹曲辞」とは「ブラスバンドに乗せて歌われる歌辞」というくらいの意味であり、その歌詞の内容が「恋歌」であろうと「酒の歌」であろうと、「軍楽」としての機能に別段差し障りがあったわけではない。むしろ、若い女性の激しい恋情こそ、兵士の志気を真に鼓舞した可能性さえある。

因みに、南北朝期・北朝の「馬上の音楽（恐らく軍楽であろう）」に起源があるという「横吹曲辞」にも、「琅邪王歌辞《ろうやおうかじ》」と呼ばれる次のような歌辞がある。

新買五尺刀　　新たに五尺《ごしゃく》の刀を買う
懸着中梁柱　　懸《か》けて中梁《ちゅうりょう》の柱に着《つ》く
一日三摩娑　　一日に三たび摩娑《まさ》す
劇於十五女　　十五の女《むすめ》よりも劇《はげ》し

●懸着中梁柱—真ん中の梁の柱に懸けておく、の意。●摩娑—「撫でる」の意。

また、同じく「琅邪王歌辞」には次のような歌曲もある。

東山看西水　　東山《とうざん》に西する水を看《み》る
水流盤石間　　水は流る　盤石《ばんじやく》の間《かん》
公死姥更嫁　　公《ちち》死して　姥《はは》は更に嫁《か》す
孤児甚可憐　　孤児は甚《はなは》だ憐《あわ》れむべし

これらの歌辞について、『楽府詩集』が引く『古今楽録《ここんがくろく》』や『旧唐書《くとうしょ》』「楽志《がくし》」は、およそ次のようなことを説明している。「北方の音楽は北方民族の馬上の音楽であり、北魏《ほくぎ》の宮中では初めこれが用いられた。曲名に意味の通るものと通らないものとがあって、通らないものとは概ね「可汗《かがん》の辞」の類である。北方民族は主君を「可汗」と呼ぶが、彼らの言葉を用いたものは意味が解らない。歌辞も、北方民族の発音を移したものは内容を知ることができない」。

こうした説明からすれば、右に紹介した歌辞も「敕勒歌」と同様、外国語を漢語に翻訳したものだったかもしれない。「公死して　姥は更に嫁す、孤児は甚だ憐れむべし」と歌う「琅邪王歌辞」は、結婚できる女性の数が少なく、夫を失った貧しい母が再嫁してしまったがために、帰る家を失った哀れな少年兵の歌のようにも見える。北朝の風土、気風、習俗と深く結びついたものであろう。

四　歌曲と軍隊

軍隊と音楽の結びつき、ないし武人の心や生活を歌う歌曲は、伝統的な中国世界よりもむしろ北方民族、ないし北中国に多く見られるように思われる。「琅邪王歌辞」や「企喩歌《きゆか》」といった北朝の「軍楽」は、南朝に伝えられると宮廷風・サロン風のアレンジを受け（「横吹曲辞」は梁の宮廷で愛好された）、北方の異国情緒をたたえた、繊細な宮詩に変形されたように思われるし、「軍楽」に歌われる男子の俠気、鷹狩や馬、女性の激しい感情等はすべて北方の気風とされたのである。漢代に興った「軍楽」の伝統は北朝の音楽を吸収して中国北方に流れ、唐、五代、遼、金、元と、軍隊との関係を絶つことなく、恐らくそのまま北の地に命脈を保ち続けた。

そのことを思わせる面白い事例がある。五代後唐《こうとう》の皇帝・荘宗李存勗《そうそうりぞんきょく》である。李存勗は、その血筋は陰山方面を根拠地としたトルコ系の民族（「沙陀突厥《しゃたとっけつ》」と呼ばれる）で、父は「独眼龍《どくがんりゅう》」で有名な李克用《りこくよう》。父が唐王朝に功績があって国姓「李」を賜ったが、もとは漢姓をもたぬ遊牧民であった。父の李克用は、唐の皇帝を廃して梁を建国した朱全忠《しゅぜんちゅう》に裏切られ、以来これを不倶戴天の敵としたが、李存勗もその遺志を継いで、北中国の山西《さんせい》を根拠地として熾烈な戦いを展開、終に梁国を滅ぼした。「嗚呼史《ああし》」として有名な欧陽脩《おうようしゅう》の『新五代史《しんごだいし》』もその前半生を「その志たるや壮とすべし」と述べた、勇猛果敢な武人であった。

が、生来の血筋であろうか、李存勗は芸能をこよなく愛し、常に道化を身辺に置いて狩と酒とに明け暮れた。芸能好きが昂じて「李天下」という芸名まで有したという。音楽を特に愛し、みずから演奏したのみならず作曲もし、晋南《しんなん》地区と呼ばれる山西省南部には宋代に至っても彼の作曲した曲が残っていたらしい。李存勗は狩と音楽と酒に溺れた生活がたたり、結局、彼が愛した道化師の疑心暗鬼で落命し、最後は、道化師の手によって死体の上に楽器が積まれ、その火によって火葬されたという。

後のモンゴル時代、李存勗を題材とする次のような歌曲が書かれた。無名氏による「晋王《しんおう》（李存勗のこと）寨《とりで》を出る」である。

【水仙子】

無名氏

打着面皂鵰旗招颭忽地転過山坡。見一伙番官唱凱歌。呀来呀来呀来斉声和。虎皮包馬上駞。当先里亜子哥哥。番鼓児劈颩撲桶擂、火不思必留不刺撲、簇捧着箇帯酒沙陀。

イヌワシが飛ぶ黒い旗指物《はたさしもの》をかざして、風を受けながら、フッと山の斜面から姿を現す。見れば一団の異民族の軍人たちが凱歌を歌いながらやってくる。ヤーライヤーライヤーライヤーライと、皆で声をそろえ、虎の皮の敷物を馬上に敷き、まず先頭は亜子《あし》のあにき。西域の軍太鼓はドドンと打ちならされ、トルコの琵琶はジャランジャランとかき鳴らされる。皆で取り囲んで奉じているのは酒に酔った沙陀突厥・李存勗。

右は、『梨園楽府《りえんがふ》』という散曲のアンソロジーに収められている。第五句目にいう「亜子哥哥」が李存勗を指す。史書によれば「亜子」とは李存勗の幼名で、曲中にいう「亜子哥哥」とは李存勗を「遊侠の兄貴分」として呼んだもの。「亜子」は、史書は「父の事業を亜《つ》ぐ子」の意と説明するが、それは恐らく「こじつけ」である。「亜」は「鴉《あ》（カラス）」とも書かれ、「鴉児《あじ》（カラス）」が父・李克用の名であったから、「鴉子」とは「カラスの子」の意味だったはずである。その「カラスの子の兄貴」が狩に出かけ、だらしなく酒に酔い、「番官《ばんかん》（異民族の官僚）」が斉唱し「番鼓《ばんこ》（異民族の打楽器）」や「火不思《コブス》（qobuz というトルコ語の音訳語。四弦の撥弦楽器）」を打ち鳴らして軍楽を奏でる中、旗指物をならべ虎の皮を敷いた馬に乗って帰ってくる、というのが右の歌曲の内容である。元朝期は、北方遊牧民のモンゴルが中国を支配した時代であったから、右の李存勗にはモンゴル人の姿が重ねられ、「酒と狩と女と音楽が大好きな遊牧民」という「揶揄」がこめられているのだろうが、彼はこうした歌曲の題材となるほどに「狩」と「酒」と「音楽」を実際に愛したのだった。

『旧五代史《きゅうごだいし》』は次のような逸話を紹介する。「李存勗が五歳の時であった。父の李克用は彼を連れて三《さん》垂崗《すいこう》の地で狩をした。三垂崗には唐の玄宗の廟《みたまや》があり、李克用は廟前に楽団を置き酒宴を張った。伶人たちが「百年歌《ひゃくねんか》」を奏し、歌詞の中で人間の衰老を歌った。その調べは凄絶であった。李克用は酒盃を満たし鬚をひねりながら息子に述べた、『老麒《ろうき》櫪《れき》に伏すも、志は千里に在り。烈士の暮年、壮心已《や》まず（曹操《そうそう》「亀雖寿」の中の有名な詩句）』という。わしはすでに老いたが、お前は二十年後に必ずこの地で戦うのだ」と」。

ここにいう「百年歌」は南朝に起源を有する曲子ないし俗曲で、人の一生を十年ごとに歌って百歳にいたる一種の「数え歌」。敦煌の写本中にある実例からすると初学のための啓蒙歌とも考えられ、「軍楽」だという事実はもちろんないのだが、右の逸話は、宋代の「正統な詞」が終にもつことのなかった「軍隊との関係」を曲子が示して、実に興味深い。李克用や李存勗といった武人たちは、戦いや狩の際には屋外に楽団を置き酒宴を張って、「百年歌」のような歌曲を歌い、昂揚して涙したのである。とすれば、李存勗が作曲したとされる現存の詞の数曲も、必ずや彼の陣中で歌われたに違いない。

たとえば、次の【一葉落】はどうだろう。

【一葉落】　　　　李存勗

一葉落。褰朱箔。此時景物正蕭索。画楼月影寒、西風吹羅幕。吹羅幕。往事思量着。

一葉が落ち、紅い簾を少し掲げてみる。このときが一番もの悲しい。美しい楼閣に秋の寒月。西風は陣中の帳を吹き、帳を吹き、過ぎしむかしが偲ばれる。

●褰朱箔―「褰」は掲げる、「朱箔」は紅い簾を言う。

この作品には戦場や武器はない。「俠気」もなければ「決死の覚悟」もない。一見すれば「閨怨」にもとられかねない単語が並べられているに過ぎないが、「西風吹羅幕。吹羅幕。往事思量着」という箇所には北方の武人の激しい感情が託されている。

いわゆる「詞」の歴史は、五代・後蜀《こうしょく》で『花間集《かかんしゅう》』が編まれ、南唐《なんとう》二主が繊細な作風を完成させると、敦煌の一部の曲子がもった「男子の気概」やナショナリズムを失って、ナイーブな方向にばかり発展していったように見える。屋内で「浅斟低唱《せんしんていしょう》」する私邸での音楽はもてはやされたが（「Ⅲ 家庭の音楽」九二頁参照）、屋外で馬を走らせ侠気を煽る武人の音楽は詞のレパートリーから追放されたのである。だが、少なくとも中国北方では北人の気風を歌う歌曲が残り、やがて金朝の鄧千江【望海潮】を生み、元代の散曲へと流れていったのではあるまいか。

最後に鄧千江【望海潮】の後裔と思われる金朝期の詞を紹介して本章を結ぼう。作者は金朝の皇帝・海《かい》陵王《りょうおう》（完顔亮《ワンヤンリョウ》）。中国有数のハード・ポルノ『金海陵縦欲亡身』の主人公として名高い海陵王は、実はなかなか優れた詩人であり、『金史《きんし》』にも「好んで詩詞を為す」と記述される「雅」な一面をもっていた。彼は、熙宗《きそう》を殺して帝位に就き、叔父・宗敏《そうびん》を殺してその妻を入内させ、世宗《せいそう》のクーデターによって歴史から抹殺されたから（彼が「海陵王」と呼ばれ、皇帝としての廟号をもたないのはそのためである）、「野蛮で荒淫な簒奪者」のイメージばかりが強調されるが、『金史』等を詳細に読めば、野望と知略をもった気宇壮大な武人であった。

海陵王は、杭州《こうしゅう》の美しさを描いた柳永《りゅうえい》【望海潮】を読んで杭州に憧れ、南宋に攻め込んで「呉山《ござん》の第《だい》一峰《いっぽう》に立たん」と志したという。次の作品はその出陣に臨んで書かれたとの伝説をもつ傑作である。北方の武人の気性を示し、詞が「陣中の音楽」「屋外の音楽」としても用いられたことを立証する、「楽府」「歌行体」の末裔といえよう。ここでは『三朝北盟会編《さんちょうほくめいかいへん》』に収録されるテキストを紹介する。

【鵲橋仙】　海陵王

停盃不挙、停歌不発、等侯銀蟾出海。不知何処片雲来、做許大通天障礙。
虬髭撚断、星眸睁裂、唯恨剣鋒不快。一揮截断紫雲根、要看姮娥体態。

杯を持つ手をとどめよ。歌はやめよ。月が海原に顔を出すのを待っているのだ。どこから来やがった、雲の奴め、天ほどもデカい邪魔立てをしやがる。
とぐろをまくわしの鬚《ひげ》をねじ切り、星の瞳も張り裂けんばかりに見開いてやる。憎きは剣の切れ味の悪さよ。一振りして紫雲の根元を断ち切って、姮娥《こうが》の肢体（月のこと）を引き出し、ゆっくり眺めてくれよう。

●等侯銀蟾—「等侯」は待つ、「銀蟾」は月。月にはガマ蛙が住むという伝説があるので、「蟾」という。●許大—「許」はとてもの意。●通天—天ほども大きな、の意。●睁裂—元来「睁煞」につくるが、「煞」は「裂」の誤りと考えて改めた。以下、「截断」「姮娥」も元来は「揮断」「嫦娥」につくる。●姮娥—月に住むとされる神女。嫦娥。

V　惜春の系譜――呉彦高【春草碧】

藤原祐子

一　亡国の悲哀――落ち尽くす後庭の花

幾番風雨西城陌。不見海棠紅梨花白。底事勝賞匆匆、政自天付酒腸窄。更笑老東君人間客。頼有玉管新翻、羅襟酔墨。望中倚欄人如曾識。旧夢回首何堪、故苑春光又陳迹。落尽後庭花春草碧。

西城《せいじょう》の道に幾度か風雨は過ぎ、海棠の紅も梨花の白も消え失せた。どうしたことだ、この春の楽しみの慌ただしさは。愁いを酒で洗い流そうにも私はそれほど飲めるくちではない。さらには、旅人のように去る春の神の無能を笑うばかり。

笛で新しい曲を吹き、酔っぱらって筆も揮った。ふとみればかなたの高殿で欄干にもたれるあの人、あれは懐かしいかの人か。過ぎし夢は振り返るに堪えぬ。故苑は古び春も過ぎ去ってしまった。後庭の花も散りつくし、晩春の草ばかりが青々と茂る。

●政自天付酒腸窄―「政自」は一本に「正自」につくる。「正是」の意。「自」は接尾辞。「天付」は「天賦」、「酒腸窄」は酒量が少ないこと。●頼―かこつける、の意。●玉管新翻―「玉管」は管楽器の美称。「翻」は、演奏する、の意。●羅襟酔墨――「羅襟」は「胸懐」の謂いであろう。「墨」は墨でその「胸懐」を書き記すことをいう。

「十大楽」は本詞の作者を呉彦高《ごげんこう》（?～一一四二）としているが、実は密国公《みつこくこう》・完顔璹《ワンヤンジュ》（一一七二～一二三二）の作品である（「璹」字は『広韻《こういん》』に「玉の名、殖酉の切」「玉の名、殊六の切」という二つの音が見えるが、ここではひとまず前者に従って「じゅ」と読んでおく）。なぜ作者が誤られたかについては後に述べることにして、この詞を真に理解するために、まずは彼の人生についてやや詳しく見ておかねばならない。

完顔璹、本名は寿孫《じゅそん》、字は子瑜《しゆ》。金朝世宗《せいそう》の孫で、章宗《しょうそう》の従弟にあたる。金朝を代表する文章家の一人。金朝最大の文人元好問《げんこうもん》（一一九〇～一二五七）は、金朝一代の詩集『中州集《ちゅうしゅうしゅう》』の中で「百年以来、宗室中における第一流の人である」と述べ、その文集『如庵小藁《じょあんしょうこう》』にも序文を寄せている。

序文の中で、元好問は次のように述べる。「明昌《めいしょう》（金の元号、一一九〇～一一九六）の初年、鎬厲《こうれい》ら二王が罪を得てから後、諸王の王府にはみな、傅《ふ》や司馬《しば》・府尉《ふい》・文学《ぶんがく》の官が置かれた。彼らは名目上は王府の役人であったが、実際には諸王の監視役であった」。また『中州集』に付された小伝は「明昌以後、諸王に対する刑法と禁令は非常に厳しく、諸公子は皆外部と交渉を持つことを許されなかった」とも言う。

金朝では、帝室内で激烈な権力闘争が続いた。世宗には十二人の子どもがあったが、母が女真《じょしん》人であったことから、第二子の允恭《いんきょう》を皇太子とした。ところが、允恭は病没してしまう。迷った末に、允恭の子でやはり女真人を母とするマダックを後継者に指名、これが章宗となる。章宗は即位後、世宗の長子允《いん》中《ちゅう》等を粛正。これが、元好問が序文に「鎬厲ら二王が罪を得」た、という事件の内情であった（允中は鎬王に封ぜられ、死後厲と諡されたので、「鎬厲王」と呼ばれる。鄭王允蹈《ていおういんとう》も殺されたため「二王」という）。一方、その粛正の実行者章宗には六人の子どもがいたが、いずれも夭折。章宗は寵愛する李元妃《りげんき》の差し金で、世宗の第七子である衛紹王《えいしょうおう》を後継者とする。しかし、この衛紹王も帝位についたのち毒殺されてしまい、章宗の異母兄（允恭の庶子。母は女真人ではない）が結局即位、これが宣宗《せんそう》である。

つまり、允恭が死んで以後、金朝では帝室の有能な子弟であれば誰でも帝位を継承する可能性があった。そのため、皇族の多くは幽閉の憂き目にあい、完顔璹もその犠牲者の一人だったのである。彼は章宗の時代から父越王允功《えつおういんこう》とともに幽閉されていたが、宣宗が即位し、モンゴルを避けて南京《なんけい》（金代においては汴京《べんけい》を指す。汴京は今の河南《かなん》省開封《かいほう》）に遷都してからは、南京西城《せいじょう》の屋敷に閉じこめられた。南京での生活は悲惨なもので、『金史《きんし》』の本伝によれば「養うべき下僕は多く、収入は少なく、客がきても酒肴を準備することさえできなかった」という。そうした中、モンゴル軍によって南京が包囲された天興《てんこう》初年（一二三二）に、完顔璹はこの世を去った。右の【春草碧】は、第一句に「幾番風雨西城陌（幾番の風雨 西城の陌《はく》）」というように、南京に幽閉されていた最後の数年の春日に書かれた。

詞の内容を最初から詳しく見てみよう。「西城」とは、先に述べたとおり完顔璹が幽閉されていた金の南京・開封の西の外城壁内をいう。『東京夢華録《とうけいむかろく》』に記述があるほか、『帰潜志《きせんし》』などでは白撒という将軍が自身の功績をたてに、力ずくで館と宮女を「西城」に奪い取ったという紀事も見える。そこに訪れる春は、十分に楽しむまもなくあっという間に過ぎていく。その憂さを晴らそうと酒を飲んでみるものの「酒腸窄（酒腸《しゅちょう》は窄《せま》し）」、もともとそれほど飲める方ではない。前半末句はわかりにくいが、恐らく「東君《とうくん》（春の神）」は「老い」るだけでなく、所詮は「人間客（人の世を旅する旅人）」にすぎない、つまり「神でありながら、一番美しい時を留めることが出来ない」と、作者は哀しみを込めて「笑う」のではあるまいか。「更に」というのは、まず自分自身の「酒量の少なさ」のために、愁いを酒によって消すことができない、更にその上、東君も人の愁いを解さず春をつれ去る、というのである。

後半に入ると、作者はその愁いを音楽や書に没頭することによってはらそうとする。「頼」は「かこつける」、「羅襟」の「襟」は胸懐を言うものであろう。新しい音楽があったのでこれ幸いと演奏し、酔っぱらった勢いで胸の内を書き散らしてみる。しかし何をしても作者の心は慰められない。ふとあげた視線の先の高殿、そこに見えるかつての知り合いらしき人の姿。「故苑」の楽しい記憶がまざまざと彼の心に甦える。すべては「旧夢（古き夢）」であり「陳迹（過去）」となってしまって、今はただ嘆息するしかない。みずからは年老い、春は過ぎ去り、残っているのは青々と繁る緑色の草だけ。

末句にいう「後庭花」は、言うまでもなく、南朝陳《ちん》の後主陳叔宝《ちんしゅくほう》の「玉樹後庭花《ぎょくじゅこうていか》」を意識する。『楽府詩集《がふししゅう》』巻四七「玉樹後庭花」の解題は「男女が合唱するもので、非常に哀しい音楽であった」といい、また『隋書《ずいしょ》』「五行志《ごぎょうし》」は陳後主が新しい歌辞を作ったという紀事を載せて、次のようにいう。

その歌辞は極めて哀しみ怨みに満ちたものだった。……歌辞に言うには『玉樹後庭の花、花開くも復《ま》た久しからず』。当時の人々は、それが歌でなされた予言、つまり陳王朝が長くは続かない兆しと考えた。

以後、「後庭花」は亡国を象徴する語として定着する。六朝期は王朝の興亡が続いて、唐以降の詩人にとってもともと懐古と詠嘆の対象となった時代だった。その中でも特に陳がよく取り上げられたのは、南朝最後の王朝というだけではない、「後庭花」の調べと逸話が人々の哀情をさそったからだろう。「後庭花」に取材した最も有名な作品の一つに、杜牧《とぼく》「秦淮《しんわい》」がある。

「秦淮」　　杜牧

煙籠寒水月籠沙　　煙《もや》は寒水を籠《こ》め　月は沙《さ》を籠む
夜泊秦淮近酒家　　夜　秦淮に泊まりて　酒家《しゆか》近し
商女不知亡国恨　　商女は知らず　亡国の恨みを
隔江猶唱後庭花　　江《かわ》を隔てて　猶《な》お唱う　後庭花

●商女—ここでは歌姫の意。周に滅ぼされた商の人たちが諸国を放浪したとの伝説を意識する。

秦淮は秦代に作られた運河の名で、南京《なんきん》の南東を通って長江に注ぐ。その両岸は古くから歓楽街として栄え、多くの酒楼や妓館が立ち並んでいたという。杜牧は酒楼の対岸に船を停泊させていた。夜になって靄が立ちこめ月の光が砂州を照らしだす。その時ふと酒楼から聞こえてきたのは、陳の後主が作ったというかの「後庭花」の曲。陳が滅んで数百年後の今なお唱い継がれているその曲、しかも唱っているのはその曲をめぐって展開されてきた深い悲しみを悟らぬ放浪の歌い女であった。

完顔璹が「後庭花」の語を使うことで【春草碧】に託したもの、それは金朝の滅亡を目の前にした悲しみであったが、「亡国の恨み」を「後庭花」に託した金朝詞の絶唱は、実はもう一首、有名な作品があった。呉彦高の【人月圓】がそれである。呉彦高、名は激《げき》、号は東山《とうざん》。宋の宰相呉栻《ごしょく》の子で、妻の父は宋代を代表する文化人で書家の米芾《べいふつ》。呉彦高自身も北宋時代に既に詩名を確立した名士だったが、北宋末に金に使者として赴いたまま、詩名の高さ故に抑留されて帰国できず、金に仕えることを強いられた。彼もまた完顔璹と同様、時代によって運命を狂わされた人物と言えよう。呉彦高は詞においても定評があり、元好問は『中州集』の中で「『夜寒くして茅店《ぼうてん》に眠りを成さず』『南朝千古傷心の事』『誰か銀河を挽《ひ》かん』等の詞句は、金朝の詞の中でも第一というべきである」と言う。【人月圓】は、宋代以降中国北方で盛んに営まれた民窯《みんよう》（中心地が河北磁州《かほくじしゅう》であったために磁州窯と呼ばれる）において造られた瓷枕《じちん》（陶器の枕）の装飾の一つとして書かれていたほどであり、当時相当に流布した作品と思われる。

【人月圓】　　呉激

南朝千古傷心事、猶唱後庭花。旧時王謝、堂前燕子、飛向誰家。
恍然一夢、仙肌勝雪、宮髻堆鴉。江州司馬、青衫涙湿、同是天涯。

南朝の悲しい出来事、それはもうはるか昔のこととなってしまった。しかし、陳後主が作ったという「後庭花」の歌は、今に至ってもまだ唱われている。かつての貴族たちの屋敷は失われ、そこに巣くっていたはずのツバメは、いったい誰の家に飛んでいったのか。

恍惚としてまるで夢のよう。雪よりも白い肌、鴉よりも黒々とした結い髪のかの人は今いずこ。江州《こうしゅう》に流された白居易《はくきょい》と同じように、我が青衫《せいさん》は涙に濡れる。ああ、ともに天の果てにあることを思えば。

●【人月圓】―本詞の「青衫涙湿」句によって、【青衫湿】とも呼ばれる。例えば『唐宋諸賢絶妙詞選《とうそうしょけんぜつみょうしせん》』や『草堂詩餘《そうどうしよ》』は、【青衫湿】として本詞を収録する。なお、その両者と右の引用（『中州楽府』）との間には本文の文字にも幾つか異同がある。内容に関わるもののみ以下に列挙すると、「傷心事」を「傷心地」、「飛向誰家」を「飛入人家」、後半冒頭二句を「恍然在遇、天姿勝雪」。また、『中州楽府』は本詞に「宴張侍御家有感（張侍御の家に宴して感ずる有り）」という題を付す。

冒頭にいう「南朝千古傷心事」が陳の滅亡を指すことは、第二句に「後庭花」の語があることから明らかであろう。それに続く三句は、唐・劉《りゅう》禹《う》錫《しゃく》による懐古詩の名篇「金陵《きんりょう》五題 烏《う》衣《い》巷《こう》」にいう「旧時の王謝 堂前の燕、飛びて尋常百姓《ひゃくせい》の家に入る」を踏まえる。「金陵（現在の南京）」は南朝の都として栄えた都市であり、「王謝」は南朝の名族の姓。呉激詞の前段は、したがって、滅亡した南朝の栄華の跡に今もかわらず燕が帰ってくることをうたい、その背後に彼の生きた北宋の滅亡が暗示されていることはいうまでもない。

後段は、かつて栄華を享受した宮女（仙肌は雪に勝《まさ》り、宮髻は鴉を堆《つ》む）と自分（江州司馬）の現在の境涯をいう。詞末の三句は白居易の「琵琶引《びわいん》」に基づく。元和《げんな》十年、九江郡《きゅうこうぐん》（今の江西省《こうせいしょう》九江市《きゅうこうし》）の司馬に左遷されていた白居易は友人を舟着場まで送って、聞こえてくる琵琶の音にふと耳をかたむける。演奏者は一人の女性であった。彼女に演奏を請い、かつ彼女の身の上話を聞く。彼女はもと長安《ちょうあん》の妓女で後に商人の妻となり、現在は失意のなか流浪しているとのこと。白居易はその境遇にみずからを重ね合わせ、「同是天涯淪落人（同《とも》に是れ天涯淪落《りんらく》の人）」と感慨にふける。「江州司馬青衫湿（江州司馬　青衫を湿《うるお》す）」とはその最後を飾る句で、地方に流された下級官吏の白居易（「青衫」は下級官吏の着る服）が誰よりも多く感傷の涙を流したことをいう。すなわち【人月圓】は、陳の後主の「後庭花」、劉禹錫の「烏衣巷」、白居易の「琵琶引」といった過去の名篇をつなぎ合わせて、「故国の喪失」とその悲哀を詠っているのである。

このように見てくれば、完顔璹【春草碧】と呉彦高【人月圓】の類似性は明らかであろう。ともに亡国を詠じるのみならず、どちらにも「後庭花」の語が使われ、しかも完顔璹と呉彦高は出身こそ異なるがいずれも金朝時代の文人である。これらの共通点が、「十大楽」を選んだ芝庵先生をはじめ後代の人々に、作品とその作者の混同を引き起こしてしまったであろうことは想像に難くない。

二　永遠の春――何人ぞ占め得ん　長安の春を

惜春に託して亡国を詠った詩歌としては、五代末南唐《なんとう》の後主李煜《りいく》（九三七〜九七八）のものを真っ先に挙げねばなるまい。三百年続いた唐が滅び、宋が成立するまでの約半世紀の間に、黄河の中流域には五つの王朝、長江以南の地には十の地方政権が興亡した。所謂「五代十国」時代である。李煜はそのうち南唐と呼ばれる国の、三代目にして最後の君主であった。南唐は長江下流域、すなわち江南地方の大部分を領有、金陵を都として、経済的にも文化的にも非常な繁栄を誇った国である。その地の君主として豪奢を極めた生活を送っていた彼は、在位十四年にして宋の侵略をうける。そして汴京に連れ去られて囚われの身となり、幽閉されること二年あまりにしてこの世を去った。伝えられるところによれば、宋の太宗《たいそう》から誕生祝いとして贈られた酒を飲んだところ、その酒に毒が入っていたのだという。

李煜は学問を好み、書画音楽にも通じて、文集三十巻の著作があったというが、現存するのは詞を中心とした僅かな作品に過ぎない。比較的近い時代である南宋期の書目でも、『南唐《なんとう》二《に》主詞《しゅし》』一巻が著録されるのみとなっている（「二主」というのは中主李璟《りけい》の作も含むため）。亡国後の作とされる【浪淘沙】を見てみよう。

【浪淘沙】　　李煜

簾外雨潺潺、春意闌珊。羅衾不暖五更寒。夢裏不知身是客、一餉貪歓。

独自莫凭欄。無限江山、別時容易見時難。流水落花春去也、天上人間。

簾の向こうでは雨がシトシト、春の気配も盛りを過ぎた。薄絹の布団では明け方の寒さは耐え難い。

夢の中では故郷を離れた身であることも忘れて、しばし歓びを貪ったのに。

ひとり高殿の手すりにもたれるのはやめよう。見えるのはどこまでも続く山と川ばかり。「別れはたやすく再会は難しい」という。水は流れ、花は散り、春は去ってしまった、天上か人の世か、はるか私の手の届かぬところへ。

●潺潺―雨の降る音。●闌珊―畳韻の語。「闌」は「たけなわ」と訓ずるが、日本語とは異なって、もう終わりかけの状態を意味する。それに同韻の「珊」が付いたもの。●一餉―「一会児」の意。●莫凭欄―「莫」字は、古いテキストでは「暮」字の代わりに書かれることがある。そのため、本詞の「莫」も「暮」と解されることがあるが、ここでは文字通り「莫」の意味と考えた。●天上人間―古来解釈が大きく二つに分かれる。一つは春の行き先を「天上か、人間か」と尋ねるとするもの、二つは自分と春との間が「天上と人間のごとくはるかに隔たってしまった」とするものである。

明け方の雨音によって目を覚ました「私」。もう春も終わりだというのに、(雨のせいか独り寝のせいか)布団のなかにいても薄ら寒い。「潺潺」「闌珊」という擬音語風の音声が倦怠感を強調する。先ほどまで見ていた夢では「歓」を貪っていた、現実には「客」だというのに。「歓」は多くの場合男女の逢瀬をいう語であるから、作中の「私」はきっと恋人と一緒に過ごす夢を見たのであろう。しかし、それはあくまでも「夢」である。目覚めれば自分は一人きり。夢の中での幸せと現実の孤独。

「私」は「独自《ひと》り欄に凭《よ》ること莫《な》かれ」とみずからに言い聞かせる。たとえ高殿から眺めたとしても、見えるのはどこまでも続く山河ばかり。本当に見たい人など、どれほど眼を凝らしても見えないのだから。「私」はすでに幾度となく「凭欄」という行為を繰り返し、そのたびに深い失望を感じてきた。「別れる時は容易《たやす》く見《まみ》える時は難《かた》し」。この成語の意味を、「私」は噛みしめる。最後の二句は様々に解釈しうるだろうが、流れ去った「春」が二度と自分の手に返ってこないことをいうのは動くまい。「春」にはむろん恋人との幸福な時代（青春時代でもある）が重ね合わされている。

このように本詞は、表面的には「閨怨」を惜春の情とともに詠じた作品なのだが、ただし宋・蔡絛《さいじょう》『西清詩話《せいせいしわ》』は、この【浪淘沙】について次のようにいう。

南唐の後主は宋朝に降った後、常に江南の国（南唐の領土）を想い、また離散し冷落してしまった後宮の女性たちを想って、鬱々として楽しまなかった。そこでこの詞を作った。物悲しい情緒に溢れている。（後主は）詞を作ってまもなくこの世を去った。

つまり、亡国後の悲しみを詠った、李煜の絶唱だというのである。

同様の詞をもう一首みてみよう。これも名篇としてよく知られる【虞美人】である。

【虞美人】　李煜

春花秋月何時了。往時知多少。小楼昨夜又東風。故国不堪回首月明中。
雕欄玉砌応猶在。只是朱顔改。問君能有幾多愁。恰似一江春水向東流。

春の花と秋の月は一体いつ終わるのだろう。そしてこれまでどれだけ繰り返されてきたのだろう。昨夜、小楼にまた東風が吹き、春がやってきた。月明かりの中、我が故国の在りし方角を振り向いて眺めやるのは堪えられぬ。
宮殿の彫刻された欄干、玉を敷き詰めた砌は今も健在だろう。ただ人のみが老いやつれ、容貌を変えただけなのだ。君に問おう、人はどれほどの悲しみをもつことが出来るのか、と。まるで長江いっぱいに満ちる春の水が、滔滔《とうとう》と東へ向かって流れゆくようなもの。

●朱顔―若々しい顔。「紅顔」というに同じ。●問君―「君」はここでは作者自身を指していう。

●恰似一江春水向東流―水の流れに愁いの多さを喩えるのは、中国古典歌曲には古くから見られる表現である（「Ⅶ　多情の饒舌」二〇七頁参照）。また、「東流」は東へと流れ去って二度と戻らないことをいう。

宋人の伝えるところによれば、李煜は亡国後の七夕の日、宴席をもうけて、この【虞美人】も含め管弦の演奏をさせた。それを知った太宗は大いに怒り、前述の「猛毒」を賜ることになった、という。

この詞はまず、「春花」と「秋月」という、人が愛する自然の景物のなかで最も月並みなもの、平凡なものから説き起こされる。この平凡な花や月のために、人々はどれほどの「哀楽」を費やし、また、どれほどの「悲歓離合」を繰り返してきたのか。詠いだしの「春花秋月何時了。往時知多少（春花秋月 何れの時にか了《おわ》らん。往時 知んぬ多少ぞ）」は、その意味では、「人は一体どれほどの悲しみを花や月に託し、また、これからも託していくのだろう」という、無窮の時とそこに積み重ねられる悲しみへの嘆息といえる。そして昨夜、その春がまためぐり来た。春が永遠に回帰し続けるように、悲しみも繰り返されるのだ。

作者は問う、「人は一体どれほどの悲しみをもつことが出来るのだろう」と。末句「恰似一江春水向東流（恰《あた》かも似たり 一江の春水の東に向かいて流るるに）」は一見それへの答えのようにみえるが、実はそうではない。「東流の水」は、流れ去って帰らない時の流れをいう言葉。したがってこの句は、春の雪解け水をいっぱいに湛えて流れ去る長江のように、人生（あるいは歴史）は流れ去る、の意。「一江春水」にもちろん「悲しみの量」は託されている。が、それはむしろ、人がどれほど多くの悲しみをかかえようと無言で流れ続ける、「時の流れの不可逆性」を象徴するものであろう。自分が投げかけた問いに対し、作者は、「長江の流れは東する、いかに大きな悲しみを背負おうと、一度流れ去った時間は二度と返らない」と、あきらめに似た無力感を示したのである。

「春に女は思い、秋に士は悲しむ」（『淮南子』巻一〇）という言葉があるように、中国の文学は古くから春と秋にとりわけ深い関心と愛着を寄せたが、秋と比較してさえ、春は歴代の詩人たちにとって特別の季節であった。中国の文学にとって春がいかに特別なものだったかは、本章冒頭の【春草碧】にある「東君」という言葉に端的に見てとれる。「東君」とは春を司る「東の神」の意だが、他の季節には神は存在しないのに対し、春だけはそれを司る神がいると認識されていた。

「東君」は何を支配したのだろう。時代的には逆になるが、元代の散曲をまずみてみよう。

【喜春来】　曾瑞《そうずい》

雲鬟霧鬢鞦韆院。翠袖湘裙鼓吹船。錦屛花帳六橋辺。真閬苑。人酔杏花天。

雲なすしっとりとした髪の女たちがブランコのある中庭に遊び、緑や紅の衣裳を纏った女たちが船上で音楽を奏でる。まるで錦の屛風や花のとばりを連ねたように美しい六橋《りくきょう》のたもと、まさしく仙境のよう。人は杏の花咲く春に酔う。
●雲鬟霧鬢―女性の美しい髪。ここでは妙齢の女性の比喩。●鞦韆―ブランコ。「秋千」とも書く。
●翠袖湘裙―「湘」は湖南省一帯をいい、その辺りは絹製品の産地であった。「湘裾」は湘製の絹で出来たスカート。ただし、ここでは「翠袖紅裙（翠の上衣と紅のスカート）」というのと同義であろう。広く女性の衣裳を指し、転じて女性の代称としても用いられる。●閬苑―「閬風の苑」の意。「閬風」は伝説中に見える山名で、崑崙山の更に上にあるといい、仙人の住む場所と考えられた。

六橋とは杭州《こうしゅう》の西湖《せいこ》にある六つの橋で、宋代に蘇軾《そしょく》が建設したという。その両脇には花や柳が植えられており、当時有数の行楽地であった。時は春。美女は集まり花は咲き、まるで「閬苑（仙界）」のようだ、というのである。「仙界」は不老不死の理想境である。それに喩えられた春も、人間にとって「永遠の若さ」の象徴であり、「長生」の象徴であった。

次も同じく元代の作品。著名な戯曲家・関漢卿《かんかんけい》の【白鶴子】をみてみよう。五言四句という短い形式ながら、恋愛劇を見るような広がりをもつ。

【白鶴子】　関漢卿

鳥啼花影里、人立粉牆頭。春意両糸牽、秋水双波溜。

鳥は花の中で鳴き、人は白い塀の向こうに立つ。二つの春思の糸が引かれ合い、水のように澄んだ瞳が秋波を送る。

後半二句は、「春」と「秋」の対。第三句では「意」から「糸（思と同音で双関語）」が導かれ、その「糸」から「牽《ひ》く」が導き出される。更に末句では「水」から「波」と「溜」の語が導かれる。縁語関係を自在に駆使した言葉遊びを通して、若い男女の燃える思いが浮かび上がる。

鳥の囀りが聞こえてくる花樹。伸び上がってその花を摘もうとでもしているのか、塀の向こうから女性の半身が覗いている。それを見ているのは牆のこちら側にいる男性。中国には白居易の新楽府《しんがふ》「井底引銀瓶（井底《せいてい》銀瓶《ぎんぺい》を引く）」に由来する「牆頭馬上《しょうとうばじょう》」という言葉がある。これは、「牆頭（かきねのそば）」の美女と「馬上」の貴公子が垣根越しに偶然目をあわせて恋におちる一瞬をいうが、【白鶴子】はまさしくその「牆頭馬上」を詠い、恋におちる瞬間の陶酔を描く。「秋水双波溜」、すなわち「両者の目があう」一瞬に「春」の喜びの全てを凝縮させた名作と言えよう。白居易詩の男女は出会いの後に「私奔（駆け落ち）」し、数年後に女は男の家を追い出されてしまう。「君の一日の恩の為に、妾《われ》の百年の身を悞《あやま》つ（あなたのたった一日の情けで、私は一生を台無しにしてしまった）」がその結びの言葉である。【白鶴子】の男女に待ち構えている将来も恐らく同様のもの。だが男女は、一瞬の「東君」のいたずらに身をまかせてしまう。春は「恋の季節」なのである。

このように、「長生」と「恋」を支配するのが「東君」であった。が、そもそも春を擬人化して呼んだこの「東君」は、完顔璹が「単なる旅人」であることを笑ったように、「峻厳な神」であるよりもむしろ、世人と何ら選ぶところのない、身近で「無能な神」であった。たとえば、白居易の「潯陽春《じんようしゅん》」を見てみよう（「潯陽」は当時白居易が左遷されていた地、九江郡附近を流れる川の名）。この「潯陽春」は、「春生」「春来」「春去」という小題をかさねた三連作。ここでは、そのうちの第一首「春生」を挙げる。

「潯陽春三首　春生（春　生《しょう》ず）」　白居易

春生何処闇周遊　春は何処《いずこ》に生じ　闇《ひそ》かに周遊《しゅうゆう》し
海角天涯遍始休　海角天涯《かいかくてんがい》　遍《あまね》くして始めて休《きゅう》するや
先遣和風報消息　先に和風をして消息を報ぜしめ
続教啼鳥説来由　続きて啼鳥《ていちょう》をして来由《らいゆ》を説かしむ
展張草色長河畔　草色を展張《てんちょう》す　長河《ちょうか》の畔《ほとり》
点綴花房小樹頭　花房を点綴《てんてい》す　小樹《しょうじゅ》の頭《ほとり》
若到故園応覓我　若《も》し故園《こえん》に到れば　応《まさ》に我を覓《もと》むべし
為伝淪落在江州　為《ため》に伝えよ　淪落《りんらく》して江州に在りと

江州司馬に左遷されていた白居易は、今年もまた春は自分を訪ねてくるはずだと思い、その春にむかって「君はきっと私の姿を探すだろうが、私はそこにはいない、流されて江州にいるのだから」と呼びかけている。春の神は、訪問を約束しあったまるで旧友のようではないか。

また、韓愈《かんゆ》の「遊城南」は次のようにいう。

「遊城南（城南に遊ぶ）十六首　晩春」　韓愈

草樹知春不久帰　草樹《そうじゅ》　春の久しからずして帰るを知りて
百般紅紫闘芳菲　百般《ひゃっぱん》の紅紫《こうし》　芳菲《ほうひ》を闘わす
楊花楡莢無才思　楊花　楡莢《ゆきょう》　才思無く
惟解漫天作雪飛　惟《た》だ解《よ》く　漫天《まんてん》に雪の飛ぶを作《な》すのみ

●百般―あらゆる、の意。●楡莢―楡の実の莢。初春に葉が伸びるのに先んじて生じる。●解―現代語の「会」と同義。～することができる。

「東君」が一度去ってしまえば春は一年は戻ってこない。それを知っているからこそ花々は、短い春の季節に競いあうかのように美しく伸び、咲きほこる。しかるに、柳の綿と楡《にれ》の莢《さや》はそんな思いも知らぬげに、気儘に空を飛ぶ。「楊花」や「楡莢」は夏の到来を告げる風物なのであろう。「春を留めるために少しは遠慮すればいいのに、気の利かない奴らだ」というのだ。本詩は、「草樹」と「紅紫」については「知」、「楊花」と「楡莢」については「無才思」と、春の景物を擬人化していうが、こうした発想の中核にあるのは、「不久帰」、すなわち「そのうちいなくなってしまう」あわただしい「東君」の擬人化なのである。

このように春は、人間の世界を行き来し、「長生」や「恋」を振りまきながら「天涯」へと去っていくのだが、そのような春を無限の感傷と喪失感を込めて愛惜したのが、晩唐から五代に生きた詩人・韋荘《いそう》（八三六～九一〇）であろう。

「長安春（長安の春）」　韋荘

長安二月多香塵
六街車馬声轔轔
家家楼上如花人
千枝万枝紅艶新
簾間笑語自相問
何人占得長安春
長安春色本無主
古来尽属紅楼女
如今無奈杏園人
駿馬軽車擁将去

長安 二月 香塵《こうじん》多し
六街《りくがい》の車馬 声 轔轔《りんりん》たり
家家《かか》楼上 花の如き人あり
千枝万枝《せんしばんし》 紅艶《こうえん》新《あら》たなり
簾間《れんかん》に笑語《しょうご》して 自《みずか》ら相《あ》い問う
何人《なんびと》ぞ占め得ん 長安の春を と
長安の春色《しゅんしょく》 本《もと》より主《あるじ》無きも
古来《こらい》 尽《ことごと》く紅楼《こうろう》の女に属す
如今《いま》 奈《いかん》ともする無し 杏園《きょうえん》の人
駿馬軽車もて 擁して将《も》ち去れり

●六街―都の大通り。唐の都長安には六つの大路があったことから、このように言う。●紅楼―しばしば妓楼を指して言うが、ここでは単に女性の住む美しい高殿の意。●杏園人―一本に「古園人」に作る。「杏園人」は、新たに科挙に合格した人、新進士のこと。彼らは長安郊外の杏園にて宴飲を賜った。●駿馬軽車―「駿馬」は速い馬、「軽車」は足の速い車のこと。●擁将去—すべてもちさる、の意。

ここに挙げた「長安春」は、石田幹之助《いしだみきのすけ》の名著『長安の春』の冒頭にも掲げられる有名な作品であり、その書名も本詩に由来する。

春二月、都の大通りは、花見のために駆け抜けていく車馬の塵と音に満ちている。家々には花のように美しい女性たち、樹の枝々には真っ赤で鮮やかな花が咲き誇る。女性たちは簾の向こうで笑いさざめきながら尋ね合う、「誰が長安の春を独占できるかしら」と。美しく化粧した女性の顔を「春容《しゅんよう》」「花容《かよう》」というように、「春」は一季節の名であると同時に、女性の美の象徴でもある。この女性たちの言葉は、言い換えれば「誰が一番綺麗かしら」なのであり、その裏には「私が一番よ」という女性の自意識と自負が透けて見えることになる。その「問い」に対して作者はいう、「春は元来それを独占し得るものなどないはずなのに、春の美のすべては彼女たち女性のためにある」と。「属す」とは「従属する」の意味。女たちが春に彩りを添えるのではない、春が彼女たちのために奉仕する、「東君」が春を連れてくるのはもともと誰のためでもないが、その「東君」は艶やかな女たちに従属している、というのである。ここには、主従の「逆転」がある。

しかるに、『東君』を支配する艶やかな女たち」、心もとろけるような美女たちを連れ去るのは、「駿馬軽車（足の速い馬や車）」に乗った「杏園の人（科挙の試験に合格したばかりの若き貴公子たち）」であった。従来の中国の詩歌であれば、「惜春」を詠う時、「年年歳歳 花は相い似たるも、歳歳年年 人は同じからず」

（劉希夷《りゅうきい》「白頭を悲しむの翁に代わる」）と、人の老いやすく美の去りやすいことを述べるものだが、「長安の春」はここでも一種の「逆転」を図る。「美」は「美」によってもち去られ、「春」は「春」によって支配される。長安の春と美女は永遠に青春だけのものだ、と言いつつ、しかもその青春や美女たちも、杏園に集う貴公子たちとともに今はないという。末句「駿馬軽車擁将去」は、長安の春のすべてが「駿馬軽車」とともに去り、眼前から消えたことをいうに違いない。つまり、「長安の春」が描いた美のすべては過去の幻影に他ならなかったのである。

韋荘が本詩のなかで「春」に託したものが何だったのか、それはよく解らない。失った青春だったのか、故国だったのか、それとも人間の幸福だったのか。また、あまたの美女を連れ去った「駿馬軽車」がどこへ消えたのか、それも「去年の雪　いまいずこ」といったところ。本詩の悲哀の核心は結局知りようもないが、ただ一ついえるのは、韋荘が深い喪失感とともに「春」をうたったことである。

三　「惜春」の行方——幽懐を写さんと欲して句の無きを恨む

春と喪失感。この二つは、「春」が麗しく生命力溢れるもの（長生・永遠の青春）だからこそ、より一層深く「喪失」を引き立てる、という関係にある。ただしこれは、春の到来が「喪失」をもたらしているのではなく、春の生命力が人の喪失を際立たせているのである。

たとえば次の作品を見てみよう。

「春望《しゅんぼう》」

杜甫

国破山河在
城春草木深
感時花濺涙
恨別鳥驚心
烽火連三月
家書抵万金
白頭掻更短
渾欲不勝簪

国破れて山河在《あ》り
城《じょう》春にして草木《そうもく》深し
時に感じては花にも涙を濺《そそ》ぎ
別れを恨みては鳥にも心を驚かす
烽火《ほうか》三月《さんげつ》に連なり
家書《かしょ》万金《ばんきん》に抵《あ》たる
白頭《はくとう》掻《か》けば更に短く
渾《す》べて簪《しん》に勝《た》えざらんと欲す

あまりにも有名な作者のあまりにも有名な作品だから、内容については贅言を要すまい。滅亡とまではいかなかったものの、唐朝に一時壊滅的な打撃を与えた安史《あんし》の乱《らん》後の情況を詠じた名篇である。終わらない戦乱とそれによる国土の荒廃に胸を痛める杜甫の目に映ったのは、毎年かわることなく「春」を迎える大自然であった。美しい春の景色が、世の荒廃を強調する。しかも詩人は人生の秋を迎えている。杜甫の悲しみが生い繁る樹々の緑とともに迫ってくる。

この作品で注目すべき点は二つ。一つは、春の到来が国家の喪乱を際立たせている点（つまり「惜春」ではない点）、もう一つは、杜甫が「国破（国はボロボロだ）」と述べ、きわめて直截的に喪乱を表現している点である。すでに見た「長安の春」を思い出してみよう。韋荘が展開するのも同様の二点に見えながら、その核心にあるのは春の到来ではなく、春が去っていくことと、それにともなう悲哀の情であった。また、李煜【浪陶沙】の場合も、「流水落花春去也」という一句に「惜春の情」と幸福の喪失とがみごとに重ねあわされていた。「惜春」の詩歌は「喪失」の自覚が背後にあり、明言できないその「喪失」を「逝く春」に託すものといえるだろうが、杜甫の「春望」はそのような詩ではなかったのである。

「惜春」に託して「亡国の悲しみ」を詠う詩歌の伝統は、恐らく唐末五代あたりにはじまる。この時代の詩人たちは、「悲しみの核心」を明言できなかったり、または隠すことを望んだりして、「閨房」にまつわるささやかな悲しみ、すなわち「惜春」に託して失った幸福を歌うことを愛した。「惜春」は「閨怨」でもあった。たとえば、南唐の後主李煜を見てみよう。彼は、ある記述によれば、「故国」の語を用いただけで殺されたという。無論それは単なる伝説であろうが、そうしたことが起きても不思議はない情況に自分が置かれていることを十分自覚していただろう。その自覚の中で彼が選択したのが、詞という新興の文学形式であり、また閨怨や惜春という主題だったのではあるまいか。詞は当時まだ宴席における余興・余技としての性質を多分に有していた。それゆえに、閨怨や惜春に託された内容は座興の口実が設けられただろう。李煜の詩文集は早くに失われたが、詞だけはそれなりの数が現存しているのも、あるいはそのような事情によるものかもしれない。

「詞」を選択してまでも「亡国」を詠わずにはいられなかった李煜の執念は、以後まるで一種の呪いででもあるかのように、詞の世界の重要な主題として受け継がれていく。本章第一節で紹介した完顔璹や呉激らの作品は、その流れの先に位置するものと言えようが、最も象徴的なのは、李煜の南唐を滅ぼした宋王朝の皇帝（徽宗《きそう》と欽宗《きんそう》）が金軍によって連れ去られた後（靖康の変）、やはり【眼児媚】という「詞」で失われた故国を想う気持ちを詠じていることだろう。用いられている表現こそ、李煜らと異なってかなり直截的だが、二人が唱和したその詞は、『大宋宣和遺事《だいそうせんないじ》』や『南燼紀聞《なんじんきぶん》』といった様々な書物に引かれ、北宋末の悲劇として語り継がれている。また、北宋末から南宋初のみならず、喪乱の時代を生きたそれ以後の詩人たちは、惜春や閨怨を隠れ蓑にして亡国の哀しみを詠わなかった者はいないと言ってよいほどである。次に紹介する中国最大の女流詩人李清照《りせいしょう》（一〇八四～一一五六？）が活躍したのも、まさしくそういった動乱の時代であった。

李清照についての詳細は「Ⅷ 女流の文学」（一三一頁）に詳しいので、ここではごく必要な事だけ述べることにしよう。彼女は十八歳で趙明誠《ちょうめいせい》に嫁ぎ、仲睦まじい結婚生活を送っていたが、やがて靖康《せいこう》の変《へん》が起こって北宋は滅亡（一一二七）、夫も建康《けんこう》（今の南京）で病死してしまう。その後は江南の地を漂泊して生涯を終えた。彼女の作品には、男性詩人のそれとはまた異なった「亡国」が漂う。

【念奴嬌】　李清照

蕭條庭院、又斜風細雨、重門須閉。寵柳嬌花寒食近、種種悩人天気。険韻詩成、扶頭酒醒、別是閑滋味。征鴻過尽、万千心事難寄。

楼上幾日春寒、簾垂四面、玉闌干慵倚。被冷香銷新夢覚、不許愁人不起。清露晨流、新桐初引、多少遊春意。日高煙斂、更看今日晴未。

静まりかえった中庭に、また強い風が吹き始め糸のような細い雨が降ってきた。門はしっかりと閉じなくては。外では愛らしい柳や綺麗な花が芽吹き、寒食の日が近づくこの季節、あれやこれやと人をやきもきさせる春の天気。何とか時間をつぶそうと作った険韻《けんいん》の詩もできあがった。迎え酒まで醒めてしまって、別の愁いが心に浮かんでくる。北に帰る鴻もみんな行ってしまった。胸の想いのあれこれを手紙に書いて届けることもできやしない。

ここ数日高殿の上は春の薄寒さが残っている。簾を四方に掛けて閉じこもったきり、闌干に出て凭《もた》れるのも物憂い気分。いつの間にか布団は冷たく、香も消え、さっきまで見ていた夢まで覚めてしまった。いくら憂鬱でも、起きないでいることはできない。外では、明け方に露が降り、桐の芽も伸び始め、きっと春遊びの楽しさに満ちていよう。太陽が高く登って、朝靄《あさもや》も消えてしまっているようだが、さて今日は晴れているのだろうか。

●険韻詩—所属する文字が少ない韻部を敢えて用いて作る詩。●扶頭酒—二日酔いで頭を支えなければならないような時に飲む、いわゆる迎え酒。飲むと「扶頭（頭を支える）」が必要になるほどアルコール度数の高い酒、と解されることも多いが、そうした烈酒はこの時代まだ無い。●清露晨流新桐初引—『世説新《せせつしん》語《ご》』「賞誉篇《しょうよへん》」に見える語で、本詞はそれをそのまま詞句として利用している。

外は寒食間近の春景色。だがこの時期は雨の日も多く、何かと悩ましい季節でもある。彼女は部屋の中に閉じこもって詩を作り酒を飲んでいる。春の嵐（斜風細雨）がその原因のように見えるが、それだけではないことは、彼女の作っている詩が単なる詩ではなく「険韻詩」であり、お酒が普通のお酒ではなく「扶頭酒」であることによって暗示される。李清照が詩作や酒に没頭するのは、周囲に溢れる春に必死で気付かないようにするためであった。それなのに、詩は完成してしまい、二日酔いを口実にさらに飲んだ迎え酒まで醒めてしまって、もうどうにも紛らわせようが無くなってしまったのである。では何をそれほどまでに紛らわせたかったのか。彼女はそれを決して明言はしない。ただ、「別是閑滋味（別に是《こ》れ閑《かん》たる滋味あり）」と述べるのみである。その明言できないところに、彼女の哀しみの核心はある。

幸福な前半生に比べて、彼女の後半生は極めて悲惨だった。北宋の滅亡によって帰るべき故郷（李清照は山東《さんとう》の出身）を失っただけではない。彼女はほぼ同時に夫をも失っている。李清照は「春」の到来によって思い知らされるであろうその二重の喪失の哀しみを、李煜らのように春を「惜しむ」ことによってではなく、むしろ春に対して「門を閉ざす」という「知らんぷり」の態度を採ることで語っているのである。

最後に、第一節で言及した金朝最大の文人元好問の詞を紹介して、本章の締めくくりとすることにしよう。彼は金の滅亡後、みずからの王朝に対する深い哀惜と、その歴史を留めることへの激しい情熱を込めて、完顔璹や呉激ら金一代の主要な文学家たちの小伝と作品を集めた『中州集』を編んだ。金朝の遺臣としてモンゴル時代の入り口を生きた彼の惜春詞【青玉案】は、それまでの「惜春＝亡国」の詩歌の伝統を受け継いだ、深みのある作品である。

【青玉案】　　　　　元好問

落紅吹満沙頭路。似総被、春将去。花落花開春幾度。多情惟有、画梁双燕、知道春帰処。

鏡中冉冉韶華暮。欲写幽懐恨無句。九十花期能幾許。一巵芳酒、一襟清涙、寂寞紗窓雨。


風が散った紅い花びらを吹いて沙頭の道を埋め尽くす。まるで春に持っていかれようとしているかのよう。花が落ちてまた花が咲く、春は何度その循環を繰り返してきたことだろう。情が深いのは梁に巣くう睦まじいつがいの燕だけで、彼らは春が帰って行く場所を知っている。

鏡の中でも次第に春が終わっていく。胸の奥の想いを書き記そうとしても、恨めしいことにそれを言い表す句が見つからない。九十日の春はなんと短いことか。盃一杯のうま酒、胸元いちめんの涙、そして薄絹の窓の向こうには寂しくそぼ降る雨。

●似総被――「似総為」に作るテキストもある。　●九十花期――「九十」は一季。「花期」は花咲く春の謂いで、例えば欧陽脩《おうようしゅう》【蝶恋花】に「臘後《ろうご》 花期の漸く近づくを知り、東風 已《すで》に作《な》す 寒梅の信」とある。
●紗窓――一本に「西窓」に作る。

「沙頭」は道ばたに水捌《みずは》けのために積まれた砂山のこと。その道に降り敷く無数の花びら。これまで幾度この春の景色が繰り返されてきたことか。それを受けて、後半では「春」の終わりに慨嘆する作者の姿がある。「韶華」は春、また人の青春を意味する語であり、それが「暮れる」とはつまり春の終わりとともに自らの老いを「鏡」の中に見いだしたということ。しかし、次の句で彼が書き表そうとした「幽懐」

とは、恐らく老いの哀しみではない。それは、たとえば李煜が【烏夜啼】という詞の後半で「剪不断。理還乱。是離愁。別是一般滋味在心頭（切っても切れず、整えようとしてもまた乱れるのは別れの愁い。それとは別に、同じだけの哀しみが私の心にある）」といい、前引の【念奴嬌】で李清照が「別是閑滋味（別の愁いがある）」といった、「滋味」とおなじものだったのではないだろうか。本詞においても、「惜春」はまず「老い」を暗示するものとして設定されているように見える。しかし実はさらにその奥に、明言できない別の哀しみが託されているのである。

Ⅵ　諷諭の系譜――辛稼軒【摸魚子】

小林春代

一　「妾薄命」の系譜

更能消幾番風雨。匆匆春又帰去。惜春長恨花開早、何況落紅無数。春且住。見説道天涯芳草迷帰路。怨春不語。算只有殷懃、画簷蛛網、尽日惹飛絮。

長門事、準擬佳期又誤。蛾眉曾有人妬。千金縦買相如賦。脈脈此情誰訴。君莫舞。君不見玉環飛燕皆塵土。閑愁最苦。休去倚危楼、斜陽正在、煙柳断腸処。

この上さらに、幾度の風雨に耐えることができましょう、この花は。そのうえ春は、あわただしく去っていく。春を惜しみ、いつも、花が早く咲きすぎると嘆いていたものを、さらに今、無数の紅《くれない》が散り急ぐ。春よ、しばらくは留まっていておくれ、聞けば、天の果てまで花は咲き乱れ、春は帰路に迷うというではないか。春が何も答えてくれないのが恨めしい。思えば、軒にかかった蜘蛛の巣だけが、一日中、風に舞う柳絮をひきとめ、ねんごろに、春の名残を留めてくれるだけ。

見捨てられた女は、いま一度の愛を願っても、阻まれる、人のそねみをかったからには。たとえ千金もて司馬相如《しばしょうじょ》の「長門《ちょうもん》の賦《ふ》」を買ったとて、この心を、誰に訴えることができましょう。お側近くに仕える者よ、舞うではない。あの楊貴妃《ようきひ》も趙飛燕《ちょうひえん》も、時がたてばみな、塵芥と消え去ったではないか。今のこの、胸の痛みほどつらいものはない。高殿の欄干によりそって、春の景色を見るのはやめましょう、夕日がちょうど、悲しく煙る柳のむこうに落ちるばかりなのだから。

●消―「消受」と同意。「耐える」といったほどの意。 ●春又帰去―春が去ることを、中国の詩歌は常に「春が帰る」という。 ●長恨―「長」は「常」。「長」と「常」は同音であるため、しばしば通用される。 ●見説道天涯芳草迷帰路―「見説道」は、現代語の「聴説」と同意。「見」は受身。また、「帰路」は春が去っていく道をいう。「天涯芳草迷帰路」で、「天地の果てまで、この世はすべて春景色、だから、春は帰る道が定まらず、帰路に迷う」、という意味。なお一本に「迷」を「無」に作る。 ●算只有慇懃……尽日惹飛絮―「慇懃」は、巣に柳絮を掛けていく蜘蛛の働きぶりを指していう。「惹」は網に引き寄せる。 ●長門事―漢の武帝《ぶてい》の皇后・陳皇后《ちんこうごう》が長門宮《ちょうもんきゅう》に追いやられたことをいう。陳皇后は、当時成都《せいと》にいた司馬相如に文才があると聞き、黄金百斤を与えて「長門の賦」を書かせ、それによって武帝の寵愛をとりもどしたという。後文に言う「千金縦買相如賦」はそのことを指す。 ●準擬佳期又誤―「準擬」は用意する、計画するの意。「佳期」はこの場合、陳皇后と漢の武帝の再会をいう。 ●蛾眉―ここでは陳皇后自身を指す。 ●脈脈―「黙黙」の借字とする説もある。このままの字だとすれば、「古詩十九首 其の十」が牽牛織女を詠っていう「盈盈《えいえい》たり 一水の間、脈脈として語るを得ず」の「脈脈」、すなわち、ただ見つめるのみ、といった意であろう。 ●君莫舞君不見玉環飛燕皆塵土―「君」は、いま君側にあって寵愛を受けている者たち。「舞」とはその「得意」の様をいう。また、「玉環」は唐の玄宗《げんそう》皇帝の寵愛を受けた楊貴妃、「飛燕」は漢の成帝《せいてい》の寵愛を受けた趙飛燕をいい、「皆塵土」とは、その楊貴妃と趙飛燕がともに不幸な最期を遂げたことをいう。

この詞の作者辛稼軒《しんかけん》は、名を棄疾《きしつ》といい、はじめの字は坦夫《たんふ》、後に幼安《ようあん》と改めた。稼軒は彼の号である。一一四〇年、山東の官僚の家庭に生まれた。時は中国が金朝と南宋に分断されていた時代であり、山東は国境に近かったため、金朝の中でもレジスタンスの多い地域だった。彼はそのレジスタンスに加わるが失敗し、二十二歳のときに南宋に亡命。以後、一二〇七年に没するまで、金朝領を宋王朝に回復することを悲願としつつ、南宋の役人となって挫折の人生を歩んだ。『陽春白雪《ようしゅんはくせつ》』の序文が「蘇東坡の後は辛稼軒にいたる、とは定論である」と述べたように、彼は南宋ばかりか宋朝一代を代表する詞の専家であり、その詞風は蘇東坡を継承して豪放磊落を旨とした。右の【摸魚子】は稼軒の代表作の一つ。スケールの大きさのみならず深く長い屈折を備えた作品であり、彼が単に豪放さだけの詞人でなかったことを物語る。

【摸魚子】は、彼の詞集『稼軒詞《かけんし》』の巻頭に置かれ、次のような序文が付される。

淳熙《じゅんき》六年、己亥《きがい》の歳（一一七九年）に、私は湖北転運司《こほくてんうんし》より湖南《こなん》のそれへ異動となった。同僚の王《おう》正之《せいし》が小山亭《しょうざんてい》で送別の宴を開いてくれたので、この詞を書いた。

閨怨詩のように見えながら、送別に際しての感慨を述べた作である。ちなみに、南宋の羅大経《らたいけい》という人が書いた随筆集『鶴林玉露《かくりんぎょくろ》』には「辛幼安詞」という一項があり、この【摸魚子】を引いて「これが漢や唐の時代であれば辛棄疾は必ずや処刑されたであろう」と述べた後に、次のように言う。

私が聞いたところでは、退位後の高宗皇帝《こうそう》はこの詞をご覧になってたいへん不愉快に思われたという。だが、にもかかわらず辛棄疾を罰せられなかったのは、寛大なお人柄というべきだろう。

一一七九年、辛稼軒が三十九歳の時に書かれたこの作品は、時局、とりわけ帝室を厳しく批判した諷諭の詞として受けとめられていたのである。

全体は前後段二十一句に及ぶ長篇で、しかも面白いことに「更能消（この上さらに耐えられようか）」という表現に始まる。「この上さらに」とは、悲惨な状況についての説明が前段に縷々なされて初めて成立する表現であろうが、本作品ではいきなりこの語が用いられることによって、いわば、最後の一句が頭に来ているような印象をあたえる。つまり、第一句と第二句以下とが倒置されているような構造をもち、そのことが今度は、末尾に至ってまた振り出しに戻る「無窮動」が作り上げられているように思われる。繰りかえし繰りかえし続く「風雨」。この「風雨」に「政治的な逆境」が託されていることは言うまでもない。

春の神「東君」は、日本の「花咲じじい」のように帰路に沿う木々や草に花を咲かせながら去っていく。「天涯芳草迷帰路」とは、天の涯まで花に覆われているのだから「東君」の行く道はない、今しばらく留まれ、といった含意。また、「長門事」と「千金縦買相如賦」は、漢の武帝の皇后・陳皇后が長門宮に追いやられたことをいう。陳皇后は幼名を阿嬌《あきょう》といい、武帝といとこ同士の幼馴染で、子供のときから武帝のお気に入りだった。だが、武帝の寵愛が衛子夫《えいしふ》に移ると陳皇后は激しく嫉妬し、帝を呪詛したかどでやがて長門宮に幽閉された。自身の憂悶を伝えようと、彼女は文才の誉れの高かった司馬相如に黄金百斤を与え、彼女の悲しみと愛を訴える「長門の賦」を書かせて武帝の愛を取り戻したというのが「長門事」

や「千金買相如賦」のもともとの故事。だが、ここで辛稼軒は、「蛾眉曾有人妬（美しい故に私は嫉妬され）」「脈脈此情誰訴（長門の賦を書かせても深い思いは伝えきれぬ）」と述べ、いま寵愛を受けているものたちも楊貴妃や趙飛燕のようにやがては悲惨な運命をたどるだろう、と警告を発する。君側にあって忠臣の諫奏をふさぐものたちと、その奸臣を寵愛する不明の君主。辛稼軒がこの作品にこめた意図は誰の目にも明らかだったのである。

陳皇后の「閨怨」に託して政治批判を展開するこの【摸魚子】は、「無窮動」を思わせる「くどき」の巧みさはあるものの、主題と手法という面から見るなら、文学史上、必ずしも突出した作品ではない。楽府題には「妾薄命《しょうはくめい》」その他があって、魏・晉・南北朝から唐代に至るまで、「閨怨」に政治的諷諫を込めるのは常套的な文学手法だったからである。したがって、「これが漢や唐の時代であれば辛棄疾は必ずや処刑されたであろう」という羅大経の論評は必ずしも正しくない。「高宗だからこそ許された」とするのは、むしろ南宋の王室に対する過大評価としなければならないだろう。

「妾薄命」は、『漢書《かんじょ》』「外戚伝《がいせきでん》」にある許皇后《きょこうごう》の言葉「妾《わらわ》の薄命《はくめい》を奈何《いかん》せん（妾は女性の自称の辞。私の不幸をどうしたらいいのでしょう、の意）」に出るといい、『楽府詩集《がふししゅう》』は三国の曹植《そうしょく》の作を冒頭に置くが、ここでは盛唐の李白の作品を見てみよう。

「妾薄命」　李白

漢帝重阿嬌　漢帝　阿嬌《あきょう》を重《おも》んじ

貯之黄金屋
咳唾落九天
随風生珠玉
寵極愛還歇
妬深情却疏
長門一歩地
不肯暫回車
雨落不上天
水覆難再收
君情與妾意
各自東西流
昔日芙蓉花
今成断根草
以色事他人
能得幾時好

之《これ》を黄金の屋《おく》に貯《たくわ》う
咳唾《がいだ》　九天《きゅうてん》より落ち
風に随いて珠玉を生ず
寵　極《きわ》まって　愛　還《ま》た歇《や》み
妬《そね》みは深く　情　却《かえ》って疏《そ》なり
長門　一歩の地なるに
暫《しばら》く車を回《めぐ》らすことすら肯《がえ》んぜず
雨　落ちなば　天に上《のぼ》らず
水　覆《くつがえ》らば　再び収め難し
君の情と妾《しょう》の意と
各自《おのおの》　東西に流る
昔日　芙蓉《ふよう》の花
今は断根《だんこん》の草と成る
色《いろ》を以て他人に事《つか》うるものは
能《よ》く幾《いくばく》の時の好《よし》みを得ん

一見して明らかなように、この作品も陳皇后の「閨怨」に政治的諷諫を託す。「黄金の屋」は、幼児の頃の武帝が「もし阿嬌を得て妻としたなら、金屋を作ってこれを貯えよう」と述べた故事にもとづく。「咳唾」は「せき、つば」の意で、ここでは「咳払いをしても、それが九天（宮中）から流れ落ちれば珠玉に変わるほどの権勢を誇った」という意味。こうして寵愛を受けた陳皇后も一旦愛がさめ長門宮に閉じ込められてしまえば、たった一歩の距離であるにもかかわらず武帝は車を巡らそうとはしない（長門一歩地、不肯暫回車）。「以色事他人」の「色」は美貌の意。やはり漢の武帝の寵姫であった李夫人《りふじん》は病死したが、見舞いに訪れた帝とどうしても会面しようとはしなかった。その理由を尋ねた親戚に李夫人は「色を以て人に事えるものは、色衰《おとろ》えなば愛ゆるむ（美貌を取り立てられたものは、容色が衰えれば愛されなくなる）」の言葉を引き、「私は病身で容色が衰えた。いまの私を見れば武帝の愛も衰え、その結果、一族への恩寵も消えるであろう」と述べたという。末尾の二句はこの故事を恐らく意識する。李白は、これを陳皇后の悔恨の言に変えることによって、辛稼軒が「君莫舞。君不見玉環飛燕皆塵土（お側近くに仕える者よ、舞うでない、あの楊貴妃も趙飛燕も、時がたてばみな、塵芥と消え去ったではないか）」と詠ったのと同様、玄宗皇帝の側近への皮肉としたのではあるまいか。稼軒の【摸魚子】は李白【妾薄命】の強い影響下にあって書かれており、むしろ李白詩の翻案作とすべきものかもしれない。

陳皇后が司馬相如に「長門の賦」を書かせた故事は李白や辛稼軒以外にも歴代のさまざまな詩歌に引用され、朝廷や帝室への諷諭として用いられた。次に見るのは金・元好問《げんこうもん》の【鷓鴣天】。元好問の詞は、私見では詩以上に傑作が多く、先輩の辛棄疾に比較しても全く遜色はない。次の【鷓鴣天】は「薄命妾辞三首」という副題が付けられたものの一首で、楽府【妾薄命】の伝統を継承しつつも、稼軒とは別の角度から朝廷の不幸を描く。

【鷓鴣天】「薄命妾辞三首　其の三」　元好問

一日春光一日深。眼看芳樹緑成陰。娉婷盧女嬌無奈、流落秋娘痩不禁。
霜塞闊、海煙沈。燕鴻何地更相尋。早教会得琴心了、酔尽長門買賦金。

日ごとの春の光は日ごとに深まり、花を着けた樹々はみるみる緑の影を増す。美しい盧姫《ろき》は嫁がぬままに老いてゆく、その可愛さを何としようぞ。流離の杜秋娘《としゅうじょう》は幸薄く、痩せ衰えるのを何としようぞ。

霜におおわれた広い空、暗く煙る冬の海。仲間とはぐれた鳥は何処に連合いを捜せばいいのでしょう。縁《えにし》が尽きたとわかっていれば、「長門の賦」を買うお金をすべて酒に替えて酔い痴れたものを。

●娉婷盧女―「娉婷」は畳韻の言葉で、美しい、の意。「盧女」は、三国・魏《ぎ》の曹操《そうそう》（武帝《ぶてい》）の愛姫の名。『楽府詩集』巻七三は「盧女曲《ろじょきょく》」という楽府題を収め、その解題で「盧女なるものは魏の武帝の時の宮人なり。……梁《りょう》の簡文帝《かんぶんてい》の「妾薄命」に「盧姫嫁日晩、非復少年時」と曰《い》うは、蓋《けだ》し、その嫁するの晩《おそ》きを傷むなり」という。●流落秋娘―「秋娘」は唐・杜牧《とぼく》「杜秋娘詩」で有名な杜秋娘。杜牧「杜秋娘詩」の序によれば、杜秋娘は十五で李錡《りき》という節度使の妾となり、李錡が謀反に失敗して伏誅したのち宮中に入り憲宗《けんそう》の寵愛を受けた。憲宗の死後、穆宗《ぼくそう》の乳母になったが、王室の政争に巻き込まれて追放され、故郷の金陵《きんりょう》に帰って極貧の中で老いさらばえて死んだという。杜牧「杜秋娘詩」が言及する有名な「金縷歌」は、俗に彼女の作とされる。●霜塞闊海煙沈――「霜塞は闊《ひろ》く」「海煙は沈《ふか》し」は、ともに「燕鴻何地更相尋」にかかり、「燕鴻」が、霜に覆われた冬の空、霧に煙る暗い海で仲間とはぐれたことをいう。●早教会得琴心了――訓読をすれば「早《つと》に琴心の了《つ》くるを会得せしむれば」。「早教」は「早くさせてくれればよかった」、「会得」は「理解する」、「琴心」は司馬相如と卓文君《たくぶんくん》の故事にもとづき「琴に託した恋心」、「了」は「おわる」の意。

「盧女《ろじょ》」「秋娘《しゅうじょう》」は註で説明したように、曹操の愛姫・盧女と李錡や憲宗の愛姫・杜秋娘をそれぞれ指すが、元好問の【鷓鴣天】を読む上で重要なのは梁の簡文帝の【妾薄命】に「盧姫　嫁《とつ》ぐ日は晩《おそ》し、復《ま》た少年の時に非《あら》ず（結婚しようにも盧女は手遅れ、もはや若くはない）」とあることであろう。元好問は、簡文帝の【妾薄命】や李白の【妾薄命】にある典故を故意に襲い、辛稼軒の場合と同様、この【鷓鴣天】が「楽府」の末裔であることを示す。副題が「薄命の妾の辞」とはいうものの、ここに描かれる宮女は陳皇后より悲惨である。宮廷から追放され、年老いて今は「断根草（根が断たれてしまった草）」となっている。それは李白が描く陳皇后と同じであろう。だがこの宮女は、婚期をのがし、群れからはぐれてなお「早教会得琴心了、酔尽長門買賦金（早くに諦めがついていれば、酔って忘れることが出来た）」という。暗く寒い海で仲間とはぐれて以来、故国に帰る望みは絶たれた。盧女や秋娘にたとえ春の名残があっても、花をつけ、実をつける「故国」はない。なぜなら、その「故国」はこの世から永遠に消滅してしまったのだから。にもかかわらず、すべてを失った今も未練は心に渦巻く。

元好問は、金朝の滅亡という未曾有の経験をこのささやかな「詞」に託した。宮女の呟きにも似た未練の歌は、政治や軍事の過酷さを暗示して美しくも悲しい。

二　嘲笑と風刺

元朝期の事跡を随筆風に綴った書物に『南村輟耕録《なんそんてっこうろく》』という本があり、その中に次のような記事がある。かつて南宋の都だった杭州《こうしゅう》（南宋の臨安《りんあん》）には薦橋《せんきょう》という有名な橋があった。その界隈は元朝期に入って所謂「色目人《しきもくじん》」の居留地になり、八間楼《はちけんろう》という高殿にはいまのイランやイラク方面からやって来た金持ちの商人が住んでいた。ある日、イスラム教徒たちがその八間楼で結婚式をしたが、その風俗が中国人と異なっていたため見物の人だかりができた。肩車をしたり、屋根に上ったり、欄干から身を乗り出したり、あまりの人の多さに八間楼はとうとう倒壊してしまった。新郎新婦をはじめ親族や来賓は下敷きになって死に、それを弔って王梅谷《おうばいこく》という人が次のような詩を書いた。

賓主満堂歓。閭里盈門看。洞房忽崩摧、喜楽成禍患。圧落瓦砕兮。倒落沙泥。別都釘折兮。木屑飛揚。玉山摧坦腹之郎。金谷墜落花之相。難以乗龍兮、魄散魂消。不能跨鳳兮、筋断骨折。氈糸脱兮、塵土昏。頭袖砕兮、珠翠黯。圧倒象鼻塌、不見猫睛亮。嗚呼、守白頭未及一朝、賞黄花却在半晌。移廚聚景園中、歇馬飛来峯上。阿剌一声絶無聞、哀哉樹倒胡孫散。

さて、この詩、一読してすぐに意味の解る人は中国人にもいないだろう。『輟耕録』の記述はこれで終わらず、さらに続けて次のようにいう。

「阿老瓦（ヤラワチ）」「倒剌沙（ダウラット・シャー）」「別都丁（ベグドゥル・ウッディン）」「木偰非（ムシュターファ）」とは、みな回回《かいかい》（イスラム教徒）たちの人名で、音を借りて漢字に移し、中国語で意味が通じるようにしたもの。「象鼻」「猫睛（猫目）」とは彼らの風貌。「氁絲（モスリン）」「頭袖（ターバン）」とは彼らの衣服。「阿剌（アッラー）」とは彼らの言葉。「聚景園《じゅけいえん》」はイスラム教徒たちの墓地の場所、「飛来峯《ひらいほう》」は猿が出没する山である。

まず「阿老瓦（ヤラワチ）」。王梅谷のもとの詩では「圧落瓦（圧して瓦を落とす）」と書いてあるが、これにはヤラワチという人名が掛けてあって、普通は「阿老瓦」と音写される「色目人」の名前が中国語でも意味を成すように故意に「圧落瓦」となっている、という。したがって「圧落瓦砕」には「潰れて落ち、瓦が砕けた」の意のほかに「ヤラワチはコナゴナ」の意が加わる。「倒落沙泥」は「土壁の泥がさかさまに落ちる」と「ダウラット・シャーの泥（「泥」は泥まみれの意か）」、「別都釘折」は「別都《べっと》・臨安の釘はバラバラ（「別都」は副都の意か）」と「ベグドゥル・ウッディンはバラバラ」、「木屑飛揚」は「木屑が舞う」と「ムシュターファは飛び上がる」。また、「聚景園」は、右の説明にはないがもとは南宋の孝宗《こうそう》が築いた名園の名。「飛来峯は猿が出没する山である」とは末句「哀哉樹倒胡孫散」に関わる解説。「樹倒胡孫散（樹が倒れればサルも逃げる）」は、ボスが倒れれば子分も四散することをいう成語だが、「胡孫（正しくは「猢猻」で、猿の意）」に「胡」すなわち「ペルシア人ないし異民族」が掛けてある。「ボスが死ねば、猿のようなペルシア人も四散するだろう」といいたいがために、猿が出没する杭州の飛来峯に言及した、と説明しているのである。

以上の解説をもとにして王梅谷の詩を訳すなら、およそ次のようになる。

主もお客も喜びに満ち、人びとは門口いっぱいにご見物。洞房《どうぼう》は忽ち崩れ、喜びは禍いに変わった。瓦は落ちてコナゴナ（ヤラワチはコナゴナ）、塗り壁の泥は真逆さま（ダウラット・シャーは泥だらけ）、別都・杭州の釘はバラバラ（ベグドゥル・ウッディンはバラバラ）、木屑は吹っ飛ぶ（ムシュターファは飛び上がる）。婿は玉山が崩れるよう（「玉山摧」は威丈夫が酔った様をいい、「坦腹」は婿の意）。金谷園《きんこくえん》では侍女が真逆さま（「金谷」は晋・石崇《せきすう》が経営した園名。彼の侍女が高殿から投身自殺したことを踏まえる）。龍に乗ることはならず、魂魄も消え入らんばかり。鳳に跨ることもならず、筋は断たれ骨は折れた。モスリンの服は脱げ、暗くなるような土煙。ターバンは砕け、珠翠の飾りも曇るばかり。象の鼻をかたどった脚をもつベッドは倒れ、猫の目をかたどった灯りも消えた。ああ、とも白髪を誓った夫婦の喜びは一日と持たず、秋の菊を楽しむ風流もたった一時。宴席を聚景園に移し（みな墓地に赴き）、馬を飛来峯に休める。「アラーの神よ」と祈る間もなく、哀しいかな、木は倒れ、猿のようなペルシア人はちりぢり。

王梅谷の詩は、日本でいえば川柳や狂歌といった類のもので、言葉や文字の中には仕掛けがほどこされており、それを読み解くことによってまるであぶり出しのように別の意味が浮かび上がる。一種の言葉遊びからなる作品といってよい。この詩は、結局のところ言葉遊びに終始した児戯に等しい作品であり、文学として真正面から取り上げるべきものでないかもしれない。だが、意味と発音とを分離し得るという漢字の特性を最大限利用して作られており、その意味では中国の文学ならではの機知が発揮された作品といえる。それに加えて、江南に住む「伝統的な中国人」が「色目人」をどう見ていたかを活き活きと伝える「時代を示す風俗画」としてもきわめて興味深い作品である。時は、モンゴル人が支配する元朝期。「色目人」の多くはモンゴル人の庇護を受け、特に江南の地において盛んに「経済活動」を行い、中国人から搾取していた。王梅谷の詩は、その「色目人」に嫌悪の情をむきだしにした、いわば体制批判の作だったのである。

「体制批判」を展開する詩歌は、相手が「権力」だから、王梅谷の詩がそうであるように、何らかの仕掛けを設けて自己防衛を図らざるを得ない。中国の文学の場合、体制批判の隠れ蓑として多く用いられたのは言葉の多義性を利用した「言葉遊び」による「偽装」であろうが、世界共通で多いのは、「読み人知らず」や「笑い」を隠れ蓑とした、「落首」や「民謡」、すなわち「匿名」という偽装手段だろう。たとえば元朝期には、次のような散曲が作られている。

【酔太平】　　無名氏

堂堂大元。姦佞専権。開河変鈔禍根源。惹紅巾万千。官法濫。刑法重、黎民怨。人喫人、鈔買鈔、何曾見、賊做官。官做賊、混賢愚、哀哉可憐。

堂堂たる大元国。悪い奴等が権力を握る。運河を開く大工事と、ころころ変わる鈔法が禍いの源。

紅巾《こうきん》の連中を千万も生み出し、官法は乱れて汚職だらけ。刑法は重く、民ぐさは怨望する。人が人を食い、紙幣で紙幣を買い、盗賊連が役人になる。役人が盗みを働けば、善悪賢愚の区別もつかぬ。哀しいかな。ああ。

一読してメッセージの明らかな、率直な政権批判である。簡潔にポイントを衝いた筆力は凡手ではなく、書き手は間違いなく知識人であろうが、作者名はもちろん解らない。この散曲を今日に伝えているのは王梅谷の詩の場合と同じく『輟耕録』だが、その『輟耕録』はこの「散曲」の後に、「誰の作かは不明だが、みやこの大都《だいと》（今の北京）から江南に至るまで誰でもこの歌が歌えた。昔の人が民間の歌謡を採録したのは後世への戒めのためである。この作品は時代の病弊を衝いているので、採録して後世の論者を待つ」と述べる。中国では、王室や時風を皮肉った匿名の「戯れ歌」を「民謡」といったが、『輟耕録』はその「民謡」を多く収録して、元末の時風を後世に伝えようとしたのである。

こうした「民謡」が歌われたのは、もちろん元朝期だけではない。歴代の史書は挙《こぞ》ってこれを拾っている。有名な所では、すでに秦《しん》の始皇帝《しこうてい》の時代に次のような「民謡」があったという。全四句の後半二句を紹介する。

不見長城下　見ざるや　長城《ちょうじょう》の下
尸骸相支拄　尸骸《しがい》は相い支拄《しちゅう》するを

長城建設のために死んでいく労働者の悲惨を詠ったものである。「尸骸」は死骸、「支拄」はそれが長城を支えるかのように折り重なっていることをいう。

また、後漢の桓帝《かんてい》・霊帝《れいてい》の時代（一四六〜一八九）には次のような「民謡」もあった。

挙秀才　不知書　　秀才《しゅうさい》を挙ぐれば　書を知らず
察孝廉　父別居　　孝廉《こうれん》を察すれば　父は別居せり
寒素清白濁如泥　　寒素と清白は　濁《にご》ること泥の如し
高第良将怯如鶏　　高第《こうだい》の良将は　怯《おじ》ること鶏《とり》の如し

●秀才―漢の武帝の時に設けられた人材登用ルートの一つ。「郡国」が才学に優れたものを毎年一人推薦した。●孝廉―「孝廉」も漢の武帝の時に設けられた人材登用ルートの一つ。「郡国」が孝行の評判の高いものを毎年一人推薦した。●寒素清白―「寒素」「清白」ともに役人の勤務評定にかかわるターム。「寒素」が清貧の者、「清白」は清廉の者。●高第良将―名門の将軍。

元の時代には「書を読まざるは権有り、字を識らざるは銭有り」に始まる「民謡」があったという。富と権力に群がる輩はいつの時代も同類だった。ただ、これらの作品に見られる権力批判は「匿名」によって安全が担保された形でなされているぶん「偽装」の工夫に乏しく、味わいに欠けるのは否めない。体制批判・政治批判が文学に昇華されるためには、ストレートにものが言えない「苦さ」が必要なのである。

三　諷諭と社会詩

『三国志《さんごくし》』や『三国志演義《えんぎ》』を読んだことのある人なら、臥龍先生《がりゅうせんせい》・諸葛亮《しょかつりょう》（字は孔明《こうめい》）が襄陽《じょうよう》に隠棲していた際、南陽《なんよう》の田畑を耕しながら口ずさんだという「梁甫《りょうほ》（梁父とも書く）の吟《ぎん》」に神秘を感じた経験があるだろう。陳寿《ちんじゅ》の『三国志』「蜀書《しょくしょ》」の「諸葛亮伝」は、「従父の諸葛玄《しょかつげん》が他界した後、諸葛亮は自ら田畑を耕し、好んで「梁甫の吟」を歌った。身の丈は八尺あり、いつも自身を管仲《かんちゅう》や楽毅《がくき》になぞらえたが、認めるものはいなかった。ただ博陵《はくりょう》の崔州平《さいしゅうへい》と潁川《えいせん》の徐庶《じょしょ》（元直《げんちょく》）を友とし、この二人は、諸葛亮が管仲や楽毅にも匹敵するとみなした」と述べ、「三顧《さんこ》の礼」によって世に出る前の孔明の雌伏を「梁甫の吟」にからめて伝説めかして描く。

「梁甫の吟」は、『楽府詩集』をはじめ多くの書物が孔明の作としてきたが、今日の研究者ではこれを鵜呑みにする人は恐らく一人もいないだろう。「梁甫」とは山東省の泰山《たいざん》（五嶽の一つで、東嶽にあたる）の山麓にある山の名といい、「梁甫の吟」は（東嶽が冥界を掌る神山だったからか）死者を「梁甫」に葬る葬送歌だと考えられている。この楽府は、諸葛亮の作というより、彼が愛唱した作者不詳の挽歌だったのである。

「梁甫の吟」は、次のような内容をもつ。

「梁甫吟」　諸葛亮

歩出斉城門　歩みて斉城《せいじょう》の門を出づれば
遙望蕩陰里　遙かに蕩陰《とういん》の里を望む
里中有三墓　里中に三墓有り
累累正相似　累累《るいるい》として正に相い似たり
問是誰家墓　是《こ》れ誰《た》が家の墓ぞと問えば
田彊古冶子　田彊《でんきょう》 古冶子《こやし》となり
力能排南山　力は能《よ》く南山《なんざん》を排《たお》し
文能絶地紀　文は能く地の紀を絶《ぜっ》す
一朝被讒言　一朝にして讒言《ざんげん》を被《こうむ》り
二桃殺三士　二桃もて三士を殺す
誰能為此謀　誰か能く此《こ》の 謀《はかりごと》 を為すや
国相斉晏子　国相《こくしょう》の斉《せい》の晏子《あんし》なり

「二桃殺三士」については、図5を参照していただきたい。この物語は『晏子《あんし》春秋《しゅんじゅう》』という本に見えるのだが、図は、山東省の武氏祠《ぶしし》という漢代の墳墓から出土した画像石《がぞうせき》（煉瓦に刻んだ一種のレリーフ）。墳墓の中の装飾に用いられるほどだから、「二桃殺三士」は当時きわめて有名な故事だったのである。――

図5　山東省嘉祥武氏祠画像石（漢代）。

公孫接《こうそんせつ》、田開彊《でんかいきょう》、古治子の三人は斉の景公《けいこう》に仕える三人の勇士であった。ある日、宰相の晏嬰《あんえい》は三人の傍らを通り過ぎたが、彼ら三人は挨拶もしない。それを苦々しく思った晏嬰は景公に献策し、三人に二個の桃を与えて功績の大きいものから食べさせることにした。まず公孫接が、かつてイノシシと虎を退治したことを述べて桃を食べた。次に田開彊が、かつて戦において二度ほど三軍を退けたことを述べて桃を食べた。すると古治子は剣を抜き声を荒げて、「私がかつて景公と出軍した際、河中から大鼈《だいべつ》（大すっぽん）が出現して馬を水中に引きこんだ。その時、泳げない私が水中を逆行し、大鼈を九里追って格闘の末これを殺し、右手に大鼈の頭、左手に馬を携えて水中より躍り出た。こうして景公を救ったというのに桃を食べられないのか」と述べた。これを聞いた公孫接と田開彊は慚愧に堪えず、桃を手放して自刃した。すると古治子は大いに驚き、「人を貶《おとし》めるとは義に悖《もと》る」と慟哭して、自らを刺して死んだ。――図は、左端が宰相の晏嬰。彼は後ろから三人を唆《そそのか》しているのだ。右の三人は誰がどれか分からないが、恐らく右から公孫接、田開彊、古治子ではあるまいか。公孫接と田開彊の間に桃が置かれているのである。また、詩句中にいう「斉城」とは斉の国都・臨淄《りんし》（今の山東省淄博《しはく》）、「蕩陰」とは公孫接ら三人の墓がある村。詩中に「田彊古冶子」というのは、字数の関係で三人の名をすべて書くことができなかったための措置。また「文は能く地の紀を絶す」は、彼ら三人の故事と直接に関わるものではないが、「力能排南山」と対句をなしてその才能をたたえたものだろう。「地紀」は「天綱地紀」という場合の「地紀」で、天地の摂理の意。「地紀を絶す」とは「天地の摂理を文章に写す文才をもつ」ことをいう。

この歌曲は三人の勇士の死を悼む作である。文武の才能に恵まれた三人の勇士が「讒言」に遭い、「二桃殺三士」の謀略によって無惨に殺された。その謀略をめぐらした張本人は誰か。それは宰相の晏嬰である。「梁甫の吟」はこのように、晏嬰の政治的陰謀を暴露する詩といってよい。諸葛亮がこの歌を愛唱したと述べる『三国志』や『三国志演義』は、将来出世して、晏嬰のように縦横無尽に策をめぐらすことを夢見た青春時代の孔明の野望を、あるいは点描しようとしたのかもしれない。もちろん、この楽府を「才知の勝利」として読むことは不可能ではない。だが、「梁甫の吟」の本来の含意は、勇士の死に対する葬送と政治的な陰謀に対する義憤だったはずである。政治的な陰謀に対する怒りを展開する「民謡」風の楽府は、単に「匿名性」に頼るだけではない。時に故事や歴史と結びつき、「詠史詩」や「故事詩」を偽装することによって自らの真意を隠蔽する。「梁甫の吟」は、一読しただけでは論点を捉えきれない表現の曖昧性と意図の不透明さをもつが、この「曖昧性」と「不透明さ」は、歴代の「諷諭詩」が採らざるを得ない一種の自己防衛策といえるだろう。「梁甫の吟」が見つめるのは、古い塚の背後で今も暗躍する人の悪意の恐ろしさなのである。

古い時代に生まれた「歌謡」は、「時代を映す鑑」「後世への戒め」として採録されるのを原則としたから、こうして生まれた「楽府題」を用いる際には、詩人たちは常に何らかのかたちで体制に対する諷諭を意識した。唐代の詩人たちは、「楽府」から派生した「歌行体《かこうたい》」に慷慨の気を託し、調べの高い社会詩を創造して数々の傑作を生んだが、それらの作品にも「諷諭」は見てとれる。「妾薄命」や「梁甫の吟」を楽府題として用いた李白然り、「少陵《しょうりょう》の野老《やろう》は声を呑《の》んで哭《こく》す」（杜甫「哀江頭」）と詠った杜甫然り、その他、陳子昂《ちんすごう》、孟浩然《もうこうねん》、白居易、韓愈《かんゆ》、孟郊《もうこう》、李賀《りが》など、楽府を書いた唐代の詩人たちはみな中国文学史を代表する長篇の諷諭詩を創造したと言ってよい。したがって、「諷諭の系譜」を論じる本章が例示すべき唐代の楽府は枚挙にいとまがないが、ここでは敢えて、政治批判を拒否した最もささやかな作品を挙げて、唐代の諷諭詩の多様性の一端を示してみよう。『唐詩選』や『唐詩三百首』でよく知られる王昌齢《おうしょうれい》「芙蓉楼《ふようろう》にて辛漸《しんぜん》を送る」である。

「芙蓉楼送辛漸」　王昌齢

寒雨連江夜入呉　寒雨《かんう》 江に連なって 夜 呉に入る
平明送客楚山孤　平明《へいめい》 客を送れば 楚山《そざん》 孤なり
洛陽親友如相問　洛陽《らくよう》の親友 如《も》し相い問わば
一片冰心在玉壺　一片《いっぺん》の冰心《ひょうしん》 玉壺《ぎょくこ》に在り

この詩については説明をほとんど要しまい。今の南京《なんきん》に左遷されていた王昌齢が、洛陽（当時の副都）に旅立つ辛漸を送って鎮江《ちんこう》に至り、その地の芙蓉楼で送別の宴をもうけた際に作った詩という。芙蓉楼は、眼下に長江を見下ろす景勝の地に建つ高楼。

この詩については、南宋の曾慥《そうぞう》が編纂した『類説《るいせつ》』という小説集が、唐代の『集異記《しゅういき》』を引いて次のような逸話を伝える。——玄宗の開元《かいげん》の御世、王昌齢、高適《こうせき》、王之渙《おうしかん》の三人は詩名を斉しくしていた。ある日、三人は連れ立って酒楼に遊んだ。芸妓・楽人たちが登壇して音楽を始めたので、誰の歌曲が一番多く歌われるか賭けをした。始めに歌われたのは王昌齢の「芙蓉楼にて辛漸を送る」であった。彼が気をよくしていると、次に高適の「単父《ぜんぽ》の梁九少府《りょうきゅうしょうふ》を哭す」が歌われた。

「哭単父梁九少府」　高適

開篋涙沾臆　篋《はこ》を開きて　涙　臆《むね》を沾《うるお》し
見君前日書　君が前日の書を見る
夜台今寂寞　夜台《やだい》　今　寂寞として
猶是子雲居　猶お是《こ》れ子雲《しうん》の居のごとし

●子雲—漢の揚雲《ようゆう》の字。揚雲の家が貧しく、訪れる人もなかったことをいう。

その次はまた王昌齢の「長信《ちょうしん》の秋（「長信」は、漢の班婕妤《はんしょうよ》が追いやられた宮殿）」。王之渙は「これまでの歌はすべて俗人の歌だ。私の詩は雅だから、あそこにいる最も美しい芸妓が私の歌を歌うにちがいない」と述べた。と、ほどなく、その芸妓が彼の「涼州詞《りょうしゅうし》」を歌ったので三人は大笑いした——

この逸話については古くから信憑性を疑う向きがある。三人が友人だった記録はないし、高適は五十を過ぎてから詩を書き始めたから、開元の頃に詩名があったはずはない、というのである。恐らく作り話であろうが、それでも唐代に書かれた『集異記』にある物語である以上、唐代の風俗については正確に反映しているにちがいない。王昌齢の「芙蓉楼にて辛漸を送る」や「長信の秋」、高適の「単父の梁九少府を哭す」が酒楼で歌われたという点は注目していいだろう。特に高適の「単父の梁九少府を哭す」は、元来謂わば「挽歌」といってもよい長篇の古詩である。最初の四句のみを独立させて（恐らく恋歌として）歌っているのは、当時の歌曲のあり方を物語って興味深い。このように、唐代の詩歌は、同じ作品であっても、歌われる環境に応じて微妙にニュアンスを変えたと思われるが、王昌齢の「芙蓉楼にて辛漸を送る」の場合、そのニュアンスがどう変わろうと、詩の核心が「一片の冰心　玉壺に在り」という一句にあるのは動かないだろう。「一片の冰が玉壺の中にある。玉壺を持ち上げて振れば、爽やかな音楽を奏でる。左遷された私のことを心配して洛陽の友人がもし私のことを問うたなら、私の心は爽やかな音楽を奏でていると答えてくれ」。ここには、自身を左遷した要人の非を敢えて明言しない形で表わされた「諷諭」を認めるべきだろう。唐代の「歌行体」が社会詩を饒舌に展開する中で、こうしたささやかな歌曲は、口にしたいことを故意に秘することによって、作者の心の秘密をより雄弁に語っているのである。

では最後に、体制や権力に向かう旺盛な批判精神が「絶望」によって扼殺された時、いかなる「諷諭詩」が誕生したかを見ておこう。

ここに紹介するのは元朝期の散曲で、『楽府群玉《がふぐんぎょく》』という散曲集が収める【酔太平】三首の連作である。作者の名は鍾嗣成《しょうしせい》という人。この人は、『録鬼簿《ろくきぼ》』という、元曲の外題を作者ごとに著録した書物の編者であり、中国の俗文学史上、忘れることのできない人物なのだが、散曲の名手でもある。今日残された六十首程度の作品は（あまり知られてはいないが）いずれも傑作である。時代は、「儒者」が社会的に抑圧されて「乞食」同然に扱われた元朝期であった。彼もまた、豊かな才能がありながら出世できないことに対して盛んに不平を鳴らした。それればかりか、彼はみずから「醜斎《しゅうさい》」と名乗ったように、容貌も醜かった。時代の閉塞状況と溢れる才能、旺盛な批判精神と強烈な劣等感、これらのものが鍾嗣成という人物の中で出会ったとき、実に奇妙な「諷諭詩」が誕生したのである。

鍾嗣成は恐らく、内奥にある劣等感を自覚し、それを武器に作品を書いた中国文学史上最初の詩人であろう。次にあげる【酔太平】三首は「乞食」の一人称で語られ、そこに「儒者」の「怒り」を帯びた「諷諭」の意が託された作品であるが、その「怒り」は時代に対する「絶望」と自身の劣等感によって歪められ、「乞食」の醜悪さばかりが強調される結果になる。食べることさえままならぬのに、この「乞食」が求めるのは恋であり色事である。しかも彼は、恋の学校を開いて教師になるという。しがない恋歌を書いて口に糊するしかない売文稼業が、それでもなお「学校」にしがみついて「儒者」を気取ろうとする。「本性は移しがたし」である。鍾嗣成は、劣等感と絶望感に打ちひしがれて自嘲するしかない下品な「乞食」の自画像を通して、同時代と自身に対する幻滅を描いたと思われる。

【酔太平】三首　鍾嗣成

繞前街後街。進大院深宅。怕有那慈悲好善小裙釵。請乞児一頓飽斎。与乞児繡副合歓帯。与乞児換副新鋪蓋。将乞児携手上陽台。設貧咱波嬭嬭。

俺是悲田院下司。俺是劉九児宗枝。鄭元和俺当日拝為師。伝留下蓮花落稿子。搠竹杖繞遍鶯花市。提灰筆写遍鴛鴦字。打爻槌唱会鷓鴣詞。窮不了俺風流敬思。

風流貧最好。村沙富難交。拾灰泥補砌了旧磚窯。開一箇教乞児市学。裏一頂半新不旧烏紗帽。穿一領半長不短黄麻罩。繋一條半聯不断皂環縧。做一箇窮風月訓導。


大通りから裏通りへ回り、お金持ちのお屋敷へ入りまする。慈悲深く信心篤い小間使いの姉様はいませぬか。この乞食におときを一杯下さりませ。この乞食に愛の印の帯を下さりませ。この乞食に蒲団を一組下さりませ。乞食と一緒に蒲団に入り、手に手をとって天国へ参りましょう。助けて下さりませよ、おっか様。

おいらは悲田院《ひでんいん》のそのまた出張所。おいらは乞食の棟梁・劉九児《りゅうきゅうじ》様の親戚。おいらはかつて鄭元《ていげん》和《わ》様を師とし、乞食歌・蓮花落《れんからく》を直々に伝授された身。竹の杖を突いて遊郭を練り歩き、遊女が使う刷毛《はけ》で愛の手紙をあまた書きまする。乞食の撥《ばち》で「鷓鴣《しゃこ》の歌」の太鼓も叩けまする。おいらの「ときめく心」に尽きる日はございませぬ。

粋な貧乏人こそ一番。野暮な金持ちは付き合いがたい。遊女のドーランを拾い集め、おいらが住む竈《かまど》の塗り壁にして、乞食の学校を開きましょうぞ。新しくもない黒の帽子を頭に巻いて、中途半端な麻のガウンを身に着けて、切れそうで切れない黒の帯を巻き、恋の手ほどきをする貧乏儒者となりましょうぞ。

●合歓帯―恋人同士が「合歓結び」にした帯。●陽台―楚《そ》の襄王《じょうおう》が神女と夢で会った高殿。●設貧咱波孋孋―「設貧」は「捨貧（貧者に喜捨する）」の意。また「咱波」は囃子言葉、「孋孋」はおっかさん。●悲田院下司―「悲田院」は乞食の救済のために作られた官営の施設。「下司」は、下部の役所の意だろう。●劉九児宗枝―「劉九児」は、戯曲・小説に登場する乞食の名。「宗枝」は子孫。●鄭元和―唐代の小説『李娃伝《りあでん》』の主人公の名。芸者の李娃に棄てられ乞食となる。●蓮花落―乞食が物乞いをする時に歌う、「一年春尽一年春」ではじまる歌の名。●搠竹杖繞遍鶯花市―「鶯花市」は色町。「搠」は、ここでは杖をつくの意。●提灰筆写遍鴛鴦字―「鴛鴦字」は恋文の意。●打爻槌唱会鷓鴣詞―「爻槌」は、乞食が物乞いをする時に叩く撥《ばち》。「鷓鴣詞」は【鷓鴣天】。「蓮花落」と同様に、乞食が物乞いをする時に歌われたのだろう。●風流敬思―「風流」は、ここでは恋の意。「風流敬思」で恋心。●村沙―「村」は野暮の意。「沙」は語助。●拾灰泥補砌了旧磚窯―「灰泥」は化粧に使うドーラン。「磚窯」は、煉瓦や瓦を焼く竈。乞食は、冬の寒さを避けるため、多くは「磚窯」をねぐらとした。

Ⅶ　多情の饒舌――柳耆卿【双調　雨霖鈴】

谷口高志

一　歌謡性の証明――冷落たり清秋の節

寒蟬凄切。対長亭晩、驟雨初歇。都門帳飲無緒、方留恋処蘭舟催発。執手相看涙眼、竟無語凝噎。念去去千里煙波、暮靄沈沈楚天闊。

多情自古傷離別。更那堪冷落清秋節。今宵酒醒何処、楊柳岸暁風残月。此去経年、応是良辰好景虚設。便縦有千種風流、待与何人説。


秋鳴く蟬のものがなしさ。暮れゆく宿場に、ようやく止んだにわか雨。城外での別離の宴に心は沈む、別れがたきこの時に、舟からは出発急かす声が響く。手を握り涙に濡れた目を見つめ、交わすことばとてなくただ咽び泣く。思いやる、われ行く旅路のその先には、けぶる水面が遙かに続き、夕もや深くたちこめて、果てなく広がる南の空。

古より、多情の者は離別に心を傷ませてきた。ましてや時はうらぶれた清秋の季節、この悲しみはいっそう募るばかり。今宵、酔いの醒めるのはさてどのあたりか。さだめし楊柳しなだれる岸辺、暁の風が吹き、残んの月が照らすところか。これより後、歳月流れては、麗しき季節、美しき風景も全て虚しく目に映ることだろう。風雅な想いをどれだけ抱こうとも、共に語り合う人はいないのだから。

●長亭―十里ごとに置かれた宿駅。古来、送別の宴が開かれる場所。●都門帳飲無緒―「帳飲」は、帳《とばり》をめぐらして宴を開くこと。一本にこれを「暢飲」に作る。また「無緒」は、情緒がない、味気ない、の意。●蘭舟―舟の美称。●凝噎―「噎」は、「咽」と同意。「凝噎」で、むせび泣く、の意。●此去―これより後。●便縦有千種風流待与何人説―「便縦有」は、たとえ～があったとしても、の意。「風流」を一本に「風情」に作る。また「待」は、～しようとする、の意。一本にこれを「更」に作る。

男女の別離を主題とし、尽きせぬ悲しみを綿々と綴ったこの作品は、ひとり柳永《りゅうえい》（字は耆卿《きけい》）の代表作として名高いだけでなく、蘇軾《そしょく》【念奴嬌】と並んで宋詞中の最高傑作として知られる。

前段、作中の男女はひぐらしの鳴く夕べに、野外で送別の宴を開く。別れに際しての宴会であるから、その心情は無論深い悲哀に包まれる。宴の果てる頃になっても、男はなお立ち去りがたく「留恋（ぐずぐず）」していたが、旅先へと向かう船からは無情にも出発を促す声が響いてくる。いよいよ別れのときを迎えた男女は手をとりあい、言葉もなく咽び泣く。旅立つ男は、自らの向かう先を思いやる。千里の彼方まで続く水面の煙、深く（「沈沈」）たちこめる夕もや、果てしなく広がる南方の空（「楚天」）。それらは眼前の実景というよりも、底知れぬ悲しみをたたえた男が思い描く、絶望的な心象風景である。

続く後段では「多情は古《いにしえ》より離別に傷《いた》む」と先ず説き起こされる。男が抱いた離別の情はうらぶれた

（「冷落」）秋の季節によって一層高まりを見せるのだが、ただ、その悲しみとは別れに臨む今この瞬間においてのみ感得されるものではなく、別後の未来にまで続く悲しみでもあった。酔いが醒めたとき船中から独り目にするであろう、楊柳の岸べ、暁の風、残んの月、これらの景物を想像し、男は更なる悲愴に包まれるのである。この「楊柳の岸 暁風残月」は、旅路に身を委ねる男の傷心をわずか七文字の情景描写で余すところなく表現しており、宋詞中の佳句として特に有名。最後の四句では未来への想像がまた更に広がっていき、今後、「良辰好景」を迎え「千の風流な思い」を抱いても、誰とそれを語りあえばいいのだろうかという慨嘆が発せられて、この作品の世界は幕を閉じる。

一篇の詞全体を流れるのは別離の悲哀であり、それは「多情は古より離別に傷む」という一句によって概括することができよう。「多情」とは情多き者、感受性に富む者、の意。この語は別れに際しての男の心情であり、また詞人としての柳永自身の性情の表明でもある。中国の文学作品において、離別の情は一つの重要な主題として詠い継がれ、数々の名作が生み出されてきた。そのなかにあって柳永のこの詞は、男女の別れの場面そのものを切々と描き、更には現在から未来へと続く悲哀の連鎖を饒舌なまでに述べ尽くすことで、独自の境地を切り開いたと言えようか。もっとも、この饒舌性は、恋情という表現内容と相俟って、一方では「通俗的」との評価を招かなくはなかったが、その一方で、「通俗性」ゆえの広範な支持も獲得することになったのである。

この詞において述べられた綿々たる別離の情は、作品が長大化することによって、つまり慢詞《まんし》という長篇の形式を採用することによって表現可能となったものといえる。詩人が何をどのように表現するかという問題は、常にいかなる形式を用いてそれを述べるかという問題と密接に関係している。よく知られているように、詞の歴史において慢詞を多作したのは柳永が初めてである。彼以前において主流だった小令《しょうれい》という短篇形式では、この作品に見られるような叙情のあり方は望み得ないものだったであろう。慢詞という形式に支えられることによって初めて、柳永は自らの「多情」を縷々と述べることができたのである。

　また、作品の修辞的な側面に注目するならば、この詞には更にある一つの特徴を認めることができる。それは、歌辞の音声（音楽性）に対する配慮である。「凄切《せいせつ》」「留恋《りゅうれん》」「冷落《れいらく》」「清秋《せいしゅう》」といった双声《そうせい》の語、「去去」「沈沈」という畳語《じょうご》が、一篇の詞の中にそれぞれ効果的に散りばめられており、特に「冷落清秋節」の箇所には、一つの句に双声の語が連続して用いられている。作品世界における情緒の纏綿、これは音調の連続性によってもたらされたものでもあったのである。柳永は詞に字句を配する際、詞が音楽に乗り歌唱されるものであるという側面を決しておろそかにしなかった。彼の他の作品、たとえば、「長天浄、絳河清浅、皓月嬋娟。思綿綿」（【戚氏】）、「香靨深深、姿姿媚媚、雅格奇容天与」（【撃梧桐】）、といった句にもそれが顕著に窺える（○○は双声、△△は畳韻《じょういん》、●●は畳語）。この歌辞の音声面に対する配慮は、西夏の庶民にまで歌われていたという、彼の詞の流行ぶりとも決して無関係ではなかっただろう。

　双声、畳韻、畳語、これらは『詩経《しきょう》』以来、中国の詩歌のなかに繰り返し用いられ続けてきた。その事実は、個々の作品が実際に歌唱に供されたかどうかは別として、詩歌というものが常に音声的な美を追求してきたことを意味している。絶句・律詩といった近体詩《きんたいし》の韻文形式が、押韻《おういん》や平仄《ひょうそく》に厳格な規則を備えるのも、詩の音声的な諧和を重視したからに他ならない。次に挙げるのは、その近体詩の完成者である唐代の詩人、杜甫の絶句である。

「江畔独歩尋花七絶句（江畔《こうはん》に独り歩きて花を尋ぬ　七絶句）　其の七」　杜甫

不是愛花即肯死　是《こ》れ花を愛して即ち肯《あ》えて死なんとするにあらず
只恐花尽老相催　只《た》だ恐る　花尽きて老いの相催さんことを
繁枝容易紛紛落　繁枝《はんし》は容易《たやす》く紛紛として落ち
嫩葉商量細細開　嫩葉《どんよう》は商　量《しょうりょう》して細細と開く

●不是愛花即肯死—「不是」と次句の「只」は、呼応関係にあり、「花を死ぬほど愛する（惜しむ）というわけではないが、花が尽き、春が終わりを告げて、私の老いが進むのが気がかりだ」の意味。なお、第一句を「是れ花を愛さずんば即ち肯えて死なんとす」と読む説もある。●繁枝—沢山の花をつけた枝。●嫩葉商量細細開—「嫩葉」は若葉。「商量」は相談する、ないしは準備する。また「細細」はここでは、ゆっくりと、の意。

杜甫が成都《せいと》郊外の浣花草堂《かんかそうどう》に居を構えていた頃の作。川の畔に花を訪ね歩いた詩人は、花を見て老境の感慨を抱く。満開を迎え次々と枝から落ちていく花々、その一方でゆっくりと時間をかけて開こうとする若葉。詩人は植物の成長と代謝を同時に見出し、そこに自らの生涯を重ね合わせているのである（結句を「細細として開け」と読み、杜甫の願望を示していると取ることも可能であろう）。

花に託された杜甫のこの情感は、後半二句の対において、伸びやかに且つ淡々と表現されているのだが、それは双声、畳韻、畳語を自覚的に運用することで成し得たものであった。「容易」は双声、「商量」は畳韻で何れも当時の口語。一瞬の間に生起した春の感興を、杜甫は音声の諧和と通俗的な語り口を用いることによって滑らかに詠いあげているのである。

このような音声的諧和を詩において極限まで追求しようとした試みとして、次に晩唐の陸亀蒙《りくきもう》の作品を見てみよう。

「畳韻呉宮詞二首　其の一」　陸亀蒙

膚愉呉都姝　膚は愉《たの》しげなり　呉都《ごと》の姝《しゅ》
眷恋便殿宴　便殿《べんでん》の宴に眷恋《けんれん》す
逡巡新春人　逡巡《しゅんじゅん》　新春の人
転面見戦箭　面《おもて》を転ずれば戦箭《せんせん》を見る

●膚—容色。●呉都姝—春秋時代の呉の都（今の蘇州）の美女。●眷恋—恋い焦がれるさま。●便殿—本殿とは別に設けられた宮殿。●逡巡新春人—「逡巡」は、わずかな間。この一句で、つかの間に新春を楽しむ人、の意味。

春秋時代、呉王夫差《ごおうふさ》が越王勾践《えつおうこうせん》に攻め滅ぼされたときのことを詠った詩。前半は春を迎え心を浮き立たせる宮女のさまを描くが、結句に至り、その華やかな雰囲気は突如暗転する。春を楽しんでいられるのは所詮つかの間のこと、図らずも越国の兵が攻め込んできたのを宮女は知るのである。

題が示しているように、この詩は全て畳韻の語によって構成されており、句ごとに同じ韻母《いんぼ》（若しくは近似する韻母）を持つ字が連ねられている（現代中国語の発音でこの詩を読むと、「fú yú wú dū shū, juàn liàn biàn diàn yàn。qūn xún xīn chūn rén, zhuàn mián jiàn zhàn jiàn」）。つまり字句の音声面に徹底的にこだわった詩なのであり、また「呉宮の詞《うた》」という題はこれが朗唱のための作であることを意味している。

晩唐期を代表する詩人の一人である陸亀蒙は、詩友・皮日休《ひじつきゅう》とともに、通常の古体詩・近体詩とは異なる遊戯的なスタイルの詩を多作し、それらを「雑体詩《ざったいし》」として一巻にまとめている。この畳韻の詩もそのうちの一つ。唐代にあっては、皮陸以外にも晩唐の温庭筠《おんていいん》が全文双声ないし畳韻の詩を三首も制作しているが、この種の遊戯性と歌謡性を併せ持った詩作の歴史は古く、既に六朝《りくちょう》の宮廷文学に例が見られる。そもそも双声詩・畳韻詩は遊戯的な性格がことに強く、その歌謡性も言うならば早口ことば的な歌謡性であろうが、そのなかにあって右の「呉宮詞」は、宮女の抱く心情を「眷恋」といった擬態語で表し、最後にそれと対照的な「戦箭（戦争で使う矢）」という語を持ち出してきたところに妙趣があると言えよう。

ところで、同じ声母・韻母を持つ別の文字を、意味的な連関を保ちつつ配していくのはかなりの技巧を要したであろうが、その逆に最も手軽に詩歌の歌謡性を獲得する方法が一つある。それは畳語の多用である。古くは漢代の五言詩、「古詩《こし》十九首」に、「青青河畔草、鬱鬱園中柳。盈盈楼上女、皎皎当窓牖。娥娥紅粉粧、繊繊出素手」、また「迢迢牽牛星、皎皎河漢女。繊繊擢素手、札札弄機杼」、とあるのがその例。唐代においても、初唐期の歌行体や中唐期の楽府のなかに、畳語を繰り返し用いたものがまま見られる。

詞について言えば、敦煌の曲子詞にこの種の表現手法がしばしば見られ、たとえば【菩薩蛮】（ペリオ三九九四）では、「霏霏点点迴塘雨。双双隻隻鴛鴦語。灼灼野花香。依依金柳黄。盈盈江上女。両両渓辺舞。皎皎綺羅光。軽軽雲粉粧」というように、全ての句の頭に畳語が置かれている。がその一方、宋代の文人詞のなかには畳語の過剰な連用はそれほど多くは見られない。その安直さがもたらす通俗性を嫌うためであろう。佳句として知られる、欧陽脩《おうようしゅう》【蝶恋花】の「庭院深深深幾許。楊柳堆煙、簾幕無重数（庭は奥深きところにひっそりとあり、その奥深さはいったい如何ほどであろうか。柳には靄がたちこめ、簾の数は幾重とも知れず）」では、「深」の字を一句のなかに三度用いているが、これはただ漫然と同じ字を重ねているわけではない。「深深」と二字重ねたのち、「庭院」のその奥深さをさらに「深きこと幾許《いくばく》ぞ」と尋ねることで、閨房に孤独をかこつ女性の愁いが限りなく「深い」ものであることを象徴的に表現しているのである。音の連続性がその表現内容と相俟って幽遠な情致を生み出しており、通俗性とは無縁な詞世界を形作っていると言えよう。また李清照《りせいしょう》の有名な詞【声声慢】の冒頭に「尋尋覓覓、冷冷清清、悽悽惨惨戚戚」とあるのも、畳語の連用が詞全体の内容と響き合い、深遠な意境を作り出す結果となっており、欧陽脩の表現と同工のものである。

では元代の曲文学の場合はどうであろうか。元曲は、畳語が持つ通俗性を避けようとはせず、ごく普通にそれを多用する。最も極端な例としては、元雑劇『貨郎旦《かろうたん》』のなかに次のような作品が見える。

【転調貨郎児　六転】　無名氏

我則見黯黯惨惨天涯雲布。滴滴点点瀟湘夜雨。正値著窄窄狭狭溝溝塹塹路崎嶇。黒黒黯黯陰雲布。赤留出律。瀟瀟洒洒、断断続続。出出律律。忽忽魯魯。陰雲開処。霍霍閃閃電光星注。怎禁那颩颩摔摔風、淋淋漉漉雨。高高下下、凹凹凸凸。水渺模糊。撲撲簌簌。湿湿渌渌。踈林人物。却便似惨惨昏昏瀟湘水墨図。

空は見わたす限り黒い雲に覆われ、瀟湘《しょうしょう》の夜雨のごとくポトポトと雨が滴り落ちる。雨水は、狭い溝とでこぼこ道へと流れ込む。黒々とした暗雲たちこめて、ザアザアと、シャーシャーと、途切れ途切れに雨が降る。ザアザアと、ピューピューと降り、雲の切れ間から流れ星のような稲光がピカッと閃く。まことに堪えがたきは、ビュービューと吹きつける風、ボタボタと滴る雨。高いところにも低いところにも、凸凹《でこぼこ》としたところにも、水が流れて辺り一面朦朧たる眺め。ボトボトと落ちる雨に、びしょびしょに濡れるのは、疎らな林を行くこの私。なんと、あの暗澹たる瀟湘の水墨画そのものではないか。

●【転調貨郎児 六転】—引用は脈望館本《みゃくぼうかんぼん》『貨郎旦』による。脈望館本は曲牌名を欠くが、『太和正音譜《たいわせいおんふ》』巻上、『元曲選《げんきょくせん》』本によって補った。本曲は、『貨郎旦』第四折において劇中劇のかたちで「説唱《せっしょう》」される、【転調貨郎児】全九曲のうちの第六曲目（なお、「説唱」とは、セリフと歌で構成される語り物文芸のこと）。

●則見—「則」は、「只」の意。 ●黯黯惨惨—この語と、以下の「滴滴点点」「窄窄狭狭」「崎嶇」「黒黒黯黯」「赤留出律」「瀟瀟洒洒」「断断続続」「出出律律」「忽忽魯魯」「霍霍閃閃」「颩颩摔摔」「淋淋漉漉」「高高下下」「凹凹凸凸」「模糊」「撲撲簌簌」「湿湿渌渌」「惨惨昏昏」は、全て擬音語・擬態語。 ●窄窄狭狭

溝溝塹塹路崎嶇―「窄窄狭狭溝溝塹塹」は、「窄狭たる溝塹」の意。「溝塹」は、道の両端にある溝のこと。また「路崎嶇」は、車馬の轍などによってできた、道のでこぼこ。●怎禁―反語で、どうして堪えられよう、の意。●瀟湘水墨図―画題「瀟湘八景《しょうしょうはっけい》」のなかの一つに、「瀟湘夜雨」がある（「瀟湘」とは、洞庭《どうてい》湖《こ》に注ぎ込む瀟《しょう》水《すい》と湘《しょう》水《すい》の並称で、その流域一帯の地を指す）。なお、元雑劇のなかには、『瀟湘雨』と題される作品がある。

悪女張玉蛾《ちょうぎょくが》の姦計によって家屋と財産を失った李彦和《りげんわ》一家が、都を落ち延びていく際に見舞われた暴風雨のさまを詠ったもの。風雨の音や雲の色、更には雨が降り注ぐ地形の有り様までもが、実に多くの畳語（擬音語・擬態語が音声として持つイメージの喚起力）によって表されており、そのなかには、たとえば第三句の「窄窄狭狭溝溝塹塹」のように、本来「ＡＢＣＤ（窄狭溝塹）」と述べればすむところを、敢えて畳語的に「ＡＡＢＢＣＣＤＤ」と言い換えた箇所も見られる。

　このように畳語を執拗に繰り返す右の曲は、無論、同音の連続による歌謡性と遊戯性を過度に意識して作られているわけだが、そこには更にどのような描写姿勢を認めることができるだろうか。実のところ、この曲が表現しようとする内容は、風雨の有り様、ただそれだけに過ぎない。しかしここで注目すべきは、畳語によってなされたその過剰な写生が、最終句に至って、一つの「瀟湘の水墨図」のなかに帰納されていくことである。雨の情景に対する饒舌なまでの描写は、結局一幅の水墨画に全て収斂されてしまうものなのであり、翻って言えば、この曲における一連の描写とは、一幅の絵画の如き風景を畳語によって延々

図6　宋・林庵「煙江欲雨図（煙江　雨ふらんと欲すの図）」。

と敷衍していこうとする試みにほかならない。ここに通俗歌曲における一つの典型的な描写姿勢を見ることができるだろう。即ち、ある中心的な主題をもととし、その描写を無限に引き伸ばし、展開していこうとする姿勢である。

柳永の詞【雨霖鈴】の表現に見られた饒舌性も、このような描写精神によって捉えなおすことが可能であろう。やや極端に言えば、【雨霖鈴】の内容は別離の悲しみ、それだけである。だが柳永は、「多情」故に抱くその愁いを、「千里の煙波、暮靄は沈沈として楚天は闊し」、「楊柳の岸、暁風残月」といった象徴的な風景に依拠しつつ、敢えて連綿と途切れることなく述べ尽くそうとした。そしてその饒舌性を音声面から支えていたのが、詞のなかに配された、多くの双声と畳語だったのである。

二　「多情」と「無情」――多情は古より離別に傷む

「多情は古より離別に傷む」、この句は柳永の詞の世界全体を支配するテーゼであるが、ここに見られる「多情」という語は、叙情文学としての中国の歌謡を考える上でも極めて重要なことばである。それは宋詞におけるもう一つの傑作、蘇軾【念奴嬌】がこの語を用いていることからも窺えよう（【念奴嬌】における「多情」については、「I　詠史と滑稽」三四頁・五一頁参照）。

「多情」の語が詩歌に現れる最も早い例は、次に挙げる楽府である。

「子夜四時歌・春歌二十首　其の十」

春林花多媚　　春林　花は媚《こ》びること多く
春鳥意多哀　　春鳥　意《おも》いは哀しむこと多し
春風復多情　　春風　復《ま》た情多く
吹我羅裳開　　我が羅裳《らしょう》を吹きて開かしむ

「子夜四時歌《しやしいじか》」とは民歌「子夜歌《しやか》」の一種で、南朝において流行した恋歌。この「春歌」は、冒頭から第三句まで、全て「春〇〇多〇」の句で構成されており、歌謡性を強く意識したかたちとなっている。春尽くしともいえるこの種の形式は、北魏《ほくぎ》・王徳《おうとく》の「春詞」に「春花綺繍色、春鳥絃歌声。春風復蕩漾、春女亦多情」と見え、また詠み人知らずの敦煌の詩（ペリオ三五九七）にも「春日春風動、春来春草生。春人飲春酒、春鳥弄春声」とあるように、六朝期から唐代にかけて広く流行した歌謡形式だったようである。

さて右の「子夜四時歌・春歌」では、「多情」の語は女性の薄絹の裳を翻す「春風」の形容として用いられている。「春林」「春鳥」という春の景物が「多媚」「多哀」という語で擬人化されて描かれているように、「多情な春風」とは人間以外のものに情を付与するかたちでなされた表現なわけだが、その「多情さ」はまた、春に「媚び」、「哀しむ」女性の心情の反映でもあるだろう。王徳の「春詞」が「春女も亦た多情なり」と詠じていることからも窺えるように、春に心を浮き立たせる女性の心情が一篇の主題なのである。

だが、既に六朝期の楽府において女性の春心と「多情」の結びつきが見られるにもかかわらず、「多情」の語が一つの詩語として定着するのは更に時代を下らなければならない（「子夜四時歌」の場合でも、前半二句を踏まえれば、「多情」という語が一つの独立したタームとなっているわけでは恐らくない）。この語を詩歌の中に多用したのは、中唐の白居易《はくきょい》と劉禹錫《りゅううしゃく》が初めてであるが、ここでは、「長恨歌《ちょうごんか》」「琵琶引《びわいん》」の作者でもある白居易の例を二つ見てみよう。

「下邽荘南桃花（下邽荘《かほうそう》の南の桃花）」　白居易

村南無限桃花発　村南　無限に桃花発《ひら》き

唯我多情独自来
日暮風吹紅満地
無人解惜為誰開

唯だ我のみ多情にして独自《ひと》り来《きた》る
日暮《にちぼ》 風吹きて 紅 地に満つ
人の解《よ》く惜しむこと無きに誰《た》か為に開くや

【楊柳枝】八首　其の五　白居易

蘇州楊柳任君誇
更有銭唐勝館娃
若解多情尋小小
緑楊深処是蘇家

蘇州《そしゅう》の楊柳は君が誇るに任すも
更に銭唐《せんとう》の館娃《かんあ》に勝る有り
若《も》し解《よ》く多情にして小小《しょうしょう》を尋ねんとすれば
緑楊 深き処 是れ蘇家《そか》なり

●更有銭唐勝館娃―「銭唐」は、杭州《こうしゅう》のこと。「館娃」は、西施《せいし》を指す（春秋時代の呉王夫差《ごおうふさ》が西施のために蘇州に館娃宮《かんあきゅう》を建てた故事に基づく）。この一句で、杭州には蘇州の西施にも勝る美女がいる、の意。●小小―杭州の名妓・蘇小小のこと。蘇小小に関しては、「II 歌と物語の世界」六二頁参照。

白居易は「多情」の語を好んで用いたが、その用法も従来までのそれとは大きく異なる。中唐以前に散見される「多情」の語は、女性の情、もしくは風や月、鳥といった人間以外の情が殆どであって、詩人自らの情を指していうことはない。情の多さ、感受性の豊かさは、あくまで自己以外の何かに仮託されるものであって、自己の中に見出すものではなかったのである。ところが白居易の場合、「多情」は自らの性情の表明として現れてくる。「唯だ我のみ多情にして独自り来る（多情な私だけが桃の花を尋ねにやって来る）」。花鳥風月や女性といった、外界の対象に「多情さ」を認めるのではなく、外物に魅了され、心動かされる自己こそが白居易にとっての「多情」なのである。

このことは単に「多情」の指示内容の変化を意味するのみならず、詩人の内部における美意識と価値観の変化をも物語っている。即ち、ある対象に誘惑され、そこに没入してゆく自己の姿勢そのものに価値を認めようとする意識の発生である。白居易にとって、外物に心惹かれ、誘惑されることは詩人としての誇りでもあり、自らが情にあふれる人間であることに彼は一種の自負を抱いていたのである。中唐・白居易における、このような「多情」の肯定は、中国の叙情文学の系譜において極めて大きな意味を持っているだろう。何故なら、彼以後の詩人たちは、自らが「多情」であることを前提として出発することができたのだから。

また、彼はその「多情さ」を歌曲のかたちで表現することも忘れなかった。右に挙げた【楊柳枝】がそれであり、そこでは美妓（「小小」）を尋ねていく行為が風流なものとして捉えられている。白居易以後、多くの詩人が「多情」の語を詩詞のなかで用いるようになり、この言葉は風流な者、更には浮気者、薄情者（恋人としての）、といった含意を持つようになるが、そのような含意の祖型も白居易の歌謡のなかに求めることができるのである。

では「多情」が詩語として定着したのち、それを用いて如何なる佳句が生み出されたのであろうか。晩唐期の詩人杜牧《とぼく》の作を見てみよう。

「題贈二首（題《しる》して贈る二首）　其の二」　杜牧

多情却似総無情　多情は却《かえ》って似たり 総《すべ》て情無きに

但覚罇前笑不成　但《た》だ覚ゆ 罇前《そんぜん》 笑いの成らざるを

蠟燭有心還惜別　蠟燭 心有りて 還《かえ》って別れを惜しみ

替人垂涙到天明　人に替《か》わりて涙を垂らし 天明に到る

●総―すべて、まったく。強調の副詞。●罇―「尊」と同じ。さかだる。

妓女との別離を描いた作（詩題を一本に「贈別二首」に作る）。別れに際して、「多情」な者はただ茫然としたままであり、笑みをつくることすらできない。代わりに涙を流すのは、「心」（「芯」の双関語）ある蠟燭、恋人たちはその灯火に包まれて、やがて別離の朝を迎える。

「多情は却って似たり 総《すべ》て情無きに」。ここでは、情の厚さ、感受性の豊かさそのものに対して深い内省が加えられている。「多情」な人間は、まさに情厚きが故に感極まってしまい、自らの心情とは逆に「無情」で冷淡な表情を恋人にさらすこととなる、と言うのである。「多情」が極まれば、反って「無情」に近づく。「多情」の極として、それと相反する「無情」を設定したところにこの詩の興趣があり、別離の場面を「無語凝噎（ただ無言で咽び泣く）」と詠じた、柳永【雨霖鈴】の世界を先取りするものとも言えるだろう。

杜牧は情に溢れる者が持つ屈折した煩悶を、「多情」と「無情」の語によって、巧みに詩篇に織り込んでいたわけだが、「多情」の文学が最盛のときを迎える宋詞においても、この二つの語を用いた次のような佳篇が作られている。

【蝶恋花】　蘇軾

花褪残紅青杏小。燕子来時、緑水人家遶。枝上柳綿吹又少。天涯何処無芳草。
墻裏秋千墻外道。墻外行人、墻裏佳人笑。笑漸不聞声漸悄。多情却被無情悩。

花の紅は色あせ、杏子の樹に青々とした小さな実が熟し始める。燕が舞うこの時節、流れゆく川は緑をたたえて人家を取り囲む。枝にあふれていた柳絮、風の吹くたびにその数を減らしていく。天涯の彼方まで遍く芳草は満ち、春はもう過ぎ去ろうとしている。

垣根の内側でブランコが揺れ、垣根の外側に道が延びる。垣根の外を行く私、垣根の内からは佳人の笑い声。その声も次第に遠ざかり、もう聞こえてはこない。多情の者は、反って無情の者に心かき乱される。

●遶―めぐる。一本にこれを「暁」に作る。　●秋千―ブランコ。「鞦韆」とも書く。

蘇軾が恵州《けいしゅう》に流されていたころ、愛妓の朝雲《ちょううん》に歌唱させたと伝えられる詞である（「Ⅲ　文人家庭の音楽」九〇頁参照）。

前段は、晩春の景物を詠う。「枝上の柳綿　吹けば又《ま》た少なし。天涯　何《いず》れの処にか芳草無からんや」の句は、時の移ろいに対する悲哀を繊細な筆致で詠み出だしており、作者の万感の思いがそこに込められている（この詞の正確な制作時期は不明だが、「天涯」の語に、左遷されていた頃の蘇軾の悲哀が託されていると考えることもできるだろう）。続く後段では、垣根の外側を進む「行人」と、垣根の内側でブランコに興じる「佳人」を軸に描写が展開される。「佳人」の笑い声は外を歩く「行人」とは無関係にさざめき、彼の心をかき乱すが、それは春光と同様に次第に遠ざかっていき、やがて「行人」の耳には無声の状態が訪れる。そのとき、「行人」が心中で発した言葉が、「多情は却《かえ》って無情に悩まさる」の句。「多情」な者は、皮肉にも「無情」な者によって、また「無声」、すなわち音なき音によって懊悩させられるのである。「多情」の者が抱える如何ともしがたい業の深さのようなものが巧みに凝縮されて示されており、格言的・箴言的な味わいをも持つ、哲理の一句だと言えよう。

また先の杜牧の詩では、「無情」の語は「多情」を強調するためにあったと言えるだろうが、蘇軾の詞では「無情」は自己の外部にあって自らの「多情」を苛み、嘲笑するものとして描かれている。己の「多情」を冷徹に客観視し、また滑稽に戯画化しようとする精神がそこにはあるのであり、その精神こそが蘇東坡の文学の真骨頂でもあるだろう。

恋人との離別に心を傷ませた柳永の「多情」、情溢れるが故に「無情」の仮面を装わなければならなかった杜牧の「多情」、佳人の「無情」「無声」に悩まされた蘇軾の「多情」。中国の恋愛文学の豊饒を意味するこれらの「多情」の相は、情に対する認識とその表現のあり方が深化されてゆくさまを示しており、後代の歌謡においてもある種の規範となって受け継がれていくこととなるのである。

三　情の計量――楊柳 別愁を織る 千条万条の糸

柳永【雨霖鈴】において、別離の傷心は旅立つ男に、「千里の煙波、暮靄は沈沈として楚天は闊《ひろ》し」という遠大な風景を見せることとなったが、これは彼の「多情さ」（感受性に富むが故に生じる悲哀の大きさ）を、空間的な広さに置き換えて象徴的に示したものでもある。中国の叙情文学、特に通俗歌謡の世界においては、情の質的な側面のみならず、その量的な多さ・大きさを如何なるかたちで表現するかということも常に追求されてきた。例えば盛唐・李白の手になる「秋浦《しゅうほ》の歌」の有名な句、「白髪三千丈、愁いに縁《よ》りて箇《かく》の似《ごと》く長し」は、愁いの深さを三千丈という長さに量化して示したものに他ならないし、恋情を詠う宋詞が柳永の詞のようにしばしば広大な景色や「天涯《てんがい》」「地角《ちかく》」に言及するのもその一つの表れである。では詩詞の作者たちが情を量化して表す際に、最も好んで用いられた形象は一体何であろうか。中唐・劉禹錫の次の詞を見てみよう。

【竹枝】九首　其の二　　劉禹錫

山桃紅花満上頭　　山桃の紅花　上頭《じょうとう》に満ち
蜀江春水拍山流　　蜀江《しょくこう》の春水　山を拍《う》ちて流る
花紅易衰似郎意　　花の紅の衰え易きは郎《きみ》の意の似《ごと》く

水流無限似儂愁　水流の無限なるは儂《われ》の愁いの似《ごと》し

●上頭―上の方。「頭」は接尾辞。●蜀江春水拍山流―「蜀江」は、蜀の地（現在の四川省）を流れる長江。「拍山」を一本に「拍江」に作る。

劉禹錫と白居易の詞は、宋代の文人詞と異なって民歌風の素朴な詠いぶりを模したものが多いが、この恋歌もその一つ。移り気な恋人（「郎」）の心情を衰え易き花の姿に、自身（「儂」）の愁いの情を絶え間なく続く「無限」の「水流」に、それぞれ擬えた作である。

　このように愁いを川の水量の多さに比した詩詞の表現は、枚挙に暇がない。例えば、李白「贈汪倫（汪倫《おうりん》に贈る）」詩の「桃花潭《とうかたん》の水　深きこと千尺なるも、汪倫の我を送るの情に及ばず」、敦煌曲子詞【何満子】の「秋水　澄澄として深くして復《ま》た深し。喩《たと》うれば賤妾《せんしょう》の歳寒《さいかん》の心の如し」、南唐・李煜《りいく》【虞美人】の「君に問う　都《すべ》て幾多の愁い有りやと、恰《あた》かも一江の春水の東に流るるが似《ごと》し」、などがそれ（李煜の詞については、「V　惜春の系譜」一四六頁参照）。また川ではなく、海の水量を用いたものとしては、中唐・孟郊《もうこう》「招文士飲（文士を招きて飲《いん》す）」詩に、「醒むる時は過ごすべからず、愁いの海は浩《こう》として涯《はて》無し」、宋・秦観《しんかん》【千秋歳】に「落紅　万点、愁いは海の如し」と見える（秦観の詞に関しては、「X　歌曲の二つの行方」二六七頁参照）。これらは何れも、尽きせぬ愁い、溢れる情の深さを無辺に広がる水によって具象化して示したものである。

　川や海による情の量化は、その空間的な大きさ・広さを意識した上での表現であろうが、それとはまた別に形象の数的な多さに着目した情の計量も、詩詞の中に数多く見られる。例えば次の孟郊の楽府。

「古離別二首 其の一」　孟郊

松山雲繚繞　松山《しょうざん》 雲は繚繞《りょうじょう》たり
萍路水分離　萍路《へいろ》 水は分離す
雲去有帰日　雲去らば帰る日有るも
水分無合時　水分かるれば合する時無し
春芳役双眼　春芳 双眼を役《えき》し
春色柔四支　春色 四支《しし》を柔らかにす
楊柳織別愁　楊柳 別愁を織る
千条万条糸　千条万条の糸

●繚繞―畳韻の語。雲のたなびくさま。●萍路―浮き草の浮かぶ川筋。●役双眼―眼を使役させ、引きつけるの意。●四支―四肢、身体。

前半四句に詠われる、「分離」して「合する」ことの無い水とは、離別した男女の喩え。後半では、春の芳しさ、麗しさが女性の体を柔らかく包み込む一方、胸中にある離別の情が否応なくかきたてられ、愁いが「千条万条」の柳の「糸」のように織り成される、と述べられる（「糸」は枝。また「思」〈恋のもの思い〉の双関語）。たおやかに伸びた柳の枝、その夥しい数量に無限の悲哀が仮託されているのである。

また敦煌の曲子詞には、愁いの情を数量の多寡によって表した、以下のような作品もある（引用は後段のみ）。

【天仙子】　無名氏

犀玉満頭花満面。負妾一双偸涙眼。涙珠若得似真珠、拈不散。知何限。串向紅糸応百万。

犀の角や玉の飾りが髪を覆い、顔は花を敷き並べたかのような美しさ。けれど背かれた私は、密やかにふた筋の涙を流す。涙の珠が真珠のように硬く、手でぬぐっても散らすことができないのであれば、その数は一体どれほどになりましょうか。紅の糸に通せば、きっと百万にもなりましょう。

●負妾―「背かれた妾《わたし》」、の意と解した。●向―「在」と同意。

薄情な恋人に背かれた妓女の悲哀を、代言体《だいげんたい》のかたちで詠じたもの。彼女の愁いの象徴たる涙の珠は、「紅糸」に刺して数えれば「百万」にも上る、と言うのである。率直な表現ではあるが、涙を糸に貫きとおし、その無限ともいうべき数を計量するという発想には独特の新味と面白みがあり、当時宴席の場（妓楼）においては好んで唱われたことであろう。

右に挙げてきた、作者自身もしくは作中人物の愁いを量化して描いた表現には、多かれ少なかれ作者による誇張が含まれていると考えなければならないが、そこには情の「無限」を単に「無限」と言うのに飽き足らず、その無限さを敢えて饒舌なまでに述べつくそうとする姿勢が、また空間的な大きさや数量的な多さに依拠しつつそれを可能な限り具象化して提示してみせようとする欲求が潜んでいる。これは、先に述べた柳永【雨霖鈴】に見られる饒舌性（叙述の長大化）とも決して無関係ではないだろう。「多情」な者は己が感得した情の「無限」をも表現せずにはいられないのである。その饒舌性とは、細やかな心情を隠微に表そうとする風雅の精神と異なって、ある種の通俗性を帯びた表現姿勢だと言えようが、それと同時に、中国の古典歌曲を表現面において支え続けた一つの重要なパトスでもあったと思われる。

なお、宋代の文人詞の中には、情の計量という半ば通俗的な表現手法を取りながら、繊細な修辞によってそこに深遠で優美な情致を醸し出した作品も存在する。愁いを表現した名篇として知られる、賀鋳《がちゅう》【青玉案】を見てみよう。

【青玉案】　　賀鋳

凌波不過横塘路。但目送芳塵去。錦瑟年華誰与度。月楼花院、綺窓朱戸。惟有春知処。

碧雲冉冉蘅皐暮。綵筆空題断腸句。試問閑愁知幾許。一川煙草、満城風絮。梅子黄時雨。

佳人はこの横塘《おうとう》の地を訪ねることなく過ぎ去ってしまい、私はそれをただ空しく見送るばかり。華やかな日々は遠い昔のこととして思い起こされ、年月をともに過ごすべき人は今は傍らにいない。月明かりを浴びた高殿、花咲く奥庭、煌びやかな窓、朱塗りの戸。ただ春だけがそこに訪れる。

碧の雲たなびき、杜蘅《とこう》の茂る水辺は黄昏に包まれる。五色の筆を取り、一人断腸の思いを句に託そうとする。そぞろに湧き起こるこの愁い、果たしてどれほどかと言えば、川べり一面の靄を帯びた草、街中全てを覆って風に舞う柳絮、梅の実が熟するころに降りしきる雨。

●凌波―美人の歩む姿を言う。魏・曹植《そうしょく》「洛神《らくしん》の賦」に、「波を凌《しの》ぎて微《かす》かに歩めば、羅襪《らべつ》 塵を生ず」とあるのに基づく。なお、次句の「芳塵」も美人を指す。●横塘―蘇州郊外の地名。そこに賀鋳は別荘を持っていた。

●錦瑟年華誰与度―李商隠《りしょういん》「錦瑟」に、「錦瑟《きんしつ》 端《はし》無くも五十絃、一絃一柱に華年《かねん》を思う」とあるのを踏まえる。瑟の絃と琴柱《ことじ》一つ一つに、恋人と過ごした華やかな日々が思い起こされるが、今となっては年月をともに過ごす筈の人はもういない、の意。●惟有春知処―「惟《た》だ春の処を知る有るのみ」と読み、春だけが「月楼花院、綺窓朱戸」の処に帰ってき、それを共に愛でる人はいない、の意。●碧雲冉冉蘅皐暮―「冉冉」は、雲がゆっくりと流れていくさま。「蘅皐」は、杜蘅《とこう》（香草の一種）の茂る沢。

前段に「錦瑟《きんしつ》 年華《ねんか》 誰と与《とも》に度《わた》らん」とあるように、かつての恋人への追慕を詠った詞である。後段で、詞人は「試みに問う 閑愁 知んぬ幾許《いくばく》ぞ」と自問し、自らの愁いを問わず語りに述べようとする。「一川《いっせん》の煙草《えんそう》、満城《まんじょう》の風絮《ふうじょ》。梅子《ばいし》 黄ばむ時の雨」。これらの景物は、「一川」（「一」は、一面の、の意）、「満城」と形容されているように、多くの数量を伴って表されており、果て無く広がるその愁いが数量として具象化されて示されているのである。ただし、賀鋳はここで「千条万条」や「百万」といった直接的な数字は用いておらず、また「煙草」「風絮」「雨」といった三つの景物を組み合わせることで、詞中に奥行きのある繊細な情景を作り出している。愁いを饒舌なかたちで強調しつつも、それをあくまで優美に表現しようとする姿勢が貫かれているのであり、情の計量という表現のあり方の一つの頂点をなすものだと言えるだろう（なお、賀鋳はこの佳句によって「賀梅子《がばいし》」と称された）。

さて、これまで無限の情を量化して表した詩詞を見てきたが、その情が純粋に男女間の恋心を意味する場合、先の劉禹錫の詞に「花の紅の衰え易きは郎《きみ》の意の似《ごと》く、水流の無限なるは儂《われ》の愁いの似《ごと》し」とあったように、男女の情どちらがより深いものであるか、という愛情の量の比較へともつながっていく。例えば敦煌から発見された、初唐期の詩人喬《きょう》備《び》の詩は、愛情の計量を次のように大胆に詠っている（ペリオ三七七一『珠英集』。引用は全八句のうちの前半四句のみ）。

「雑詩」　喬備

蹔借金鎚秤	蹔《しば》らく金鎚《きんつい》の秤《はかり》を借り
銜涕訴恩波	涕《なみだ》を銜《ふく》みて恩波《おんぱ》を訴えん
君情将妾怨	君が情と妾《われ》が怨みと
称取謂誰多	称取《しょうしゅ》して誰《いず》れか多きを謂《い》わん

●金鎚―金属製のおもり、秤の分銅。「鎚」は、「錘」と同意。　●恩波―恩愛。　●将―「与」と同意。

●称取―量る、の意。「取」は語助。

自らの情と恋人の情を秤《はかり》にかけ、その重さを量ろうというのである。もちろん、作中の語り手である女性がこのように述べるのは、自分の「怨み」の方がより重いものであることを恋人に訴えたいがためであろう。

楽府や詞では普通、幽愁に苛まれる女性の情が過多であって、薄情な男性のそれが過少であるという前提が定式化されているが、これはやや見方を変えて言えば、女性の側が常に相手の愛情に飢えていて、自らのそれに見合うだけの情の深さを貪欲に求めようとすることをも暗に意味している。次の散曲では、その見返りを要求する女性の心情が借金取りに喩えられており、極めて軽妙でユーモラスな詠いぶりとなっている。情の計量という恋情表現の系譜において、元代の曲文学が切り開いた新生面だと言えよう。

【清江引】「相思」　徐再思

相思有如少債的。毎日相催逼。常挑着一担愁、准不了三分利。這本銭見它時才算得。

恋は高利貸しに借金をしているようなもの。毎日督促され、天秤棒一荷物の愁いを担いでいつも返しに行くのに、三分の利子にも換算してくれない。この元金は、あの人に会えてこそ割に合う。

●少債──この二字で、借りる、の意。●准──換算する。

Ⅷ　女流の文学――朱淑真【大石調　生査子】

陳文輝・藤原祐子

一　春心の競作――人は遠く天涯は近し

年年玉鏡台、梅蕊宮粧困。今歳未還家、怕見江南信。
酒従別後疎、涙向愁中尽。遙想楚雲深、人遠天涯近。

年ごとに、春になると鏡台の前、梅花の化粧をするにも疲れ果て、この年もあの人は帰ってこない。江南からの春の便りを見るのが恨めしい。
別れて以来、お酒も飲む気になれず、涙も愁いの中で枯れ果てた。あの人は南の空に懸かる楚雲の向こう。あの人は遠く、天涯は近い。

●玉鏡台―玉で出来た鏡台。晋・温嶠《おんきょう》が北征によって「玉鏡台」を手に入れ、後にある女性に結納品としてあたえた故事が『世説新語《せせつしんご》』「假譎篇《かきつへん》」に見える。●梅蕊宮粧―化粧の一種で、梅の花びらのような模様を額に描いたもの。『太平御覧《たいへいぎょらん》』巻九七〇所引『宋書《そうじょ》』等の記述によると、「武帝《ぶてい》のむすめ寿陽公主《じゅようこうしゅ》が外で眠っていると、梅花が額の上に落ちてきて、払い落とそうとしても落ちなかった。後に皆がそれを真似て『梅花粧《ばいかしょう》』と呼ばれるようになった」という。●江南信―南方から来る春の便り。北魏・陸凱《りくがい》が江南から友人范曄《はんよう》に宛てて梅花一枝と共に詩「梅を折りて駅使《えきし》に逢えば、隴頭《ろうとう》の人に寄与《あた》えん。江南　有る所無ければ、聊《いささ》か贈らん　一枝の春」を送ったというエピソードが、『太平御覧』巻一九所引『荊州記《けいしゅうき》』にみえる。●向―「在」の意。

ここに詠われているのは、遠く旅だった男性の帰りを待つ女性の嘆きである。彼女は鏡台（恐らく男から贈られたものであろう）の前で、毎日何度も春の化粧をして待つものの、結局毎回無駄に終わり、疲れ果てて呆然と座っている。男性は帰らず、春だけが帰ってくる。末句の「人は遠く天涯は近し」は、物理的な距離と心理的な距離の双方を見事に言い表した名句として知られている。

この「待つ女」のモチーフは「閨怨《けいえん》」と総称され、『詩経《しきょう》』をはじめとする中国詩歌の中に、ほぼ普遍的に見出すことができる。待つ対象は訪れの途絶えた君主であったり、出征や商売の旅に出たまま戻らぬ夫であったり、浮気で遊び好きの放蕩男であったりと様々だが、女はほとんど例外なく空閨を守り男の帰りを待ち続ける。それら中国における閨怨詩は、主人公が女であるにも関わらず、ほとんどの作品が男性詩人によって、しかもしばしば女性の一人称を用いて詠われることに特徴がある。また、これら男性作者によって作られた閨怨詩の系譜は非常に複雑で、多くの場合その裏に何らかの「託されたもの」を持つことにも注目すべきだろう。例えばそれは、「VI　諷諭の系譜」（一六三頁）で扱った諷刺の精神であったり、自らの不遇への不満であったりする。また、「V　惜春の系譜」（一三六頁）で紹介したような、あからさま

図7　元刊本『陽春白雪』の巻頭に付された柳如是の肖像。

には言えない深い喪失感であることもある。さらには「Ⅱ　歌と物語の世界」（五九頁）で見たような、強い物語性・伝奇性を伴うこともある。上述のような要素を持つ作品の系譜についてはそれぞれの章を見てもらうことにして、本章では閨怨と女流詩人の関係に焦点をあててみたい。

女性と歌曲は深い結びつきをもってきた。多くの場合、それは作者としてではなく、歌い手あるいは受容者としての関わりであった。例えば、本書で扱う「十大楽」を収録する散曲集『陽春白《ようしゅんはく》雪《せつ》』の現存最古の刊本には、黄丕烈《こうひれつ》の跋文が付されており、そこにはこの刊本がもとは明末清初の大学者・蔵書家であった銭謙益《せんけんえき》の持ち物であったこと、彼から愛妻の柳如是《りゅうじょぜ》（彼女はもと妓女）に贈られたものであったことが記されている。銭謙益が他でもなくこの散曲集を選んで妻に送ったのは、そこに収録されているような「歌曲」は女性が楽しむものだという意識があったからであろう。

さて、まずは冒頭に挙げた【生査子】である。作者とされているのは、北宋末から南宋初にかけて生きた朱淑真《しゅしゅくしん》（一〇七九?～一一三三?）という女性。銭塘《せんとう》つまり今の杭州《こうしゅう》の人で、明代以前において最も多くの作品を残す女流詩人として有名だが、その伝記はつまびらかでない。豊かな文才を持ちながらも不幸な結婚によって不幸な一生を送った、とされている。彼女の死から半世紀ほど後、魏仲恭《ぎちゅうきょう》という人がその詩の「清新にして艶麗、情緒は豊かで、人の心を良く表現している」ことに感動して作品を収集、『断《だん》腸詩集《ちょうししゅう》』と名づけ、さらに後に南宋末の鄭元佐《ていげんさ》がそれに註を付けて刊行したという。詞についても、明の洪武《こうぶ》年間には抄本があったことが知られている。

詞曲は、現存するテキストの来歴が詩文に比して不分明であることが多く、作者や文字の混乱が従来からしばしば指摘されているが、彼女の作品も例外ではない。例えば、彼女の詞とされる有名なものの一つに「去年元夜時」の句で始まる【生査子】がある。

【生査子】

去年元夜時、花市灯如昼。月到柳梢頭、人約黄昏後。
今年元夜時、月与灯依旧。不見去年人、涙満春衫袖。

去年の元宵節《げんしょうせつ》の夜、街は灯籠の光でまるで昼間のように明るかった。月が柳の梢にかかる頃、夕暮れの後にあの人と会う約束をした。

今年の元宵節の夜、月と灯籠の光は去年と同じ。なのに、去年会ったあの人はおらず、涙が春の衣の袖を濡らす。

宋代、自由に外に出ることを許されなかった良家の女性たちにとって、元宵節の灯籠見物は数少ない夜間外出の機会であった。当時に取材した恋愛小説や戯曲が、主人公の男女が出会う場面にしばしば元宵節の夜を設定するのは、そこに一種運命的なものを付与する意図があるのみならず、そういった現実的な事情もある。右の詞の主人公は、去年の元宵節の夜に恋人と逢瀬を約した。そして一年後の元宵節、月も灯籠も一年前と変わらずに輝いているのに、彼女は涙に衣の袖を濡らす。去年の恋人はもうそこにはいないからである。二人は、他人には知られたくない秘密の関係にでもあったのだろうか。例えば、明の楊慎《ようしん》はこの詞について、「朱淑真の元宵節を詠じた【生査子】は優れてはいるが、良家の妻が言うべき内容ではない」（『詞品《しひん》』巻二）と述べたり、清の王士禎《おうしてい》は「この詞によって、世間は朱淑真が妻としての徳を失った行いをしたのではないかと疑うようになった」（『池北偶談《ちほくぐうだん》』巻一四）と述べたりしている。

貞操を疑われた朱淑真こそいい迷惑だが、この詞は実は北宋前期の大文人欧陽脩《おうようしゅう》の作である。そのことは、南宋期の詞選集『楽府雅詞《がふがし》』が彼の作として収録し、また彼の別集にも見えることから、動くまい。しかし、いつの頃からか朱淑真の作と伝えられるようになっていたらしい。先に引いた楊慎や王士禎の評はその誤伝に基づく。本詞はさらにまた別の人物が作者とされることがあり、たとえば『歴代詩餘《れきだいしよ》』及び楊金《ようきん》本の『草堂詩餘《そうどうしよ》』は李清照《りせいしょう》、『花草粋編《かそうすいへん》』『詞綜《しそう》』などは朱敦儒《しゅとんじゅ》の作として収録する。李清照は後に述べるように中国史上最大の女流作家であり、しかも朱淑真とほぼ同時期に活躍したことから、その作品が混同されることは十分に考えられる。また朱敦儒については、その字「希真《きしん》」が朱淑真と一文字違いであることが、或いはその混同の原因となっているのかもしれない。しかし、女性の作品が男性の作になったり、逆に男性の作品が女性の作と見なされたりする本質的な原因は、閨怨詩に詠みこまれた女性像と最も深く関わるのではあるまいか。そのことについて、次の物語を手がかりに考えてみよう。

蘇州《そしゅう》の金持ちで、姓は薛《せつ》という者がいた。彼には二人の娘があり、姉は蘭英《らんえい》、妹は蕙英《けいえい》、どちらも聡明で美しく、詩をよくした。屋敷の裏に楼が立てられ、二人はそこに住まうようになり、この楼を「蘭蕙聯芳《らんけいれんほう》の楼」と呼んだ。……その当時、会稽《かいけい》に楊鉄崖《ようてつがい》（維禎《いてい》）がいて、【西湖竹枝曲】を作った。唱和するものは百余人といわれ、非常に流行して、書店がこれを刷って売り出す。二人はそれを見て、「西湖に竹枝曲があるなら、蘇州にないのはおかしいわ」と、その体裁をまねて【蘇台竹枝曲】十首を作った。他の詩もみな立派で、その才能のほどが十分わかるものだった。鉄崖はその詩稿を見てさらに詩を書いて二人の才能を称えた。これによって姉妹の名は遠近に響き渡り、班婕伃《はんしょうよ》（漢の武帝の寵姫で「怨歌行」の作者）・蔡琰《さいえん》（漢の蔡邕のむすめで「胡笳十八拍」の作者）の再来か、李清照・朱淑真にも劣るまいと言われた。

これは、明初に出版された小説集『剪灯新話《せんとうしんわ》』が収録する「聯芳楼情話《れんほうろうじょうわ》」という物語の冒頭である。

物語の本筋そのものは、蘭蕙姉妹が一人の男とこっそり逢引、後に親の許しを得てめでたしめでたしの大団円に終わる、典型的な恋愛小説に過ぎない。その小説部分の真偽は今はおくとして、姉妹が楊鉄崖の【西湖竹枝曲】をまねて【蘇台竹枝曲】を書き、それが出版されて大いに人気を博したという逸話は恐らく事実であろう。「竹枝」というのは、もともと「巴渝《はゆ》（今の四川省《しせんしょう》東部重慶《じゅうけい》附近）」の民謡である。唐の詩人劉《りゅう》禹《う》錫《しゃく》がこれを創作に取り入れ、長江三峡《ちょうこうさんきょう》地方の風俗や景物・男女の恋情をうたった【竹枝詞】を生み出してから、【竹枝詞】或いは【竹枝曲】の名で世に行われるようになった。楊鉄崖は、そういった【竹枝詞】の伝統をうけて、西湖の風物を詠みこんだ【西湖竹枝曲】を作ったのである。彼の別集『鉄崖先生古楽府《てつがいせんせいこがふ》』巻一〇は全部で九首を収めるが、その中から一首を選んで見てみよう（別集は題を【西湖竹枝歌】に作る）。

【西湖竹枝曲】九首 其の八　　楊維禎

石新婦下水連空　　石新婦《せきしんぷ》の下 水 空に連《つら》なり
飛来峰前山万重　　飛来峰《ひらいほう》の前 山 万重《ばんちょう》たり
妾死甘為石新婦　　妾《われ》 死なば 甘《あま》んじて石新婦と為《な》り
望郎忽似飛来峰　　郎《きみ》の 忽《たちま》ち飛来峰に似るを望まん

「石新婦」は夫の帰りを毎日待ち続けた女性がとうとう岩になってしまったという伝説を持つ岩の名、

「飛来峰」は天竺《てんじく》から飛んできたといわれている峰の名。ともに杭州西湖附近に位置する名勝である。注目すべきは本曲の後半二句、「妾」という女性の一人称で「郎」に対する想いを詠う箇所であろう。風光明媚な杭州の地、西湖の水は空まで続き、そのむこうには石新婦の岩。幾重にも続く山並みのむこうには飛来峰が見える。私が死んだら「石新婦」になりましょう。石となって待っていれば、恋しいあなたが「飛来峰」のように飛んで帰ってくるかもしれないから。冒頭に詠み込まれた二つの名勝がもつ伝説を、恋の想いと巧みに絡めているのだ。お国自慢を民謡調で展開しているのを見て、蘇州にいた蘭蕙《らんけい》姉妹が「負けてはいられない」という気持ちになったのも無理はあるまい。現代でも「上に天堂《てんどう》有り、下に蘇杭《そこう》有り」と言うが、古来から蘇州もまた杭州と並ぶ有名な景勝地だったのである。彼女たちが作った【蘇台竹枝曲】十首からも一首挙げてみよう。

【蘇台竹枝曲】十首 其の七　　薛蘭英・蕙英

楊柳青青楊柳黄　　楊柳 青青《せいせい》たりて 楊柳 黄たり
青黄変色過年光　　青に黄に 色を変じて年光を過《す》ぐ
妾似柳糸易憔悴　　妾《われ》は 柳糸の憔悴《しょうすい》し易《やす》きに似て
郎如柳絮太顛狂　　郎《きみ》は 柳絮《りゅうじょ》の太《はなは》だ顛狂《てんきょう》なるが如し

蘇州の柳は隋の煬帝《ようだい》が運河沿いに植えて以来の名物であり、【西湖竹枝曲】に対抗するにはふさわしい題材の一つと言えるだろう。柳は春が来て青くなったかと思えばすぐに枯れて黄色に変わってしまう。柳の色が移り変わるままに、気付けばまた一年が過ぎていく。私は柳が枯れるようにあっという間にやつれ果ててしまうのに、あなたはふわふわと飛んでいく柳絮のような浮気者（「顚狂」は行動が軽薄で軽はずみであること）。前半二句で柳を詠じ、後半二句はその柳という植物の性質を、「妾」と「郎」の比喩として用いている。男の浮気っぽさをなじる女の恋心が託されていると言えようか。このように、楊鉄崖と姉妹の【竹枝曲】はともにその地方の景勝を詠じるものでありながら、女の恋歌としても十分に鑑賞に堪える作品となっている。

蘭蕙姉妹の成功にはいくつかの要因が考えられるが、劉禹錫・楊鉄崖の作品がそうであるように、【竹枝曲】が元来風光明媚な土地柄を織り交ぜながら、しばしば女性の口吻を借りて恋情を詠う通俗的な歌曲だったこと、さらには二人がこうした恋歌を口ずさむにふさわしい美人姉妹だったことが、最も大きく関わったのではあるまいか。可憐な少女の可憐な恋歌、これは古くから宮廷のサロンなどで男性詩人達が育んできた、中国古典歌曲の重要なテーマの一つだった。蘭蕙姉妹は、男性が築き上げてきたそうした少女の世界を歌い演じるにふさわしい存在だった。彼女たちは、男性たちが詩歌の世界で描いた「恋する乙女」を、実にみごとに演じてみせたに他ならない。

二　才女の限界——他家 本より是れ 無情の物

昨夜夢君帰
賤妾下鳴機
懸知君意薄
不著去時衣
故言如夢裏
頼得雁書飛

昨夜　君の帰るを夢み
賤妾《せんしょう》　鳴機《めいき》より下《くだ》る
懸《はる》かに知る　君が意　薄くして
去時の衣を著《つ》けざることを
故《ことさら》に夢の裏《うち》の如しと言いて
頼《さいわ》いに雁書《がんしょ》の飛ばすを得たり

これは『玉台新詠《ぎょくだいしんえい》』巻七が収録する作品である。主人公は空閨を守る女性。ある夜の夢に夫が帰ってくる。機織りを止めて迎えに出た彼女は衝撃を受ける。なぜなら、戻ってきた夫は彼女が昔贈った衣を身につけていなかったから。これは相手の心変わりを示し、女性が最も怖れていたことでもある。最後の二句はわかりにくいが、「夢の通りなのでしょう」と相手をとがめる手紙を書いて送りましょう、幸いにその手立てもあることだから、というのであろう。「頼得」は「幸いにも〜できる」といった意味である。

この詩の作者が女性であると言っても、恐らく誰も違和感を覚えまい。内容が女心の複雑さをかいま見せるようなものであるだけでなく、「賤妾」という女性の一人称で書かれた閨怨詩だからである。しかし、実際の作者は蕭紀《しようき》、すなわち梁《りよう》の武帝蕭衍《ぶていしようえん》の第八子で、『文選《もんぜん》』の編集を命じたかの昭明太子蕭統《しようめいたいししようとう》の末の弟。『玉台新詠』は本詩の題を「和湘東王夜夢応令（王の命をうけ湘東王《しようとうおう》（蕭繹《しようえき》）の「夜夢」という詩に和す）」とする。

男性作者による閨怨の作品は、基本的には詠物的な視線で女性を捉えたものがほとんどであるが、右に挙げた詩のように女性の口吻を借りるという「代言体」の手法を用いて作られたものも少なくない。文学における修辞は六朝に至って高いレベルに達するが、蕭紀の詩のように女性の姿や心理に対する観察の繊細さにも見るべきものがある。

さて、このように中国文学においては常に観察の対象とされてきた女性であるが、現実の女性の中にはかつて「女詩人」「才女」と騒がれた者もいた。彼女たちの作品はどのようなものだったのだろう。いくつか取り上げて見てみることにしよう。

「江陵愁望寄子安（江陵《こうりよう》の愁望《しゆうぼう》 子安《しあん》に寄す）」　魚玄機《ぎよげんき》

楓葉千枝復万枝　楓葉 千枝復《ま》た万枝
江橋掩映暮帆遅　江橋 掩映《えんえい》して 暮帆《ぼはん》 遅し
憶君心似西江水　君を憶えば 心は似たり 西江の水の
日夜東流無歇時　日夜 東流して 歇《や》む時無きに

これは唐の女道士魚玄機の作。彼女の名は、森鷗外《もりおうがい》の短編小説「魚玄機」によって日本人にも広く知られている。正確な出自は明らかではないが、長じて芸者となり、一時は李億《りおく》（字は子安）の妾となって幸せをつかむ。しかし、やがて彼に棄てられ、咸宜観《かんぎかん》という道観で道姑になった。その後、二十六歳の時に侍女緑翹《りょくぎょう》を殺すという事件を起して入獄し、刑死する。波瀾万丈、伝奇的色彩の強い経歴をもった女性であり、その美貌と才能と相俟って、当時ひときわ世間をにぎわした人物であった。

本詩は、李億に棄てられた後に作られた作品とされる。詩題は「江陵（今の湖北省《こほくしょう》武漢市《ぶかんし》附近）の眺めに愁いをかき立てられて詩を作り、子安に送る」といったほどの意。赤々と燃える川辺の紅葉、まるで虹のように橋が葉蔭に見え隠れし、去りゆく舟はゆっくりと進んでいく。彼女はその船を眺めながら、李億との別れを思い出しているのだろうか。「あなたを思う気持ちは日夜東へと流れる川の流れのように止まることはない」と詠う後半二句は、恋人への断ち切りがたい想いの比喩である。

生前からその詩集が巷に流布するほどの「才女」魚玄機のこの作品は、実は次に挙げる李白《りはく》「江夏行《こうかこう》」の句（第九～十二句）ときわめてよく似る。

去年下揚州　　去年　揚州《ようしゅう》に下《くだ》らんとして
相送黄鶴楼　　相《あ》い送る　黄鶴楼《こうかくろう》
眼看帆去遠　　眼は　帆の去りて遠のくを看
心逐江水流　　心は　江水の流るるを逐《お》う

去年あなたが揚州へと旅だった時、私は黄鶴楼（武漢市にある高楼の名）で見送った。去っていく船の帆を眺めながら、心はあなたを乗せた川の流れを追いかけていく。ここの引用だけではわからないが、「江夏行」は途中に「使妾腸欲断（妾が腸《はらわた》をして断たんと欲せしむ）」というように、女性の口吻を用いて商人の妻の辛さを詠じた作品である。魚玄機の作と本詩を比較した時、発想の類似は一目瞭然であろう。恋しい男を思う女心を「江水」に喩えるのは、中国古典文学では古くから定着していた表現法であり、魚玄機という女性作者の独創ではなかった（「Ⅶ 多情の饒舌」二〇七頁を参照）。同様に、去りゆく「帆」のモチーフも、別れの情景を詠じる際に古くから好まれたものであった。

唐代にはもう一人、魚玄機と並んで有名な女流詩人がいる。彼女の名は薛濤《せっとう》。経歴はやはりあまり詳しくは分からないが、もともと長安《ちょうあん》の良家の娘で、父親の死によってその赴任先であった成都《せいと》に留まり、生活苦のためについに妓女となったとされる。彼女は妓女として艶名を馳せ、韋皐《いこう》をはじめとする歴代の節度使《せつどし》に愛された。またその文才は「女校書《じょこうしょ》」と称されるほどであったらしい（「校書」は典籍《てんせき》の校訂等を掌《つかさど》る官職名）。彼女には、例えば次のような作品がある。

「柳絮詠」　　　　　薛濤

二月楊花軽復微
春風揺蕩惹人衣
他家本是無情物
一向南飛又北飛

二月の楊花は　軽くして復《ま》た微《かす》かなり
春風《しゅんぷう》に揺蕩《ようとう》し　人の衣に惹《つ》く
他家《かれ》　本《もと》より是《こ》れ　無情の物
一向《ひとえ》に南に飛びて　又《ま》た北に飛ぶ

二月の楊花（柳絮）は小さくて軽いもの、春風に吹かれてふわふわと飛び、道行く人々の衣に付く。楊花はもともと情など無い浮気者、南に飛んだかと思えば、また北へも飛ぶ。

この詩は、春の風に乗って舞い飛ぶ柳絮の性質を巧みに歌い上げる。そのような性質を持つ柳絮に、あるいは品行の定まらぬ恋人が重ねられているのかもしれない。もっとも、植物である柳絮に浮気者を見る発想法は、六朝期の次の逸話にすでに見える。――陳後主《ちんこうしゅ》（六朝陳の最後の皇帝、陳叔宝《ちんしゅくほう》。「V 惜春の系譜」一三九頁参照）が妃子張麗華《ちょうれいか》と庭園に遊んだ時、彼女の服に柳絮が付いた。「柳絮はなぜ私の服にだけつくのでしょう」と訊ねる妃子に後主は「柳絮は軽薄の物。誰の服につくかはその人の気持ち次第」とこたえる。

柳絮のこうした性格は、薛濤以前の詩にもしばしば詠われており、たとえば杜甫《とほ》の「十二月一日三首其の三」は、やがて来る春の景色を想像して次のように詠う（引用は七言律詩の前半四句）。

即看燕子入山扉　　即《すなわ》ち燕子の山扉《さんぴ》に入るを看《み》ん
豈有黄鸝歴翠微　　豈《あ》に黄鸝《こうり》の翠微《すいび》を歴《ふ》る有らん
短短桃花臨水岸　　短短たる桃花　水岸に臨み
軽軽柳絮点人衣　　軽軽たる柳絮　人衣に点《てん》ず

燕があばら屋に入り、鶯（黄鸝）は木々の中で囀る（「豈」はここでは推量の意）。岸辺に咲く桃の花、人の衣に付く柳絮。うららかな春景色を詠じた杜詩の「軽軽柳絮点人衣」という句と薛詩のいう「楊花軽微」「惹人衣」とが、その発想法においてきわめて類似していることは明らかだろう。

以上のように、一見女心を巧みな表現を用いて繊細に詠い上げているように見える魚玄機や薛濤の作品も、実はそれほど女性独自の発想が見られるわけではなく、却って男性詩人達の作り上げてきた伝統的な古典詩の世界を踏襲していたに過ぎない。では、彼女たちはなぜ優れた女流詩人として名声を博すことが出来たのだろうか。その問いに答える手掛かりは、魚玄機と薛濤とがもつ次のような共通点ではあるまいか。一つは、すでに述べたように二人とも妓女であったということ。もう一つは、ともに詩を作ることができる才女であったということ。そして最も重要なのは、ここまで言及はしなかったが、両者がともに当時の著名な文人たちと親交をもったことではあるまいか。

魚玄機は晩唐の詩人温庭筠《おんていいん》と、薛濤は白居易《はくきょい》の親友元稹《げんしん》と、それぞれ親しい交友関係にあった。彼等の交友は一種の佳話として世に広く知られ、温庭筠や元稹は彼女たちの才能を手放しで褒め称《たた》えたばかりか、贈答の詩も少なからず残されている。こうした有名人との関わりが彼女たちの名声を高めたことは想像に難くないが、ではなぜ魚玄機や薛濤が文人たちとの交流をもったかといえば、「妓女」という彼女たちの社会的立場があったことはいうまでもない。

魚玄機と薛濤という二人の「才女」が女流詩人として中国文学史上に記憶されるのは、詩作において何らかの特別な達成があったからというよりも、むしろ親交のあった男性詩人の存在（そして彼らが二人を称揚していること）によるものと考えるべきだろう。女流詩人として称揚されるためにはある程度の文学的才能が必要だろう。だが、読者たちが真に求めていたのは文人たちとの伝奇的な結び付きであり、その親交を彩る詩の数々だったのではあるまいか。

本章冒頭に挙げた朱淑真【生査子】に作者問題が生じた理由も、このように考えてくれば解答が見えてくる。結局のところ、彼女の作品は男性作者の作った伝統から大きく逸脱するものではなかったし、特に大きな個性に貫かれたものでもなかったのである。

三　女流の挑戦――人は黄花よりも痩せたり

では、女性の手によって生み出された優れた作品が中国にはなかったのだろうか。もちろんそうではない。次に、閨怨をテーマとする、女流の秀作をいくつか紹介してみよう。

まずは、『楽府詩集《がふししゅう》』が収める「楊白花《ようはくか》」の古辞《こじ》である。解題《かいだい》によると、この楽府は北朝魏《ぎ》の胡太后《こたいこう》が、寵愛《ちょうあい》していた楊華《ようか》（字は白花《はくか》）という武将への想いを断ちきれずに作ったもの。

「楊白花」

陽春二三月　　陽春　二三月
楊柳斉作花　　楊柳　斉《ひと》しく花を作《な》す
春風一夜入閨闥　　春風　一夜　閨闥《けいたつ》に入り
楊花飄蕩落南家　　楊花　飄蕩《ひょうとう》して　南家《なんか》に落《お》つ
含情出戸脚無力　　情を含みて戸を出《い》づれば　脚に力無く

拾得楊花涙沾臆　　楊花を拾い得て 涙 臆《むね》を沾《うるお》す
秋去春還双燕子　　秋に去り春に還《かえ》る 双《つが》いの燕子《つばめ》よ
願銜楊花入窠裏　　願わくは楊花を銜《くわ》えて 窠裏《かり》に入れ

うららかな春、一斉に綿をつける楊柳。ある夜、春風が後宮内に吹き入って来て、そこに咲いていた楊花（柳絮）を吹き飛ばし、楊花はふわふわと漂って南の家に落ちてしまった。「閨闥」は後宮の門のこと。私も楊花のように情に引かれてあなたのもとへ飛んでゆきたい、でも脚に力がない。庭に散り残った楊花を拾い上げ、ただ涙にくれるばかり。彼女は、毎年自分の部屋の軒先に巣を作るつがいの燕にむかって願う、飛ばされてしまった楊花を銜えてきてほしい、と。

言うまでもないが、本詩において「楊花」は一種の掛詞であり、愛人楊華の象徴となっている。楊華は美丈夫として知られた北魏の将軍で、胡太后は彼に迫って関係を持つようになった。しかし、楊華は禍いが及ぶのを怖れて逃げ出してしまったという。彼が逃げた先は、当時の南朝梁であった。第四句の「落南家」は、彼が南方の王朝梁に逃げたことをも暗示する。愛しい「楊華」は南へ去ってしまい、自分の元に残されたのはただ同じ名前を持つ「楊花」だけ。末句には、梁（南家）に行ってしまった楊華（楊花）に、もう一度自分の元（窠裏）に帰ってきてほしい、という女の切実な願いが込められている。

ところで、中国には「水性楊花」という語があるように、「水」や「楊花」はその行方定まらぬ性質から、女性の移り気の象徴とされている。それは当然のことながら男性から見た女性像である。日本で言えば「女心と秋の空」といったところであろうか。そのような象徴的意味を持つ「楊花」が、本詩では胡太后と楊華の逸話によって「楊華」の掛詞となり、浮気な男性を象徴する言葉にすり替わっているのである。しかも、一首全体は伝統的な恋愛歌の口吻で語られる。つまり「あの移り気で自由な楊花のように、私もあなたのところへ飛んでいきたい」と、まるで【竹枝曲】のヒロインのように乙女心を詠いながら、実は愛する男性に去られた女性の、愚痴ともつかぬ嘆きが展開されているのである。可憐な恋歌の背後に見え隠れする「肉声」、激しい執念のようなものがここには読みとれよう。

次に、中国において恐らく最も有名な女流詩人をあげよう。彼女の名は李清照《りせいしょう》（一〇八四〜一一五六?）。北宋末から南宋初にかけて生きた人である。号は易安居士《いあんこじ》、済南《せいなん》章丘《しょうきゅう》（今の山東省済南市《さんとうしょう》）の人。父親に著名な学者李格非《りかくひ》を持ち、幼い頃から詩文、特に詞をよくすることで評判の才女であった。十八歳の時、太学生の趙明誠《ちょうめいせい》（当時二十一歳）と結婚。ともに書画金石を愛好する非常に仲の良い夫婦であった。ところが、その生活は金の侵攻によって激変する。一一二七年の靖康《せいこう》の変《へん》のさなか、彼女は南へと向かうことになるのだが、その途中でそれまで収集した書画金石の大半が失われてしまう。次いで一一二九年には夫趙明誠が建康《けんこう》（今の南京《なんきん》）で病死。その後の彼女の行跡はあまりつまびらかでないが、失意のうちに江南の地をさまよい、杭州で客死したと伝えられる。

夫との死別だけでなく、北宋という一王朝の滅亡という悲劇をも体験した彼女の作品には、痛切な、深い感情がたたえられる。次の【南歌子】を見てみよう。

【南歌子】

李清照

天上星河転、人間簾幕垂。涼生枕簟涙痕滋。起解羅衣聊問夜何其。
翠貼蓮蓬小、金銷藕葉稀。旧時天気旧時衣。只有情懐不似旧家時。

天空では銀河が傾き、地上では簾幕が下ろされる。明け方、枕は涙で冷たくしとどに濡れ、（寒さに目を覚まされ）起きあがって薄絹の衣を解きながら尋ねる、「今何時《なんどき》かしら」。（脱いだ衣の）ハスの花房と葉を模《も》した、翡翠《ひすい》色と金色の縫《ぬ》い取りはもう色あせてしまった。昔と同じ季節に昔と同じ服を着ているけれど。胸の想いだけが昔とは違う。

●天上星河転……夜何其―蘇軾《そしょく》【洞仙歌】に「起来携素手、庭戸無声、時見疎星渡河漢。試問夜如何夜已三更、金波淡玉縄低転（起き上がって彼女の手を取り、静まりかえった中庭に出ると、空には天の河と疎らな星。『今何時頃か』と聞けば、もう三更だとのこと。銀河は消えかけ、月も傾こうとしている）」とあるのを踏まえる。なお、「夜何其」「夜如何」はともに、『詩経《しきょう》』「小雅《しょうが》・庭燎《ていりょう》」の「夜は其れ如何、夜は未だ央《なか》ばならず」に基づく。●翠貼蓮蓬小金銷藕葉稀―「翠」は翡翠色。「蓮蓬」「藕葉」は、それぞれハスの萼と葉で、衣の刺繍の模様。それらが「小」さく「稀」であるというのは、つまり色あせて薄くなってしまっていることを意味する。●旧家時―「家」は「價」とも書く、時間副詞。「旧家時」は宋代の口語で、「旧時」と同意。

秋の夜、夜気で冷やされた涙の跡の冷たさで目覚めたように表現されるが、彼女は初めから一睡もしていないのだ。服を脱ぎながら時刻を尋ねる。この部分は恐らく注に引いた蘇詞を意識し、また『詩経』の典故を踏まえる。しかし、『詩経』や蘇軾詞ではともにその問いに答えが続いており、そのやりとりには睦言《むつごと》の甘さがあるのに対し、李詞にはそれがない。彼女は亡き夫のことでも考えていたのか、かつて二人で暮らした日々には幾度となく交わされたであろう「今何時かしら」の問いを、無意識のうちに発してしまったのかもしれない。そうだとすれば、その問いを発したあと、答える人の不在に気付いた時の衝撃はいかほどだったことか。相手がいることを前提として成立する問いが、答える人のいない独りきりの状態で発せられていることに、この詞の悲しみの中心はある。

そして後半。脱いだ衣裳は昔「答える人」が居たときのそれと同じだが、もう刺繡は色褪せて古くなってしまっている。毎年秋のこの季節になると必ずこの服を着てきた。そして今年もやっぱりこの同じ季節に同じ服を着ている。だが、今年は一つだけ、これまでと違ってしまったものがある。それが、「情懐（胸の内の想い）」である。しかし、彼女はそれについて「不似旧家時（昔とは違う）」と述べるだけで、どう違うのかを言わない。否、言わないのではなく、恐らく言えないのである。ここに詠われた哀しみは、原因が説明されていないことによって、更に深く迫ってくる。

もう一首、同じく李清照の代表作【酔花陰】を見ておこう。

【酔花陰】　　李清照

薄霧濃雲愁永昼。瑞脳銷金獣。佳節又重陽、玉枕紗廚、半夜涼初透。

東籬把酒黄昏後。有暗香盈袖。莫道不銷魂、簾捲西風、人似黄花痩。

薄くかかる霧、濃く垂れ込める雲、厭わしいくらいの昼の長さよ。瑞脳香《ずいのうこう》の煙は獣を象《かたど》った金の香炉から消えてしまった。重陽《ちょうよう》の佳き季節がまためぐってきて、玉の枕もとに薄絹のカーテンを通して、真夜中の寒さが忍び込む。

東の籬《まがき》で酒を飲み、夕闇迫るころには、知らぬ間に菊花の移り香が袖に満ちている。「哀しくなどない」とは言うまい。西風に簾を巻き上げられる簾のむこう、人は菊花よりもやせ細ってしまっているのだから。

●瑞脳―別名龍脳《りゅうのう》・氷片《ひょうへん》ともいう、高級な香の一種。●東籬把酒―陶淵明《とうえんめい》の「飲酒二十首 其の五」の「菊を採る 東籬《とうり》の下、悠然として南山を見る」を踏まえる。●暗香―かすかな香り。宋・林逋《りんぽ》が「山園小梅二首 其の二」で「疎影横斜《そえいおうしゃ》 水は清浅《せいせん》たり、暗香浮動《あんこうふどう》 月は黄昏たり」と言ったことから、「暗香」は一般に梅の香りを指すようになるが、ここでは菊の香り。

「孤独」の苦痛を詠じた名篇といえるだろう。李清照は、この詞においても自分が一人であることを明言していない。彼女はただ、昼の長さの厭わしさ、夜の寒さの耐え難さを淡々と述べるのみである。しかし、それがともに過ごすべき相手の不在に起因することは、読み手には自ずと理解される。末句の「人は黄花より痩せたり」は古来名句として名高い。夫の趙明誠がこの句を見て対抗意識を燃やし、三日間籠《こ》もって詞五十首を作り、それらの中にこの詞を混ぜて友人に見せたところ、「莫道不銷魂、簾捲西風、人似黄花痩」の三句が一番いいと言われて意気消沈した、というエピソードまで残っている。「人」が作者自身を指すこと、いうまでもない。

李清照の詞は、右に挙げた【南歌子】【酔花陰】の二首、そして「V 惜春の系譜」で紹介した【念奴嬌】(一五八頁)もそうであったように、とにかくその哀しみの核心を明言しないところに特徴がある。これが「女流」の特徴かどうかは分からないが、少なくとも男性の閨怨詞に登場する女性たちの多くが「愁い」や「哀しみ」を直接口にするのとは対照的であろう。人の哀しみの核心は常に言葉の外にあるものなのかもしれない。そのことを李清照は自覚し、自らの作品で意識的に展開したといえるだろう。

さて、最後に散曲作品を引いて、本章の締めくくりとしよう。散曲には実は女流の作品がきわめて少ない。その理由は、「I 詠史と滑稽」でいう「元朝期の「散曲」には、「詞」と異なった世界を拓くというか、「詞」と同じことは言わないというか、新味をねらって奇矯なことをいう、挑戦的で果敢な傾向が時に強く見られる」(五五頁)という傾向と恐らく関連するだろう。この傾向は、女流にとってほぼ唯一の主題とも言うべき閨怨を詠った作においても例外ではない。散曲に展開される閨怨は時にかなり挑発的で、場合によっては卑猥ささえ感じさせるものである。こうした姿勢は、女性の参入を排除する。女性にとっては関与しにくい方向に、散曲はその文学世界を展開したのである。

しかるに、『歴代詩餘』巻一一九「詞話・金元」の條は、『古今詞話《ここんしわ》』からの引用として、次のような作品を紹介する。

你儂我儂、忒煞情多。情多処熱似火。把一塊泥捏一箇你、塑一箇我。将他来斉打破。用水調和。再捏一箇你、再塑一箇我。我泥中有你、你泥中有我。和你生同一箇衾、死同一箇槨。

あなたと私はとっても愛し合っているの。仲が良すぎて炎みたいに熱々。一塊の泥をこねてあなたを作り、私を作る。出来たらわざと壊してしまいましょう。水をくわえて、もう一回あなたをつくり、私を作るのよ。そうすれば、私を作った泥の中にあなたがいて、あなたを作った泥の中に私がいる。生きているうちは同じ布団を使い、死んだら同じ墓に入りましょう。

●你儂我儂―「你儂」「我儂」でそれぞれ「あなた」「わたし」の意。当時の南方における口語であろう。
●忒煞―はなはだ、ひどく、の意。　●調和―混ぜ合わせる、の意。

これは、元朝一代の文化事業を興した文人趙孟頫《ちょうもうふ》の妻管仲姫《かんちゅうき》が、趙に「妾でも娶ろうかな」とからかわれた時に、返事として書いたものと伝えられている。この曲を見た趙は大笑いして発言を撤回したという。ただし、本曲は明・李開先《りかいせん》の『詞謔《しぎゃく》』が記録する民歌に、内容的にまったく同じものが存在することから、現在では一般に明代の作品と見なされ、管夫人を作者とするのは偽託であるとされる。もちろん、この民歌が元朝期に既に存在していて、彼女が自作にそれを取れ入れた、という見方も可能だろう。いずれにせよ、民歌に類似作品があるだけあって、典故や修辞上の技巧のない素朴な作品となっている。しかも、夫婦間の戯れらしい軽妙さの中に、夫に対する熱烈な情熱が率直に語られているところに注目したい。「愛する男と身も心も一体化してしまいたい、混ざり合ってしまいたい」という、愛情と執着に満ちた女心は、従来の閨怨詩ではほとんど詠われたことがない。「臆病」で「女々しい」男たちには決して口にすることの出来ない、ストレートで生々しい告白といえるだろう。

Ⅸ　宴席の歌――蔡伯堅【石州慢】

高橋文治

一　外交使節の宴席

雲海蓬萊、風霧鬢鬟、不假梳掠。仙衣捲尽雲霓、方見宮腰纖弱。心期得処、世間言語非真、海犀一点通寥廓。無物比情濃、覓無情相博。

離索。暁来一枕餘香、酒病頼花医却。灔灔金尊、収拾新愁重酌。片帆雲影、載将無際関山、夢魂応被楊花覚。梅子雨糸糸、満江干楼閣。

　雲海の蓬萊山《ほうらいさん》に住む仙女は、風のように長く霧のように豊かな髷《まげ》。化粧をして梳《くしけず》らずとも美しい。羽《は》衣《ごろも》を雲や虹にまきあげられて、細く華奢な腰をわずかに露わにする。仙女と心を通わせれば、人の世の言葉は真実ではない、「思いあらば霊犀《れいさい》の角《つの》のごとくに心は通ず」というが、まこと、その情のこまやかさは比べるものがない。「多情はかえって無情に似る」といい、その「無情」を引き合いに出して初めて仙女の別れの情は喩えられる。

　別れの悲しさよ。暁の枕にただよう仙女の残り香。夕べの酒は花もて消そう。なみなみと湛《たた》えられた旨《うま》酒《ざけ》を、別れの愁いは横に置いて、酌み交わそう。やがて、私の船は雲間に消え、無限の思いを載せて帰っていくだろう。夢から覚めるのは浮気な楊花の咲く岸辺か。梅雨の頃、霧雨のむこうは、岸辺いっぱいにけむる楼閣。

●覓無情相博―『陽春白雪《ようしゅんはくせつ》』所収の「十大楽」は「覓」を「不見」、「博」を「縛」に作る。ここでは『中州楽府《ちゅうしゅうがふ》』のテキストにしたがった。●梅子雨糸糸―『陽春白雪』所収の「十大楽」は、「糸糸」を「疎疎」に作る。ここでは『中州楽府』のテキストにしたがった。

蔡伯堅《さいはくけん》は本名を松年《しょうねん》といい、号は蕭閑《しょうかん》老人、伯堅は字である。金の海陵王《かいりょうおう》の正隆《せいりゅう》四年（一一五九）に五十三歳で没したというから、一一〇七年の生まれ。彼の父・靖《せい》は恐らく遼《りょう》朝の地方役人だったが、完顔阿骨打《ワンヤンアクダ》が率いる女真族《じょしんぞく》がマンチュリアで勃興して南下しはじめた時、今の北京あたりで完顔阿骨打の第二子・オルブ（宗望《そうぼう》）に親子ともども投降。蔡松年はオルブの陣の文書係りとなり、金朝建国後も順調に出世して海陵王の時には右《う》丞《じょう》相《しょう》までつとめた。蔡松年は、息子・蔡珪《さいけい》（字は正甫《せいほ》）とともに「金朝一代の文学の流れを決定付けた人物」（元好問《げんこうもん》『中州集《ちゅうしゅうしゅう》』）とされる。蔡松年は特に詞に優れ、「V惜春の系譜」一四一頁で紹介された呉激《ごげき》とともに「呉蔡体《ごさいたい》」と称されたと『中州集』はいうが、ただ、清朝時代の有名な文人・王士禎《おうしてい》は、「史書は蔡松年を便佞《べんねい》の人とするのに、元好問はその家学を推奨して貶めることがない。曲筆がこのようであるなら、『中州集』など読むに足らぬ」（『池北偶談《ちほくぐうだん》』）と述べ、その人品に疑義を投げかけた。金朝文学の評価に暗い影を落とす詩人でもある。

右の【石州慢】は、『中州楽府』は「高麗《こうらい》の使いの還《かえ》る日に作る（高麗使還日作）」と題するが、劉祁《りゅうき》『帰潜志《きせんし》』巻一〇は次に紹介するような逸話を掲載しており、元来「高麗に使いして還る日に作る（使高麗還日作）」と題されていたものと推測される。現在の『中州楽府』は、何らかの事情によって題を誤ったものではあるまいか。

趙可《ちょうか》（字は献之、一一五四年（貞元《ていげん》二年）の進士）は晩年、使者として高麗に赴いた。高麗の習慣として、上国からの使者には館中に侍妓が置かれた。趙可は、その侍妓に【望海潮】を作って贈ったが、帰国して間もなく他界した。詞中に「来世でまた逢えれば」とあったためだと噂された。これより以前、蔡松年も高麗に使者にたち、【石州慢】を作って館妓に贈った。趙可の【望海潮】と蔡松年の【石州慢】と、いずれ劣らぬ名作である。思うに、蔡松年の重厚と趙可の軽妙は人の評価するところであるが、蔡の「仙衣巻尽霓裳、方見宮腰繊弱」の句、趙の「惜卿卿」の句は「玉に瑕《きず》」とすべきだろう。

『帰潜志』が「玉に瑕」とした趙可の「惜卿卿」とは、正確には「夢雲同夜惜卿卿」という一句。「夢雲」は神女、「惜」は大切にする、「卿卿《けいけい》」は妻に対する呼称であり、全体として一夜の嬌態をいう。要するに、趙可の作が卑猥に流れることを劉祁は揶揄するのである。蔡松年の【石州慢】も同様であって、「仙衣」「霓裳《げいしょう》」「宮腰繊弱」はすべて高麗の館妓の舞の妖艶さをいう。

中国側から朝鮮半島を見た場合、東の海上にあって渡航にはしばしば海路が用いられた。そのため、朝鮮半島は古くから実は「島国」と認識された。たとえば、中国の古典中の古典『尚書《しょうしょ》』「禹貢《うこう》」には「島《とう》夷《い》皮《ひ》服《ふく》」という表現があり、唐代の大学者・顔《がん》師《し》古《こ》は「島夷」の語に「今の朝鮮の地なり」という注釈を付けている。日本は中国東側の海上にあるため、古来、東海に浮かぶ仙山・蓬萊山に譬えられてきたが、蓬萊山になぞらえられるのは日本ばかりではなかった。蔡松年の【石州慢】は高麗の館妓を蓬萊の仙女に譬え、彼女たちとの別れを、仙界を後にする船出として表現した。蔡松年一行は、あるいは朝鮮半島から海路で遼東半島あたりに向かったのかもしれない。

一首全体は蓬萊の仙女の美しさをいう「雲海蓬萊、風霧鬢鬟、不假梳掠」という表現にはじまる。蓬萊山を覆う雲海・風・霧に女性の美しさを譬えるのである。「假」は「借」。雲の晴れ間から顔をのぞかせるのは、舞を舞う仙女たちの「宮腰纖弱」。彼女たちは高麗人だから言葉が通じない。だが、仙女たちとの交流は心を通わせるだけだから、「心期得処、世間言語非真」という。「海犀一点通寥廓」は、唐・李《り》商《しょう》隠《いん》の無題詩にある「心有霊犀一点通」をもじったもの。「心有霊犀一点通」の「霊犀」とは動物園にいるサイ。サイの角の中心には年輪のように白い筋が通っているので「一点通」といい、心と心とが通じ合うことを現代中国語でも「心有霊犀一点通」という。【石州慢】のここは、サイの代わりに東海に住む一角鯨をもってきたもので、「寥廓」は仙女の心が広く深いことをいうだろう。また、前段の末句「覓無情相博」は、唐代の詩人・杜《と》牧《ぼく》の「別れに贈る」という詩を踏まえたもの。杜牧詩については本書「Ⅶ 多情の饒舌」二〇三頁が紹介しているのでここでは詳述しないが、別れに際してかえって無表情に見えることを「多情は却って似たり 総《すべ》て情無きに （多感であることが極まれば、かえって、全く情が無いかに見える）」と述べた。蔡松年は、言葉の通じない高麗の美女との別れにそれをあてはめ、彼女の「情の深さ」を「無情に見えるほどだ」と冗談めかしたもの。「覓（求める）」は一本に「與」に作るが、一句はこの場合「情の濃やかさを喩えるとすれば、無情に求めるしかない（彼女の「多情」ぶりはあまりに際だっていて、却って「無情」に見えるほどで、私はその「無情」の表情の中に彼女の「多情」を求め取るしかない）」の意であり、「覓」「與」ともに結局は同意になる（「與」の場合は「把」の意）。「博」は「博得」「贏得」「落得」の意で、要するに「手にはいる」。

後段の「離索」は「離群索居」の省文。別れの寂しさの意。「酒病頼花医却」は「ゆうべの酒病を花を頼って医却《いや》す」の意。「酒病花愁」という慣用句があって、「花や酒の悩み」といったほどの意味だが、ここは「ゆうべからの二日酔いを、今朝は花の美しさを愛でることによって消す」の意。「収拾新愁」は、新しく生まれた別れの悲しみをしばらくは忘れようとすること。「片帆」は、一人で舟に乗るので「双」ではなく「片」という。「載将無際関山」は、私が乗る舟が「無際関山（無限の郷愁）」を「載将（搭載する）」することをいうが、この場合の「無限の郷愁」は蓬萊へのそれであろう。また、「夢魂応被楊花覚」は、蓬萊への郷愁のために肉体から遊離しようとする魂が、「楊花」を夢に見ることによって覚まされる、というのである。「楊花」は一般には「浮気な女心」をいう言葉だが、ここでは蓬萊の仙女を指すだろう。「帰途、あなたの夢を見る」の意。また、末句「梅子雨糸糸　満江干楼閣」は、「糸のような梅雨の雨」が「江干」と「楼閣」を満たす、の意。「江干」は本来「江の干潟」だが、ここでは海辺。「楼閣」は高麗の港の建物をいう。「干」は一本に「千」に作るが、恐らく字形の類似からくる単なる誤り。

右のように、蔡松年の【石州慢】はなかなか手の込んだ修辞的な作品だが、高麗から帰任する際の送別の宴で詠まれた一種の座興の作といえばいえる。金朝を代表する詩人として詩名をはせた蔡松年が使者に立てば、宴席の主賓とはいえ、得意の詞なくしては許されなかったのである。

因みにいえば、金朝が亡んだ後のモンゴル時代、世祖《せいそ》クビライが一二六〇年に中統《ちゅうとう》政府を発足させた翌年の六月十日、高麗国王の王植《おうしょく》がクビライを開平府《かいへいふ》（今の内蒙古《うちもうこ》自治区・元上都遺跡《げんじょうと》）に訪ねた。その際、翌十一日に中統政府の要人と王植一行が会宴した模様が王惲《おううん》の『中堂事記《ちゅうどうじき》』に見える。モンゴル朝廷側と高麗側と、きわめて難しい政治情勢の中で王植一行が入朝したため、このときの会宴に館妓が同席した気配はないが、王惲はたとえば「酒が何回りかした後、言葉が通じないのでそれぞれの問答を書面で示すことになった」と記述し、モンゴル側が高麗の内情を鋭く詰問する様や姚樞《ようすう》の冗談に人びとが笑う様などを描写して、「高麗の李顕甫《りけんほ》という尚書《しょうしょ》は顔が白く髪も鬢も真白である、十八歳の時に詞賦科《しふか》に状元《じょうげん》及第し、現在は六十一歳、禅に通じ詩を善くするという。王植の岳父である」と述べる。蔡松年が高麗に使いした折も、中国側と高麗側と、会話による意思の疎通は必ずしも自由には運ばなかったろうが、両者の嗜好や文化程度は書面によって十分知りえたのである。

二　宮廷の歌舞曲

皇室の誕生日や国家祭祀の折、外交使節の来訪の際には、宮廷内では酒宴が開かれ、宮女や妓女たちによるさまざまな歌舞音曲が展開された。歴代の王朝が宮廷に設けた楽府《がふ》や教坊《きょうぼう》といった機関は元来そうした折に歌舞音曲を提供させるために設置されたものであり、唐代に勃然と興った曲子詞《きょくしし》なども多くは教坊の音楽が民間に流れたものであった。その意味では、宮廷は機会音楽の製造工場だったし、曲子詞の多くは「酒令《しゅれい》（罰杯をかけて酒席で行うゲーム）」のバックグランド・ミュージックだったといえる。たとえば、宋王朝一代の宮廷音楽を述べた『宋史《そうし》』「楽志《がくし》」は、皇室の誕生日や国家祭祀の折に展開される音楽・歌舞・芸能の式次第を記述した後に、「契丹《きったん》の使節を迎える時は以上の式次第のうち雑劇《ざつげき》と女弟子《じょてい》舞隊を欠く」という。皇帝が杯を挙げるのを合図に、「口号《こうごう》」と呼ばれる教坊長の挨拶があって、その後にさまざまな歌舞音曲が披露されたと推測され、その具体は宋・曾慥の編んだ『楽府雅詞《がふがし》』という詞華集の巻上によって一端を知ることができる。蔡松年の【石州慢】は、外交使節に歌舞を提供する妓女たちを詠んだ、いわば宴席のおける「酒令」の一種といえるだろう。

『楽府雅詞』が紹介する宮廷の歌舞曲はいずれも組曲になっていて、レヴューを展開するにふさわしい一定の情節をもつ。ここでは「九張機《きゅうちょうき》」と呼ばれる「はたおり歌」を紹介してみよう。

「九張機」は、「機」が「はたおり」、「張」が「機」の量詞であり、全体は九曲からなる数え歌になっている。機を織る女性の切ない恋心を詠い、西洋であればさしずめ「つむぎ歌」。「民謡調の労働歌」のように見えるが、さにあらず。これには次のような「口号」がついていて、実は歴とした宮廷の歌舞曲である。

「酔いて客を留む」とは古い「楽府」の題でございますが、「九張機」とは最近の才子の歌曲でございます。美しいリズムと清らかな歌声にあわせ、はたおり女の恋心を述べ、一曲ごとに胸の痛みを、一句ごとに思いのたけを歌います。華やかな宴席を前にして、畏れ多くも「口号」を述べました。

この「口号」の後に七言絶句一首が置かれ、九曲の数え歌があって、更にその後に二曲の曲子詞と七言絶句一首がくる。しかもその後に「袖をおさめ、連れ立って引上げましょう（原文は「斂袂而帰、相将好去」）」という口上まで付く。これら一連の口上・詩歌が、序曲・九曲の組曲・ならびにコーダに当たることは明らかだろう。南宋期に書かれた都市の繁盛記『都城紀勝《とじょうきしょう》』に「唱賺《しょうたん》」という芸能を紹介する部分があって、「唱賺は、北宋の都の開封《かいふう》では纏令《てんれい》と纏達《てんたつ》の二種類があり、序曲とコーダが付くものを纏令、序曲の後に二種類の歌曲が交互に来るものを纏達といった」と説明するが、『楽府雅詞』が掲載する「九張機」は正《まさ》しくここにいう「纏令」にあたる。額縁のように前後に置かれる七言絶句は序曲とコーダなのであり、九曲の数え歌とともに華やかなレヴューを構成したと推測される。

因みに、冒頭と末尾に置かれる七言絶句は次のようなものである。まず冒頭の四句。

一擲梭心一縷糸
連連織就九張機
従来巧思知多少
苦恨春風久不帰

一擲《てき》の梭心《さしん》　一縷《いちる》の糸《いと》
連連《れんれん》として織《お》り就《な》す　九張機《きゅうちょうき》
従来の巧思《こうし》　知《し》んぬ多少ぞ
苦《はなは》だ恨む　春風　久しく帰らざるを

「梭」は機織の杼《ひ》。「糸」はもちろん機織で使われる糸。「思」と同音であるため、中国の詩歌では「糸」は必ず「思（恋心）」の掛詞として用いられる。「梭心」とは「九張機」以外での用例を知らない言葉だが、

「糸（すなわち思）」にひかれ、「心」を加えることによって「梭」を二音節化したものではあるまいか。「一擲梭心一縷糸」で、杼を一度投げるたびに一本の糸が通る（一度のもの思い）の意。第三句の「従来巧思知多少」も、「これまでどれほどのもの思いに耽ったことか」と「どれほど美しい糸を使ったことか」が掛けてある。第四句「苦恨春風久不帰」は「苦恨風流夕不帰」とするテキストがあるが、「春風久不帰」として「機を織って織り込まれる花には春風は永遠に帰ってこない」の意にするのがいいように思われる（「風流夕不帰」であれば「粋なあの人は夜になっても帰ってこない」の意）。

次に末尾の四句。

歌声飛落画梁塵
舞罷香風巻繡茵
更欲縷陳機上恨
樽前恐有断腸人

歌声は飛びて落とす 画梁《がりょう》の塵を
舞は罷《お》わり 香風《こうふう》は繡《きぬ》の茵《しとね》を巻《ま》く
更に機上の恨を縷陳《るちん》せんと欲するも
樽前 恐るらくは断腸《だんちょう》の人《ひと》有らん

「画梁塵」は、わが国に『梁塵秘抄《りょうじんひしょう》』という歌謡集があるが、それと同じ故事を踏まえた言葉。漢代、魯《ろ》の虞公《ぐこう》という名歌手が歌うと梁の上の塵が飛んだといい、「歌声飛落画梁塵」で「画梁（美しく装飾された梁）の塵」も飛ばすほどの美声も歌いおさめられた、の意。「舞罷香風巻繡茵」は、舞いが終わったあとも、舞姫の袖がおこす芳しい風は美しい絨毯を巻きあげるほどだった、という。また、第三句の「恨」

は恋の心残り、第四句の「断腸人」は恋心のために断腸の思いをする人。「九張機」の歌舞曲をさらに続けたいが、宴席の高貴な人々の中に恋心を懐いて断腸の思いの方がいてはならぬので、というのである。

数え歌「九張機」も、最初の二三曲を紹介しておこう。

一張機。織梭光景去如飛。蘭房夜永愁無寐、嘔嘔軋軋、織成春恨、留著待郎帰。

はたおりひとつ、梭を飛ばしつつ月日は飛ぶように過ぎていく。女部屋の夜はながく、愁いのために眠れない。ギッコンバッタン、ギッコンバッタン、恋の恨みを織り成して、あなたが帰ってくるまでとっておきましょう。

●織梭光景去如飛―機織の杼ははやく飛ぶので、時の流れに喩える。「光景」は時光。●蘭房―女部屋の美称。●嘔嘔軋軋―現代中国語では、「ǒuǒuzházhá」という音になる。機織が動く音。●春恨―恋の恨み。●郎―女性が恋人や夫に呼びかける言葉。

両張機。月明人静漏声稀。千糸万縷相縈繋、織成一段、迴紋錦字、将去寄呈伊。

はたおりふたつ、月は明るく人は寝静まり、水時計の音もとぎれがち。千の糸と万の糸、互いに絡んで綾を成し、織り込んだのは回文《かいぶん》仕立ての恋の文字、遠いあの人に届けたい。

●千糸万縷―「糸」「縷」は「思」と掛ける。●迴紋錦字―晋の竇滔《とうとう》が流沙《りゅうさ》に流された時、その妻蘇氏《そし》が機を織って回文を織り込んだ錦をつくり、流沙の夫に贈った故事を踏まえる。「迴紋」は回文に同じ。

●将去寄呈伊――「将去」はもっていく、「伊」は現代語の「他」に同じ。

三張機。中心有朶耍花児。嬌紅嫩緑春明媚。君須早折、一枝濃艶、莫待過芳菲。

はたおりみっつ、真ん中に織り込まれた、心の花はにせの花、かわいい紅に、柔らかな緑、春の盛りのあでやかさ。早く手折ってください、美しいこの一もとを。花の盛りを過ぎぬまに。

●耍花児――「耍」はあそび。「かわいい」の意もある。「耍花児」で遊びで作ったにせの花の意で、機織で織り込んだ「うその花」。●嬌紅嫩緑――機織で織り込んだ「うその花」の紅と緑をいう。●明媚――双声の言葉。みずみずしいこと。

どうだろう、第三曲の「中心有朶耍花児」という一句は、お針子のミミがラ・ボエームで歌う「四月の太陽の最初の接吻は私のもの。でも、私が刺繍する花々には悲しいことに香りがない」という一節を想起させまいか。「九張機」はこのように、序曲から数え歌にいたるまで同じ脚韻を用いて可憐な女心を展開し、最後に脚韻を換えた座長の挨拶がコーダにつく、瀟洒な舞曲なのである。

宮廷の宴席で歌舞曲が展開された歴史はもちろん古く、酒と宮廷と音楽が生まれたときからあったに違いないが、一連の歌曲をならべて組曲化し、それを舞曲に利用したことが確認できるのは、中国においては東晋《とうしん》以後のことである。わが国にも馴染みの深い「子夜歌《しやか》」なども元来はそうした組曲の一種であったろうが、『楽府詩集《がふししゅう》』などでは「莫愁楽《ばくしゅうがく》」や「三洲歌《さんしゅうか》」「採桑度《さいそうど》」などの組曲を、たとえば「旧舞は十六人、梁《りょう》朝の宮廷では八人」というように、登場するダンサーの人数とともに紹介している。これらは、「三洲歌」に次のように言う如く、多くは「双関語《そうかんご》（二つに関わる、の意で、要するに洒落のこと）」を多用する民謡調の恋歌であった。

「三洲歌」　　無名氏

送歓板橋彎　　歓《きみ》を送る 板橋《ばんきょう》の彎《いりえ》
相待三山頭　　相い待つは三山《さんざん》の頭《ほとり》
遙見千幅帆　　遙かに見る 千幅《せんぷく》の帆《ほ》を
知是逐風流　　知《し》んぬ是《こ》れ 風流《ふうりゅう》を逐《お》うと

「歓」とは六朝の歌曲に頻出する語彙で、女性が恋人を呼ぶ時の呼称。「知是」は「……かしら？」と軽い疑問をつくる言葉。「風流」がこの場合は双関語で、「江の流れと風」と「素敵な人」とが掛けてある。遙か彼方にたくさんの帆が見えるのは、風と流れに乗って舟を操り、素敵なあなたを追うためなのかしら、というのである。『楽府詩集』は右の詩の後に二曲の「三洲歌」を置く。それら三首は恐らく一連の組曲を形成したのである。

こうした組曲形式は、唐代の教坊に至るとさらに複雑な様式を生み出した。わが国の伝統音楽でも「入破」といった用語が用いられたりするが、「遍」「破」「畳」「催」「衮」「徹」等は唐代の教坊が生み出した複雑な組曲形式のテクニカル・タームであり、いずれも組曲全体の展開を前提にした各曲の位置やリズム、反復法・演奏法をいう。これらのタームを用いる「霓裳《げいしょう》羽《う》衣《い》曲《きょく》」「水調《すいちょう》」「涼州《りょうしゅう》」といった歌曲は、「霓裳羽衣曲」や「涼州」が楊貴妃《ようきひ》の逸話と深く結びついているように、いずれも宮廷で用いられる機会音楽であった。ここでは、隋の煬帝《ようだい》が大運河を作らせ揚州《ようしゅう》に御幸した時に生まれたという「水調」を紹介しておこう。『楽府詩集』が掲載する「水調」は、前段のリフレイン五番と後段の入破五番、コーダに当たる「徹」の全十一曲からなる。白居易《はくきょい》が「歌を聴く 六絶句」の「水調」の中で、

　不会当時翻曲意　　当時 翻曲《ほんきょく》の意を会さず
　此声腸断為何人　　此の声 腸を断つは 何人《なんぴと》の為ならん

と詠ったように、「水調」は元来その哀切な調子で知られた歌曲のようだが、白居易の「歌を聴く 六絶句」がそのことをいうように、「悲壮感」は酒席の興をそぐものではなく、むしろある種の高揚感をもたらすものだったと推測される。

　まず、後段の第一首・入破第一を見てみよう。

　細草河辺一雁飛　　細草 河辺に一雁は飛ぶ
　黄龍関裏掛戎衣　　黄龍関《こうりゅうかん》裏 戎衣《じゅうい》を掛《か》く
　為受明王恩寵甚　　明王《めいおう》の恩 寵《おんちょう》を受けしこと甚《はなは》だしきが為に

従事経年不復帰　　従事して経年《けいねん》　復《ま》た帰らず

「黄龍」とは匈奴《きょうど》が治める地をいう。したがって「黄龍関裏」とは異郷というに等しい。「戎衣」は異民族の衣装。異郷に従軍して、その地の衣装を身に着けているのである。また「経年」は長年月。内容は、辺境を守る兵士の歌である。

次に入破第二。

錦城糸管日紛紛　　錦城《きんじょう》の糸管《しかん》　日び紛紛《ふんぷん》
半入江風半入雲　　半ばは江風に入り　半ばは雲に入る
此曲只応天上去　　此の曲　只《た》だ応《まさ》に天上に去るべし
人間能得幾回聞　　人間《じんかん》　能く幾《いく》回《たび》か聞くを得ん

「錦城」はみやこ、「糸管」は弦楽器と管楽器。全体は、宮廷の華やかさを怨望する歌であろう。

次にコーダにあたる第六徹。

閨燭無人影　　閨燭《けいしょく》　人影《じんえい》　無く
羅屏有夢魂　　羅屏《らへい》　夢魂《むこん》　有り

近来音耗絶
終日望君門

近来　音耗《おんもう》は絶《た》え
終日　君門を望む

最初の二句は、「閨には夫の影は無く、羅屏の内で私がひとりで眠る」の意で、全体は兵士の帰りを待つ妻の「閨怨」であろう。「水調」はこのように、辺境を守る兵士の歌を基調に、そこに都の妻の閨怨が交えられる、全体としては悲哀を主調とした作品である。

宮廷で用いられた酒宴の組曲は、やがて禁裏を出て地方に流れる。水が高きから低きに流れるように、宮廷の音楽はすみやかに地方に浸透し、一部は妓楼や家庭の酒令の音楽として、一部は「みやこ風」の官能の音楽として、広く巷に流布したのである。

次に紹介するのは、スタイン文書六一七一として残る「敦煌曲子《とんこうきょくし》」の【水鼓子】。【水鼓子】とは詞牌であり、玄宗《げんそう》時代の教坊のことを記した『教坊記《きょうぼうき》』や『楽府詩集』巻八〇がともに宮廷の音楽として記述するものである（『教坊記』では【水沽子】とする）。禁裏を出た【水鼓子】は、恐らく宮廷風の組曲形式を保ったまま敦煌にもたらされ、その地で抄写されて王室への憧れを駆り立てたのである。

【水鼓子】　　無名氏

花開欲幸教坊時

花開き　教坊に幸《みゆき》せんと欲する時

桃李都令隔宿知
聞出内家新舞女
翰林別進柘枝詞

桃李 都《すべ》て令して隔宿《かくしゆく》に知らしむ
聞くならく 内家《ないか》より新舞女を出だし
翰林《かんりん》をして 別に柘枝詞《たくしし》を進ぜしむ

「隔宿」とは「隔夜」の意で、二日前。桃李の花見を二日前にお知らせする、の意であろう。「内家」とは「内裏のもの」の意で、教坊の楽人を指す。また、「翰林」は単なる翰林の官人を言うのではなく、恐らく李白《りはく》を指す。翰林に奉職した唐代の文人は多いが、「翰林集」といえば李白の文集以外にないからである。李白が楊貴妃のために「清平調《せいへいちよう》」や「宮中行楽歌《きゆうちゆうこうらくか》」を書いた故事を踏まえ、【柘枝詞】を進呈した、というのではあるまいか。任半塘《にんはんとう》氏は『敦煌歌辞総編《とんこうかじそうへん》』の中で右の曲子を引き、「教坊は養花の地に非ず」として「教坊」をわざわざ空格にしているが、この曲子の作者たちにとって「教坊」が宮中にありさえすれば、「養花の地」であろうとなかろうとどちらでもよかったのである。

また、もう一作。

孔雀知恩無意飛
開籠任性在宮幃
裁人亦見軽羅錦
欲取金毛繡舞衣

孔雀《くじやく》 恩《おん》を知りて 飛ぶを意《おも》う無し
籠《かご》を開き 性《せい》に任《まか》せるも 宮幃《きゆうい》に在《あ》り
裁人《さいじん》も亦《ま》た見れば 羅錦《らきん》を軽《かろ》んじ
金毛を取りて舞衣を繡《ぬ》わんと欲す

宮廷においては、孔雀は放し飼いにしても逃げることがなく、裁縫人が金糸ほしさにその羽をねらう、と述べる。これらの【水鼓子】に描かれるのは、おとぎ話のような王侯の暮らしなのである。

三　酒令の音楽

唐代の教坊から流出した宮廷の音楽は、巷の酒楼においても用いられた。次に示すのは、盛唐の詩人・賀朝《がちょう》の「酒店の胡姫《こき》に贈る」という詩である。この詩はかつて石田幹之助《いしだみきのすけ》博士が「当壚《とうろ》の胡姫」（『長安の春』所収）という論考でも引用したもので、唐代の風俗と音楽を知る重要な資料といえる。

「贈酒店胡姫」　賀朝

胡姫春酒店　胡姫 春酒の店
絃管夜鏘鏘　絃管 夜 鏘鏘《しょうしょう》たり
紅毾鋪新月　紅毾《こうとう》 新月を鋪《し》くがごとく
貂裘坐薄霜　貂裘《ちょうきゅう》 薄霜《はくそう》に坐《ざ》すがごとし
玉盤初鱠鯉　玉盤《ぎょくばん》には初《あら》しく鯉を鱠《なます》となし
金鼎正烹羊　金鼎《きんてい》には正《まる》ごと羊を烹《に》る
上客無労散　上客《じょうきゃく》は散《さん》ずるを労《ろう》するなく

聴歌楽世娘　歌を聴《き》く　楽世《らくせい》の娘《じょう》

●鏘鏘―琵琶の音を写したもの。　●紅氈鋪新月―「紅氈」は紅の敷物。「紅氈鋪新月」は、紅の敷物が新月に照らされていることをいう。　●貂裘坐薄霜―「貂裘」はテンのかわごろも。「薄霜」は月光を指す。「貂裘坐薄霜」は、テンのかわごろもを着た胡姫が月に照らされて坐していることをいう。

「胡姫」とはソグディアナの地からやって来た美女であろうか。中国においては、酒は古から専売で、寒食の頃と中秋節の頃との二回に分けて酒開きを行った。そのうちの寒食の頃の分を「春酒」という。この「春酒」を、ソグディアナの地からやって来た美女が音楽とともに売る。しかも彼女は、「上客」を待たせておいて、管弦楽を伴奏に「楽世」を歌ったのである。ここにいう「楽世」は、『碧鶏漫志《へきけいまんし》』巻三に「六幺《ろくよう》は、緑腰《りよくよう》とも楽世とも録要《ろくよう》ともいう」という音楽、すなわち『教坊記』の「曲名」の条に「緑腰」として列せられる、玄宗朝の宮廷の音楽である。「上客は散ずるを労するなく、歌を聴く　楽世の娘」とは、「労」が貴人に対する一種の尊敬語、「楽世の娘」が「胡姫」を指し、「上客は待ちくたびれてお帰りになることもせず、胡姫が歌う楽世の曲に聞き入っておられる」というのであろう。ここに表現される「楽世」が、情節をもったバラード風の歌曲だったか否かは解らないが、一定の長さをもった組曲だったことは明らかだろう。

この「楽世」について、前掲の白居易「歌を聴く　六絶句　楽世」は次のようにいう。

「聴歌六絶句　楽世」　　　　　　　　白居易

管急絃繁拍漸稠　　管は急に　絃は繁《しげ》く　拍《はく》は漸《ようや》く　稠《こまやか》なり
緑腰宛轉曲終頭　　緑腰　宛轉《えんてん》として曲は終頭《しゅうとう》
誠知楽世声声楽　　誠《まこと》に　楽世は声声《こえごと》に楽《たの》しと知るも
老病人聴未免愁　　老病《ろうびょう》の人聴《き》けば　未だ愁《うれ》うるを免《まぬ》がれず

「管楽器がテンポをあげ弦楽器が音量を増し、リズムがしだいに細かくなってくる。緑のスカートを着けた女たちは美しく舞い、やがて終曲をむかえる。まこと楽世とはどの部分も楽しく愉快。だが、老いて病気がちの私は感極まって哀情を催す」という。「六幺」という楽曲は、名前の意味は明らかではないが、ソグド語か何かに由来するのではあるまいか。「六幺」が「緑腰」とも「楽世」とも書かれるのは、「六幺（中国語としては、サイコロの目の六と一、という意味がもちろんある）」という外国語の発音を楽曲のイメージの「楽」や舞姫の「腰」によって写そうとしたからではあるまいか。

かくして妓楼に入った宮廷の音楽は、専門の音楽家たちを養成することになる。宋代の都市の繁盛記『夢粱録《むりょうろく》』や『武林旧事《ぶりんきゅうじ》』には盛り場で音楽を提供する様々な「結社」についての言及がある。それら「結社」は主に妓楼の酒令の伴奏をしたと思われるが、恐らく南宋の臨安《りんあん》で活躍したのであろう、「遏雲社《あつうんしゃ》」という楽団のキャッチコピーが和刻本の『事林広記《じりんこうき》』に掲載されている。

【鷓鴣天】

遇酒当歌酒満斟。一觴一詠楽天真。三杯五盞陶情性、対月臨風自賞心。

環列処、総佳賓。歌声繚亮遏行雲。春風満座知音者、一曲教君側耳聴。

酒があれば歌になり、なみなみと酌み交わす。一杯に一曲うたえば心も晴れる。四五杯ともなれば

すっかり気持ちいい。月や風に向かって、その美しさに心を酔わせましょう。

ここに居並ぶ方々はいずれも佳賓。我らの歌声は繚《りょう》亮《りょう》として行く雲も止めるほど。春の風に吹か

れる皆様はみな音楽通。これより先ずは一曲、お聞かせいたしましょう。

●聴―「心」と「聴」はこのままでは韻を踏みにくい。「聴」は「聞」などの誤りかもしれない。

「遏雲社」という結社の名前は、「秦青《しんせい》という名歌手が悲歌《ひか》すると林木を震わせ行雲を遏《とど》めた」という『列子《れっし》』にある故事に由来する。そのため、右の宣伝歌の中でもその故事を織り込んで「歌声繚亮として行雲をも遏《とど》む」という。一首の意味は要するに、酒があって音楽がないのは無粋というもの、音楽にあわせて愉快に飲みましょう、というのである。こうした伴奏に合わせて展開されるのは、言うまでもなく「酒令」であった。

「酒令」は酒を飲むためのゲームであるから、必ずしも常に歌曲が用いられたわけではなかったが、詩歌が使われる場合は当然「言葉遊び」を競い合う。たとえば、関漢卿《かんかんけい》の有名な元曲「望江亭《ぼうこうてい》」劇には酒令の場面があって、男が、

鶏頭箇箇難舒頸　鶏頭《けいとう》（木の実の名）は鶏《とり》の頭《あたま》というものの頸《くび》は伸ばしがたい

と問いかけると、女が、

龍眼団団不転睛　龍眼《りゅうがん》（桂円という喬木の別名）は丸いが瞳《ひとみ》は回《まわ》らない

と返す。寄席の芸のようなもので、遊戯性が命なのである。こうした「酒令」は、わが国でも「信州信濃の新蕎麦よりも、あたしゃあんたのそばがいい」というように、所謂「双関語（言葉遊びによる洒落）」を多用することにもなる。唐・劉禹錫《りゅううしゃく》の有名な【竹枝詞】は、その意味では「酒令」の一種とすべきものであろう。

【竹枝詞】　劉禹錫

楊柳青青江水平　楊柳《ようりゅう》　青青《せいせい》として　江水　平らかなり
聞郎江上唱歌声　郎《ろう》の江上に歌を唱う声を聞く
東辺日出西辺雨　東辺に日は出で　西辺は雨
道是無晴還有晴　是れ　晴るる無しと道《おも》わば　還《ま》た晴るる有り

「晴」と「情」が同音であることに掛けて、「晴れていない」と「情がない」とを洒落ているのである。
また、一部に李白の作という説もある「秋思」という詩は、各句が三字、五字、七字と次第に増えていく「酒令」。『才調集《さいちょうしゅう》』巻一〇は「三五七言詩」と題して無名氏の作とする。

「三五七言詩」　無名氏

秋風清　秋風は清く
秋月明　秋月は明らかなり
落葉聚還散　落葉 聚《あつま》りて還《ま》た散《さん》ず
寒鴉棲復驚　寒鴉《かんあ》 棲《ねむ》りて復た驚く
相思相見知何日　相思もて相い見《まみ》ゆるは 知《し》んぬ 何《いず》れの日ぞ
此時此夜難為情　此の時 此の夜 情を為し難し

また、伝統詩の大家・黄庭堅《こうていけん》にも「酒令」の詞が残っていて、次のようにいう。ここでは【両同心】という詞の後段だけ紹介しよう。

【両同心】　黄庭堅

自従官不容針。直至而今。你共人女辺着子、争知我門裏挑心。記携手、小院回廊、月影花陰。

お前といい仲になって今日までできたものを、お前は誰かと女偏に子、おかげで俺は門の中に心。思い出すのは、月の夜、花の咲く日はいつも、お前と手に手をとって庭や回り廊下を歩いたこと。

「官不容針」とは、「官不容針、私通車馬（お上は針をも通さぬが、裏から手を回せば車馬も通る）」という成語があって、ここでは、その成語の上半分を用いて後半の「私通」を導く、一種の洒落言葉。また「女辺着子」「門裏挑心」とは、「女辺に子を着ける」「門の裏《なか》に心を挑《かか》げる」の意で、要は「好」と「悶」の字を分解して述べたもの。「你共人女辺着子、争知我門裏挑心」で、「お前は誰かといい仲になり、俺は悩ましい」の意。こうした言葉遊びを「拆白道字《たくはくどうじ》（分解して字をいう、の意）」という。

また、『中原音韻《ちゆうげんおんいん》』という元曲の韻書には「頂真続麻《ちようしんぞくま》」という文字遊びの韻文も掲載する。この「頂真続麻」は、句末の文字を必ず次の句の頭にもってきて、いわば「しりとり」のように各句を繋げていく韻文で、典型的なお座敷芸。

【小桃紅】　　無名氏

断腸人寄断腸詞。詞写心間事。事到頭来不由自。自尋思。思量往日真誠志。志誠是有、有情誰似。似俺那人児。

恋病みの人は恋病みの詞を贈る。恋病みの詞には心のうちを書く。心のうちは思い通りに行かぬもの。思えば、思えば昔はほんに一途だった。一途の上に情があって、情にかけては、あんたみたいな人はいなかった。

これらはすべて、「酒令」が要求する詩歌の様式に、いかに巧みに恋心を織り込むかが問題なのである。

では最後に、妓楼で行われる音楽の典型として「蹴鞠《けまり》の音楽」を紹介しておこう。「蹴鞠」は、たとえば『水滸伝《すいこでん》』にあっては高俅《こうきゅう》がこの技芸によって貴権に取り入ったように、宮廷における男性たちの娯楽の一つであったが、遊女たちにとっても重要な技芸の一種であって、遊廓を訪れた男性たちは、管弦楽と歌謡を伴奏に優雅に蹴鞠を行う妓女を見ながら酒を飲むのを楽しみの一つとしたのである。次に紹介するのは、「女校尉《じょこうい》」と題される散曲の套数。「女校尉」とは、遊女たちが三人で蹴鞠を行う場合のリーダーを指す言葉。「女校尉」と「搽頭《ちゃとう》」と「弟子《ていし》」というのが、三人打ちの蹴鞠のメンバーである。次の作品は、妓女たちが可憐・華麗に舞いながら操る球技の妙を歌い、きわめて難解である。作者は関漢卿という元曲の大家。全体は五曲からなる套数だが、ここでは二曲だけ紹介しよう。また、語註はあまりに煩瑣になるため割愛した。

【越調　闘鵪鶉】「女校尉」　　関漢卿

換歩那蹤、趨前退後。側脚傍行、垂肩嚲袖。若説過論搽頭。賺答板摟。人来的掩、出去的兜。子要論道児着人、不要無拽様順紐。……

【寨児令】得自由。莫剛求。茶餘飯飽邀故友。謝館秦楼。散悶消愁。惟蹴鞠最風流。演習得踢打温柔。施逞得解数滑熟。引脚躡龍斬眼、擔槍拐鳳揺頭。一左一右。折畳鶻勝遊。……

【闘鵪鶉】足をかえ位置をかえ、前にも出れば後ろにも退く。足の側面で打って横にも移動し、肩を下げて長く袖を垂らす。「搽頭」に鞠をわたし、右足・左足の膝で鞠を保ちつつ蹴りだす。フッと鞠が消えたかと思えば、ヒュッとまた出る。たま筋は人に向かわなければなりませぬ、あちこち勝手に打ってはなりませぬ。……

【寨児令】（蹴鞠も人生も）きままが一番、がつがつしてはなりませぬ。ゆとりがあれば、古馴染みを迎えて共に妓楼に行き、日頃の憂さを流しましょう。蹴鞠こそが風流。いつもおさらいをして、打ち方は優雅。演技は流麗。「引脚躡《いんきやくじよう》」の打ち方は龍のまばたき、「擔槍拐《たんそうかい》」の打ち方は鳳《おおとり》のいやいや。右に左に打ち分けて、ドリブルをして「鶻勝遊《こつしようゆう》」の打ち方で蹴り出しまする。……

X　歌曲の二つの行方――張子野【中呂 天仙子】

谷口高志

一　歌曲と士大夫――雲破れ 月来りて 花 影を弄ぶ

水調数声持酒聴。午酔醒来愁未醒。送春春去幾時回、臨晩鏡。傷流景。往事後期空記省。

沙上並禽池上暝。雲破月来花弄影。重重翠幕密遮灯、風不定。人初静。明日落紅応満径。


酒盃を片手に、しばし水調の曲に耳を傾ける。昼酒の酔いは醒めたが、愁いはなお晴れない。行く春を送るも、過ぎ去った春はいつ再びめぐって来るであろう。黄昏どき、鏡に映った自らの姿を見つめ、流れる歳月に心傷ませる。かつて交わした後日の約束、今となっては空しく思い返されるばかり。

水際の砂地につがいの鳥が睦まじく並び、池のほとりは夕闇におおわれていく。雲の隙間から月明かりが射し込み、花はその影と戯れる。わたしのいるこの部屋は緑の簾が幾重にも垂れこめ、灯火の光がもれるのを遮っている。外の風はまだ吹き止まないが、人々は今ようやく寝静まった。吹き落とされた紅の花が、明日には道一面に散り敷いていることだろう。

●水調―曲名。隋の煬帝《ようだい》が自ら制作したと伝えられ、その調べは極めて哀切なものだったという。「Ⅸ 宴席の歌」

二五〇頁参照。●午酔—一本に「午睡」に作る。●臨晩鏡傷流景—唐・杜牧《とぼく》の詩「呉興《ごこう》の妓に代わりて春初に薛軍事《せつぐんじ》に寄す」に、「自ら悲しみて暁鏡《ぎょうきょう》に臨み、誰と与《とも》に流年《りゅうねん》を惜しまん」とあるのを踏まえる。「晩鏡」は夕暮れの鏡の意で、鏡に映る容色が晩年（暮年）の衰えたものであることを暗に言う。一本にこれを「暁鏡」に作る。また、「流景」は流れていく年月。●往事後期空記省—「後期」は、「期に後れる」と解することも可能だが、ここでは「後日の期会、約束」の意で取った。一句全体で、以前、後に会う約束を交わしたが、それも結局かなえられず空しく思い起こされるのみ、の意。なお「後期」は、一本に「悠悠」に作る。●沙上並禽池上瞑—「並禽」はつがいの鳥。「瞑」は、暮れるの意。●翠幕—一本に「簾幕」に作る。

十大曲の最後を飾るこの作品、表面上は宋詞が好んで詠う「閨怨《けいえん》」という主題を扱い、孤独をかこつ女性の悲しみが描かれているかのように見える。たとえば、「晩鏡《ばんきょう》に臨み、流景《りゅうけい》を傷《いた》む」の句は、杜牧《とぼく》の詩句「自ら悲しみて暁鏡《ぎょうきょう》に臨み、誰と与《とも》に流年《りゅうねん》を惜しまん」を踏まえたものだが、杜牧の作品がそうであるように、鏡は普通、化粧を凝らす女性の持ち物として詩詞にあらわれる。「重重《ちょうちょう》たる翠幕《すいばく》密《みつ》に灯を遮る」の句に見える簾と灯火も、閨怨詩の世界では、常々女性の部屋の調度品として扱われてきたものである。また「往事の後期《こうき》」と「沙上《さじょう》の並禽《へいきん》」は、明らかに男女関係を思わせる表現であり、それぞれ逢瀬の約束、仲睦まじい恋人同士、の意をはらんでいる。

だが、この詞の本意は実は女性の心情にあるのではない。それは作品に付された、「時に嘉禾《かか》の小倅《しょうさい》為《た》りて、病を以て眠《ふ》し府会《ふかい》に赴かず」という題（前書き）によって初めて知ることができる（「嘉禾」は秀州《しゅうしゅう》、

「小倅」は判官《はんがん》、「府会」は役所の宴会)。つまり、一見、従来の閨怨詩の枠組みに沿って書かれているようでも、実際は州の役人であった作者自身の感慨が、病のため役所の宴会に参加できなかったときの沈鬱な思いが、作品の書かれた動機なのである。

この詞の作者張先《ちょうせん》(字は子野《しや》)は、宋の仁宗《じんそう》朝の進士。晏殊《あんしゅ》、欧陽脩《おうようしゅう》、王安石《おうあんせき》、蘇軾《そしょく》など当時一流の文人たちと交遊があり、彼自身も北宋前期の詞壇をリードする存在であった。【天仙子】はその代表作であり、特に「雲破れ月来《きた》りて 花 影を弄《もてあそ》ぶ」は警抜の句として賞賛され、彼の詞名を一躍世に知らしめた。また張先には他にも「影」を詠み込んだ二つの佳句があり、三首をあわせて一般に「張三影《ちょうさんえい》」と呼び習わされる。

その清新且つ纖細な表現によって張先は詞の世界に独自の境地を開いたが、それと同時に、詞の制作に対する文人間の認識の変化をたどる上でも彼は極めて重要な存在である。張先は【天仙子】を含めて多くの詞に題を残しているが、これは彼以前の詞にはほとんど見られない。詞が作られた経緯・状況を題のかたちで併記する習慣は、彼によって広まったと考えられている(村上哲見『宋詞研究 唐五代北宋篇』参照)。本来、詞は宴席の場において即興的に作られ、歌われるものであり、そうである以上、歌詞にはその音楽を示す詞牌名以外の題は不要な筈であった。ところが、北宋前期の張先に至ると、詞は一つの独立した文学形式であるという見方が強まり、詩と同様に作品のコンテクスト(背景)を題として提示することが要求されるようになった。これは詞が単なる遊興の具としての地位を脱し、一つの作品として読まれはじめたことを意味しよう。当時にあって詞は文人たちの文藝活動に重要な位置を占めつつあったのである。

文人の嗜みとして、詩と同等の、もしくはそれに近い文学として認められるようになった詞は、その主題や表現内容においても大きな変化が見られるようになる。男女の情という限定的な主題を扱う文学から、士大夫の個人的な感興をも表出しうる文学へと、その領域が拡大されていくのである。たとえば張先の詞には、その題から、上役や同僚・友人への贈答の作、和韻の作であることがわかるものも少なからず残されており、文人間のネットワークのなかで詞が社交の具としての機能をも負うようになっていたことを窺わせる。

さて右の【天仙子】の表現上の特質について改めて見てみよう。題が示しているように、この詞は「府会」という官僚同士の社交を背景とし、病に臥せるという体験を踏まえて作られたものである。作者は題を付すことによって、そこに詠われた「愁い」が、当時自らが置かれていた個人的な状況に起因することを読み手に示す。だが、張先はそのような個人的、具体的な経緯を記していながら、作品そのものにおいては、詞の常套である閨怨という枠組みに則って描写を展開している。わずかに「往事の後期 空しく記《き》省《せい》す」という句が、会合に赴けなかった経緯を暗示しているが、それを除けば、詞が生み出された背景にはほとんど触れられていない。張先は、日常における個人的な感傷（その具体は詳らかではない）を詠う際にも、それを直接匂わすようなことはせず、閨房の女性の悲しみに仮託して述べているのである。

このような、いわば虚構性を伴った表現のあり方は、後段の情景描写、「沙上の並禽 池上は瞑《く》れゆく。雲破れ月来りて 花 影を弄ぶ」においても認められる。この二句は、眼前の実景を直叙することで生み出されたというより、そのときの作者の情感に沿うかたちで随意に選び取られ、作りあげられた想念の産物、一種の虚構である。雲が「破」れ、月が「来」るといった景色の変化、また影を「弄」ぶ花の姿とは、張先が抱いた繊細な感傷の表象だと考えなければならない。詞人がめざしたのは、「愁い」の内実を具体的にさらすことでは無く、象徴化され凝縮された言語によってその「深さ」を隠微に示すことだったと思われる。

次に挙げるのは、張先より少し後の世代に属する文人秦観《しんかん》の詞。そこでも、詞人の「愁い」はやはり景物と妙なる融和を遂げているが、詞中に織り込まれた「愁い」の質感は、【天仙子】の静謐な憂愁とやや異なり激しく痛切な響きを伴っている。

【千秋歳】　秦観

水辺沙外。城郭春寒退。花影乱、鶯声砕。飄零疏酒盞、離別寛衣帯。人不見、碧雲暮合空相対。憶昔西池会。鵷鷺同飛蓋。携手処、今誰在。日辺清夢断、鏡裏朱顔改。春去也、飛紅万点愁如海。

水辺に広がる砂地の向こう、城壁のあたりでは春の余寒も和らいだ。花はその影を揺らし、鶯は張り裂けんばかりの声を響かせる。漂泊の身には酒盃を手に取ることも厭わしく、離別の悲しみに体は日々痩せ細っていく。かの人の姿は見えず、ただ一人黄昏の空を覆う碧の雲を眺めるばかり。思い出されるのは、錚々《そうそう》たる文士たちと車を並べ、池のほとりでの宴に赴いたあの日のこと。手を携えて遊覧した地には、今はもう誰一人としていない。天空高く輝く太陽、そこへ至る夢ももう見ることはなくなった。鏡に映った我が顔《かんばせ》、往時の若々しさは見る影もない。春は去りぬ、紅に染まった万の花びら飛び交うなか、愁いは海のように深く広がっていく。
●花影乱鶯声砕―唐・杜荀鶴《とじゅんかく》「春宮怨」の詩句、「風暖くして鳥声《ちょうせい》砕け、日高くして花影《かえい》重し」を踏まえる。
●離別寛衣帯―離別の悲しみのために痩せ細り、帯が緩くなってしまったことを言う。「古詩十九首 其の一」に、「相去ること日に已《すで》に遠く、衣帯《いたい》は日に已に緩む」とある。●人不見碧雲暮合空相対―梁・江淹《こうえん》「雑体詩三十首 休上人別怨」の詩句、「日暮《にちぼ》 碧雲《へきうん》合し、佳人 殊《こと》に来《きた》らず」を踏まえる。●西池会―「西池」は南朝の都建康《けんこう》にあった池で、当時の皇族貴族たちが宴を催したところ。ここでは汴京《べんけい》（北宋の都）の金明《きんめい》池《ち》を指す。秦観は以前、そこで開かれた賜宴に同僚たちと参集し、「西城宴集」（元祐《げんゆう》七年三月上巳《じょうし》、詔《みことのり》して館閣《かんかく》の官に花酒《かしゅ》を賜り、中浣《ちゅうかん》の日を以て、金明池・瓊林苑《けいりんえん》に遊び、又《ま》た国夫人《こくふじん》の園に会す。会せし者二十有六人なり）と題する詩を残している。●鵷鷺同飛蓋―「鵷鷺《えんろ》」は、鵷雛《えんすう》（鳳凰の一種）とサギ。この二つの鳥は整然と列を成して飛ぶので、朝廷の百官に喩えられる。「蓋」は、車のかさ。●日辺―太陽の輝くところ、転じて天子が居る都を指す。またこの語は、かつて金明池の宴席で詠んだ「西城宴集」詩の一句、「金爵《きんしやく》 日辺《じっぺん》 楼は壮麗たり」への連想を含む。●鏡裏朱顔改―「朱顔」は、赤みを帯びた少年の顔。南唐・馮延巳《ふうえんし》【鵲踏枝】に「敢えて辞さんや 鏡裏《きょうり》に朱顔痩せるを」、李煜《りいく》【虞美人】に「只《た》だ是れ朱顔のみ改まる」とある。●飛紅万点愁如海―杜甫「曲江二首 其の一」の詩句、「一片《いっぺん》 花飛びて春を減却《げんきゃく》し、風は万点《ばんてん》を飄《ひるがえ》して正に人を愁えしむ」を恐らく踏まえる。また、愁いを川や海に喩える表現の系譜については、「Ⅶ 多情の饒舌」（二〇七頁）参照。

後段冒頭に「憶昔」（昔を追憶する）とあることから明らかなように、これは現在の境遇と重ね合わせながら過去への追憶を詠じたもの。「離別に衣帯《いたい》を寛《ひろ》うす」や「手を携う」といった表現は男女関係のそれを連想させるが、詞全体に流れるのは恋のもの思いではなく、士大夫としての悲哀である。宋人の言によれば、秦観がこの作品を書いたのは、処州《しょしゅう》もしくは、衡陽《こうよう》の地方官を務めていたとき。いずれにしても彼が晩年、新法党《しんぽうとう》と旧法党《きゅうほうとう》の政争に巻き込まれ、都を遠く離れ流謫《るたく》の日々を送っていたころである。

左遷の憂き身となった秦観は、かつて都にあって同僚たちと加わった盛大な宴を追想する。そのときの「西池《せいち》の会」、即ち金明池《きんめいち》での宴には、彼自身の「西城宴集」詩の序によれば二十六人もの文士が集まったという。だが、その二十六人は党争により四散し、「手を携えし」宴遊の地に今は「人不見」、すなわち「誰もいなくなってしまった」。更に痛切なのは「日辺《じっぺん》の清夢 断たる」の句。僻地にいる彼には都に戻る夢は既に断たれてしまったのである。往時の華やかな日々は追憶のなかにたどれるだけで、もう戻ることはできない。その絶望的な思いが、左遷の地で迎える春景を悲哀の色に染めあげていく。「碧雲《へきうん》 暮に合す」、「飛紅万点《ひこうばんてん》」といった景物の描写には、詞人の万感の思い、「海」のように広がる底知れぬ「愁い」が込められている。なお、宋人の伝えるところによれば、この詞を読んだ友人たちはそのあまりに激しい悲哀の表現から、秦観はもう長くは生きられないだろうと危惧したが、果たして彼はその後まもなく遠流《おんる》の地にて没したという。

さて、この詞の情景描写や「離別に衣帯《いたい》を寛《ひろ》うす」「鏡裏《きょうり》に朱顔改まる」などの句は、註に記したように、全て秦観以前の文学作品のなかにその典拠となる表現を見出すことができる。秦観は先行する詩詞の表現を換骨奪胎する形で右の詞を制作していたといえるだろう。また右の【千秋歳】については、詞と文人の関わりを考える上で更に興味深いことがらがある。それは、この作品に対して数多くの次韻の詞が作られたことである。この詞はもともと孔毅甫《こうきほ》という友人に贈られたものであったが（『能改斎漫録《のうかいさいまんろく》』『独醒雑志《どくせいざつし》』等参照）、その孔毅甫に次韻の作があるほか、秦観と親交のあった蘇軾、黄庭堅《こうていけん》、李之儀《りしぎ》、恵洪《えこう》、また彼より後代の王之道《おうしどう》、丘崈《きゅうすう》といった文人たちもこれに次韻する詞を書いているのである。では、【千秋歳】がなぜこれほど多くの次韻作を生んだのか。それは、政界における身の浮沈から生まれる士大夫特有の悲哀が、優れた修辞によって詠み出されているからにほかならない。宋代の文人たちは、秦観の落魄《らくはく》に己が境遇を重ね合わせ、無限の共感とともに次韻の作を生み出していったと考えられる。このことのもつ文学史的な意義は決して小さくはない。詞は、閨怨に傾斜した表現傾向を保ったまま、士大夫の社交においては、時に深刻な内奥告白の具としても用いられたのである。

二　歌曲と隠逸――儂家　鸚鵡洲辺に住む

詞という歌謡文学のジャンルが士大夫の表現手段として認められ定着した北宋期には、隠逸への理想や長閑《のどか》な田園生活を詠う作品も盛んに生み出されるようになっていく。そのことを示すやや特殊な例として、蘇軾の詞【哨徧】・【浣渓沙】がある。この二つの詞は陶淵明《とうえんめい》「帰去来《ききょらい》の辞」と唐・張志和《ちょうしわ》【漁父】詞をそれぞれ檃括《いんかつ》する形で書かれたものである。檃括とは蘇軾が創始した作詞技法で、先人の文学作品に若干の文字の増減を加え、音楽に乗るようにアレンジすること。音楽を伴わない（もしくは音楽の伝承が途絶えた）過去の名作を、歌唱に適するよう改変を加える行為であり、古典的教養に支えられた詞作である。そこには古の文人に対する追慕の念も表われていよう。蘇軾は自らの帰隠《きいん》の志を先人の作品の中に見出し、それを歌謡として再生させたわけだが、ここでは蘇軾その人の檃括の作ではなく、檃括の対象として選ばれた、張志和の【漁父】詞を見てみよう。

【漁父】　張志和

西塞山辺白鷺飛
桃花流水鱖魚肥
青箬笠
緑蓑衣
斜風細雨不須帰

西塞山辺《せいさいさんぺん》 白鷺《はくろ》飛び
桃花《とうか》流水 鱖魚《けつぎょ》肥ゆ
青の箬笠《じゃくりゅう》
緑の蓑衣《さい》
斜風細雨 帰るを須《もち》いず

●【漁父】—「漁父」は、漁師の爺さんの意で、古来隠者の象徴。なお、この詞は詞牌名と内容が一致する、所謂「本意」の詞。●西塞山—浙江省湖州《せっこうしょうこしゅう》にある山の名。また一説に、湖北省武漢《こほくしょうぶかん》近辺の長江に臨む山。●桃花流水—春の景物。李白「山中問答」詩に「桃花 流水 窅然《ようぜん》として去る、別に天地の人間《じんかん》に非ざる有り」とある。●鱖魚—淡水魚の名。現在の桂魚。●箬笠—箬《じゃく》（竹の一種）の葉で編んだ笠《かさ》。

張志和は中唐期の人。十六歳にして明経《めいけい》（科挙《かきょ》の試験科目の一つ）に擢せられ、時の皇帝粛宗《しゅくそう》に名（志和）を賜るほどの才子だったが、官を退いた後は「煙波釣徒《えんぱちょうと》」または「玄真子《げんしんし》」と号して会稽《かいけい》（浙江省紹興《しょうこう》）に隠棲し、魚釣りをしながら自適の日々を送ったという。

右に挙げたのは、その彼が残した【漁父】五首のうちの第一首。そこに描かれているのは、張志和が理想とし自ら実践した「隠者の暮らし」である。「白鷺」「桃花流水」といった景物や、漁師が身にまとう「箬笠《じゃくりゅう》」「蓑衣《さい》」などは、言わば隠者を象徴する符号のようなものであり、それらの符号によって作品内には隠逸という士大夫の夢を具現化した、一つの理想郷が形作られている。末句「斜風細雨 帰るを須《もち》いず」に見える、少々の風雨では舟を戻そうとしない悠然たる心持ちは、世の喧騒と遠く離れた地に安住し、俗界に帰ることを拒む隠者の精神を象徴的に示したもの。

この作品を、張志和が詞（曲子詞）のつもりで書いていたかどうかは疑問の余地があるが、より重要なのはこれが後に詞華集の『尊前集《そんぜんしゅう》』や『花庵詞選《かあんしせん》』などに収められ、隠逸を詠う詞の嚆矢《こうし》として、宋以後の詞人たちの模範となったことである。先に述べたように蘇軾がこの作品の文句を檃括して【浣渓沙】を制作し、更にその門弟の黄庭堅も蘇軾の意を継いで【浣渓沙】【鷓鴣天】の二つの詞において【漁父】詞の檃括を行っている（そのうち【鷓鴣天】は、張志和【漁父】と顧況【漁父】詞の二つを同時に檃括したもの）。そのほか、檃括とまではいかないまでも、宋代には張志和が描いた隠逸世界への憧憬を表白した詞は数多く書かれている。詞と言えば、普通男女の恋愛を詠うものばかりが想起されるだろうが、宋代の詞人たちにとっては隠逸もまた一つの重要な主題だったのであり、そのなかで経典的な地位を占めていたのが張志和【漁父】だったのである。【漁父】という一つの作品を中心として、文人たちは時を越えた交情を行い続けた、と言えようか。

続く元代の曲文学においても、【漁父】詞はさまざまなかたちで踏襲された。次に挙げる散曲の場合も、士大父が夢見る隠者の暮らしぶりを詠っており、その意味では張志和【漁父】詞の末裔にあたるだろう。

図8　呉鎮「洞庭漁隠図」。上部右は、清朝人の賛。左側には張志和の作とされる【漁父】詞「洞庭湖上 晩風生ず、……只だ鱸魚を釣りて 名を釣らず」が呉鎮の自筆で題される。

【鸚鵡曲】　白賁

儂家鸚鵡洲辺住。是箇不識字漁父。浪花中一葉扁舟、睡煞江南煙雨。覚来時満眼青山、抖擻緑簑帰去。

算従前錯怨天公、甚也有安排我処。

わたしは鸚鵡《おうむ》洲《しゅう》のほとりに住まう、文字も読めぬ一介の漁父。波しぶきのなか、ひとひらの小舟に乗り、雨のけぶるここ江南の地でぐっすりと眠る。目覚めてみれば、あたり一面青々とした山。さて緑の蓑《みの》を揺らして帰るとしよう。以前は天の配剤を怨んだものだったが、それはまさに思い違いであった。何ともはや、天はわたしに相応しいこの地の暮らしを、ちゃんと与えてくれたのだから。

●【鸚鵡曲】―引用は、『太平楽府《たいへいがふ》』巻一冒頭に置かれる、馮子振《ふうししん》【鸚鵡曲】の自序による。なお、馮子振はこの曲を白賁《はくふん》の作とするが、『陽春白雪《ようしゅんはくせつ》』は無名氏【黒漆弩】として本曲を載せる。●儂家―「儂」と同意で、わたし、の意。●鸚鵡洲―現在の湖北省武漢市の南西にある中洲。●睡煞―「煞」は語助で、強調を表す。●抖擻―振って動かす。●算従前錯怨天公―「算」は、思うの意。「錯怨」は「錯《あやま》りて怨む」。●甚―まさに、真に、の意で強調を表す。

曲牌【鸚鵡曲】は、元来【黒漆弩】という名であったが、右の歌詞があまりに有名になったため、その第一句の文句を取ってこのように呼ばれるようになった。元代初期において一世を風靡した作品であり、王惲《おううん》、馮子振《ふうししん》、姚燧《ようすい》、劉敏中《りゅうびんちゅう》など、当時一流の文人たちがこれに唱和、次韻する散曲を残しているほか、元雑劇『厳子陵垂釣七里灘』（元刊本）第一折では、末尾の二句がそのまま曲中に襲用されている（王惲の散曲については、「はじめに」九頁参照）。その評価の高さと影響力の大きさからすれば、元朝における、張志和【漁父】のような作品と言えようか。

冒頭、作者白賁《はくふん》は「文字を知らない漁父」と自らを称しているが、無論文盲の人間にこのような曲が書けるわけはなく、これは無知な漁父に自己を比定する韜晦的な言い回しである。白賁は宋末元初の著名な文人白珽《はくてい》の子であり、かつてはやはり天子という磁場に引きつけられ、朝廷中枢で活躍する夢を抱いていた。それ故に、彼は自らの境遇に不満を持ち、以前は天を怨み運命を呪った。だが、そんな不満もやがて霧散し、逆に鸚鵡洲での自適の生活こそが、天が「安排」してくれた自己の生き方であることを悟るに至った、と言うのである。元雑劇に引用されていることからも窺えるように、この曲の妙趣は最後の二句、「算従前錯怨天公、甚也有安排我処」にあるだろう。

三　歌曲と妓楼——当初　姊姊《しし》は分明に道《い》えり

文人による詞曲の制作は、孤独の憂愁や別離の悲哀を表す場合でも、また隠逸という精神的な境地を詠う場合でも、花鳥風月の描写を伴って行われるのが常であった。直接的・具体的な表現を連ねることを避け、言語の象徴性に依存した世界を作り出そうとするその描写姿勢は、文人特有の「雅」を志向する態度とも言えるだろう。だが、そもそも詞曲は、女性が侍る宴席で即興的に作られるものであり、恋のやりとりなどを内容とする、遊戯的で享楽的な世界をも有していた。そこでは古典的教養を度外視した平易で率直な表現が求められ、男女が口語で語りあうような「俗」な世界が展開されていたのである。本節ではそのような表現に焦点をあて、歌曲と妓楼の関わりについて見ていこう。

詞が元来有していた、口語文学としての性格を窺える恰好の例として、北宋の黄庭堅が残した艶詞を先ず挙げてみたい。

【帰田楽引】　　黄庭堅

対景還銷瘦。被箇人把人調戯、我也心児有。憶我又喚我。見我嗔我。天甚教人怎生受。

看承幸断勾。又是樽前眉峰皺。是人驚怪、冤我忒撋就。拚了又捨了。定是這回休了。及至相逢又依旧。

うららかな風光を前にし、また痩せ衰えていく。かの女にはただ弄ばれるばかり。私にだって心はあろうものを。私を思えば私を呼び、私に会えば私をののしる。天よ、いったい私にどうしろと。しっかり世話してやってお前と懇意になろうとしたのに、当のお前はまた酒樽の前で眉をしかめている始末。何とも不思議だ、私がとりわけ優しくしたのがあだになったなんて。思い切って、振り切ってしまおう、今度こそこの関係も必ず終わりだ。（そうは言っても）次に会えば、また前と同じ仲に戻るであろうが。

●銷瘦―「銷」は「消」と同意で、消耗するの意。●被箇人把人調戯―「箇人」は彼の人。「調戯」は、からかう、弄ぶ。●天甚教人怎生受―「甚」は、まさに、真に。「怎生」は「如何」「怎様」の意。●看承幸断勾―「看承」は、「看待（もてなす、世話する）」の意。張相《ちょうしょう》『詩詞曲語辞匯釈《ししきょくごじかいしゃく》』（以下（張相）と略）参照。柳永《りゅうえい》【撃梧桐】に「自識伊来、便好看承、会得妖嬈心素」とある。また「断勾」は、「相近（近づく）」、「相昵（親しむ）」の意。（張相）参照。なおこの句において、「看承」し、「断勾」するのはともに男。●是人驚怪―「是人」は、「人人」の意。（張相）参照。この一句で、「誰でも不思議に想うだろう」の意。●寃我忒僝就―「寃」は、あだになるの意。「忒」は強調の語。「僝就」は、「遷就（妥協する、譲歩する）」、「温存（やさしくいたわる）」の意。（張相）参照。晁端礼《ちょうたんれい》【点絳唇】に「僝就百般、終是心腸狠」、楊無咎《ようむきゅう》【雨中花令】に「欠我温存、少伊僝就、両処懸懸地」とある。

一篇全体が口語によって占められた詞である。たとえば、「看承」「断勾」「僝就」などの語は、張相『詩詞曲語辞匯釈』がこの詞の用例とともに、宋人の詞や、諸宮調《しょきゅうちょう》、戯曲などの文句を挙げて解釈していることからも窺えるように、宋元の頃に一般的であった俗語語彙で、伝統的な詩文には殆ど用例が見えないもの。それらの口語を駆使した本詞は、男性の口吻をそのまま記すかたちで書かれており、恋人（妓女）をもてあました男の愚痴とぼやきが表現内容となっている。「我を憶えば又た我を喚ぶ。我を見れば我に嗔《いか》る」、このような態度を取る女に、男は既に食傷気味なのであり、以前「とりわけ優しくした」（「忒僝就」）ことを悔やみつつ、女との関係を清算してしまおう（「拚了又捨了。定是這回休了」）とまで言い放つ。これらの語りは、恐らく宴席において妓女への戯れとして発せられたものであり、妓楼に深くなじんだ作者が、そこで日常的に行われたであろう男女のやりとり、恋の駆け引きを踏まえて歌詞にしたためたものであろう。

右の【帰田楽引】詞を十大曲・張先【天仙子】と比べてみた場合、両者の描写姿勢の差は一目瞭然である。【天仙子】と異なり、この作品における叙景は第一句において簡単に「景」の一字で済まされるのみであり、風景は作品世界の後背に退いている。代わりに作品の前面に迫り出してくるのは、発話者の生のことばというか、何の象徴性や重層性も伴わないあけすけな日常語なのである。また、そこに描き出される女性像も、従来の閨怨詩（詞）のそれとは全く異なり、恋人に悪態をつき、感情の赴くままに男性を翻弄する（「調戯」）、能動的で主体的な存在といえよう。作者は口語を自覚的に運用し、故意に下卑たことば遣いを用いることによって、恋の駆け引きや妓楼での男女のやりとりを実に活々と、生々しく描いたのである。

この歌曲の作者黄庭堅は、「換骨奪胎《かんこつだったい》」「点鉄成金《てんてつせいきん》」の詩学理論を唱え、深い学識に基づいた古典主義的な詩風によって知られている。だが詞人としての黄庭堅は、先にも触れた【漁父】詞の隠括など、古典の教養に基づいた作品を残す一方で、右の【帰田楽引】詞のように、何の典故も用いず、口語のみによって書かれた艶詞を大量に制作している。それらの作品には、詞はあくまで妓楼の文学、女性がその場で理解でき楽しむことのできるような平易な言語で書かれるべきであり、そこに典故や象徴的な表現は不要である、という認識がはっきりと見てとれる。そのような認識のうえに立って黄庭堅は、時として士大夫としての詞の表現方法に背を向け、それとは別の極、宴席の歌謡としての詞の本来のあり方を追求したのであった。

口語をふんだんに用いた黄庭堅の艶詞は、当時妓楼においては大いに喝采を浴びたと想像されるが、しかしその一方で、礼教を乱すものとして非難の対象ともなっていた。黄庭堅の「小山詞序」（晏幾道《あんきどう》の詞集の序文）によれば、ある僧侶が彼に対して、「艶歌小詞」によって人心を惑わすようなことをしていてはその罪悪により仏教のいう「悪道」（或いは「犁舌《りぜつ》の獄」）に堕ちることになる、と諭し、艶詞の制作を止めるよう勧めたという（同様の話が『冷斎夜話』にも見える）。それ以後、黄庭堅の艶詞にはとかく「悪道」という評価がつきまとい、士大夫の倫理を逸脱するものとして批判的に捉えられてきた。しかし、他方でそれを肯定的に評価する意見も後世においてなかったわけではない。たとえば、清・沈謙《しんけん》『塡《てん》詞《し》雑説《ざつせつ》』に見える次の論評。

> 秦観の「一向沈吟久」の詞（後掲の【満園花】）は、黄庭堅の【帰田楽引】と大いに似ている。浮わついた言葉を削り取り、ただ「本色《ほんしょく》」だけを述べている。世の中の浅薄な人は、常に文字に彫琢を凝らして得意げにしているが、秦観や黄庭堅のような詞を作ることこそ極めて難しい。ただし、このような詞は多く作るべき類のものではない。

詞の「本色」（本流のやり方、真面目）が黄庭堅の【帰田楽引】と秦観の詞にあることを、条件付きながら認めているのである。

　では、沈謙が黄庭堅の【帰田楽引】と類似し、詞の「本色」を伝えるとみなした秦観の作とはどのようなものだったのか、それを次に見てみることとしよう。

【満園花】　秦観

一向沈吟久。涙珠盈襟袖。我当初不合苦撋就。慣縱得軟頑、見底心先有。行待癡心守。甚捻著脈子、倒把人来僝僽。

近日来非常羅皂醜。仏也須眉皺。怎掩得衆人口。待收了孛羅、罷了従来斗。従今後。休道共我、夢見也不能得勾。


愁いに沈むこと久しく、袖には涙の珠があふれている。今思うに、以前あれほど優しくすべきではなかった。甘やかされて好き放題、私が先に執心したのを知っているのだ。変わらぬ愛を誓い、まさに脈を取って恋わずらいを診てあげようとしたら、反って私を罵ろうとする始末。

ここ最近の見苦しく騒ぎ立てるさまは、お釈迦様でも眉を顰めよう。人に知られるのも時間の問題。籠をしまい、これまで使ってきた升《ます》も捨ててしまおう（この関係を終わりにしよう）。これから先は、私と一緒にいられるなんて思わないでくれ。夢で会っても私をしょっぴくことなどできはしないぞ。

●一向―ひたすらに。（張相）参照。●不合―～すべきではない。●慣縦得軟頑―「慣縦」は、甘やかすの意。「軟頑」は、駄々をこねる、甘えるの意。秦観【品令】に、「衠倚頼臉児得人惜。放軟頑道不得」とある。●見底心先有―「底」は補語で、「得」の意。（張相）参照。「心先有」は、男女二人のうち、一方が先に恋心を抱いたことをいう。趙長卿《ちょうちょうけい》【簇水】に「長憶当初、是他見我心先有。一餉纔下、便引得魚児開口」とある。●行待―～しようとする。●僝僽―罵る。（張相）参照。黄庭堅【憶帝京】に、「恐那人知後。鎮把你来僝僽」とある。●羅皂―騒がしくわめく。●仏也須眉皺―常語。秦観【河伝】に、「若説相思、仏也眉児聚」とある。●待収了孛羅罷了従来斗―常語。ご破算にする、といった意。元・石子章《せきししょう》の套数《とうすう》【賺尾】に「唱道事到如今、収了孛籃罷了斗」、元雑劇『陳州糶米』第二折【煞尾】に「敢着他収了蒲藍罷了斗」とある。●休道共我夢見也不能得勾――「共」はここでは、動詞的に使われており、共にいる、といった意。「勾」は、先の黄庭堅【帰田楽引】の「断勾」の「勾」と同じ。ここでは、お上がしょっぴく、といった吏牘語（役人言葉）的なニュアンスがかけられているだろう。

やはり口語によって男性の独白が展開されており、その語りの内容も黄庭堅の詞とほぼ同じである。甘やかすべきではなかったという男の後悔、口汚く罵る女の怒り、そして彼女との関係を断ってしまおうとする男の決心。これらが、【帰田楽引】にも見えた「撋就」や、「慣縦」「軟頑」「僝僽」といった俗語、更に「仏也須眉皺」「待收了孛羅、罷了従来斗」といった常語（慣用的な言い回し）などによって、極めて活き活きとまた滑らかに語られている。

黄庭堅と秦観、この二人はともに蘇門四学士《そもんよんがくし》に数えられながら、詞人としては違いを論じられることも多く、前者が蘇東坡の豪放な詞風を受け継いだとされるのに対し、後者は婉約派《えんやくは》の代表的詞人に目される。だが、右の二つの詞の表現と内容を見れば明らかなように、両者の間には同じ作詞態度、すなわち妓楼という環境においてはその環境に即した「本色」の詞を作ろうとする意識が共有されていたのである。

また秦観について更につけ加えて言えば、先の節で挙げた【千秋歳】詞では、多くの典故を踏まえつつ、愁いの情と景物との融合を高いレベルで成し遂げていたにもかかわらず、この【満園花】では景物の描写もなければ、無論典故の使用も見られない。【千秋歳】と【満園花】とに見られるこの差異は、詞を作るに当っての環境が生み出した差異に他ならないだろう。つまり、士大夫としての情を表現する場合と、男女の情を宴席において表現する場合とでは、それぞれに異なる表現のあり方が意識的に選択されていたのである。

詞の口語文学としての可能性を追求した黄庭堅・秦観の作品は、一方では、後の元曲の先蹤とみなせようが、一方では唐代から続く「本色」の末裔として読むこともできる。その「本色」とは一度砂漠に消えて失われた文物、敦煌文書のなかに記される次のような曲子詞である。

【抛毬楽】　無名氏

珠涙紛紛湿綺羅。少年公子負恩多。当初姉姉分明道、莫把真心過与他。子細思量著、淡薄知聞解好磨。

珠の涙がはらはらと落ち、綺羅の衣服を濡らしている。年少の貴公子は嘘つきばかり。このお姉さまが最初にちゃんと教えてあげたではないですか。真心などを彼らに捧げてはなりません、よく考えてみなさい、薄情者と親しくなったところで幸せになんてなれはしない、と。

●姉姉―芸者仲間における姉（先輩芸者）を指す。唐・司空図《しくうと》「灯火三首 其の二」に、「姉姉《しし》 人をして且らく児を抱かしめ、他の女伴を逐《お》いて卸頭《しゃとう》する（頭の飾りを取り去る）こと遅し」とある。●過与―「送給」「交給」の意。敦煌曲子詞【魚歌子】に、「五陵児、恋嬌態女。莫阻来情従過与」とある。●著―軽い呼びかけ、命令の語気を表す。●淡薄知聞解好磨―「知聞」は、「結交（親しむ、付き合う）」の意。（張相）参照。杜牧「宣州留贈」に、「為に報ず 眼波《がんば》 須《すべか》らく穏当たるべし、五陵《ごりょう》の游蕩 知聞する莫《なか》れ」とある。「淡薄知聞」とは、薄情者と付き合うこと、ないしは薄情な付き合い。なお「解」は、「能」の意。また「磨」

を、王重民『敦煌曲子詞集』は「麼」に校訂する。それに随って解釈した。

敦煌から発見された現存する最古の詞集、『雲謡集《うんようしゅう》』に見える作品。発話者が口頭で語りかけるかのように歌詞が書かれており、中国の通俗歌謡本来の姿がどのようなものであったかを窺い知ることができるだろう。先の黄庭堅・秦観の作品は、宋詞においては傍流に位置するものであったが、ながい詞の歴史においては、曲子の「本色」を継承するものだったのである。

右の曲子詞には黄庭堅や秦観の作品とは一味違った面白さがある。それは、口語による語りが恋愛の当事者以外の人物によって展開されている点である。初めに女性の涙が描かれているのは先の秦観の詞と同じだが、この作品における発話者は、悲しみや怒りに打ち震える女でもなければ、妓女を捨ててしまおうとする浮気な男でもない。「少年公子」に裏切られた妹芸者を冷静な口調でたしなめる、経験豊かなねえさん芸者が語り手なのである。名も知れないこの曲子詞の作者は、純粋に恋の喜悦や傷心を描くのではなく、第三者の視点を設定することにより恋の危うさ・愚かしさを訴え、そのことによって「ままならぬ恋に陥ちた若い芸者」の姿を巧みに写し出したのである。恋の結末を予見したねえさん芸者の忠告（「当初姉姉《しし》は分明に道《い》えり」以下）が繰り返されることにより、妓女たちの愚かしさといじらしさがより生々しく響く。

姉芸者という語り手の設定、これは口語を主体とする通俗歌謡が生み出した一流の表現手法であり、口語文学の精華といえる後代の元曲のなかにもしばしば取り入れられている。たとえば、次に挙げる関漢卿《かんかんけい》

『救風塵』（『元曲選』所収）第一折中の曲。芸者宋引章《そういんしょう》は、高官の息子で遊び人の周舎《しゅうしゃ》にたぶらかされて彼との結婚を望むが、姉芸者の趙盼児《ちょうふんじ》（正旦）は男の不実を見抜き、妹分の引章を諭して以下のように歌う。

【勝葫蘆】你道這子弟情腸甜似蜜。但娶到他家里。多無半載週年相棄擲、早努牙突嘴。拳椎脚踢。打的你哭啼啼。

【幺篇】恁時節船到江心補漏遅。煩悩怨他誰。事要前思免後悔。我也勧你不得。有朝一日。准備着搭救你塊望夫石。

あなたはあの放蕩者の心根が蜜より甘いと言いますが、彼の家に嫁いでいけば、きっと半年一年も経たぬうちに打ち捨てられ、口とがらせて歯を突き出し、拳で殴られ足で蹴られる羽目になるでしょう。打たれたあなたはおいおいと、ただ声をあげて泣くばかり。

そうなってしまえば、まさに「川の真ん中まで漕ぎ出して、船の水漏れを直してももう手遅れ」というもの。いったい誰を怨めましょう。事前によく思案して、後悔すること無きよう取り計らうのが肝要。いまこの忠告を受けぬというのなら、いつの日か望夫石となったあなたを、このわたしめが救うことにいたしましょう。

●子弟―「嫖客（妓楼の遊び客）」の意。　●多―「大概」「可能」の意。　●船到江心補漏遅―成語。宋・王銍《おうちつ》『雑纂続《ざつさんぞく》』（『説郛』弓七六）の「不済事」の條に「江心補漏」とあり、元雑劇のなかにもしばしば用いられる。　●望夫石―出征した夫の帰りを山上で待ち続けた妻が、やがてそのまま石に化したという民間伝説があり、その石を「望夫石」という。

口語という文体と姉芸者という発話者の設定、そしてその語りの内容に至るまで、先の曲子詞をそのまま敷衍したかのような作品である。

蜜より甘い男の「情腸」は所詮偽りのもの、いざ嫁いでいけばすぐに飽きられ、痛罵と虐待を受ける苦難の日々が待っている。そうなってはもう手遅れ、後悔することの無いよう慎重に事を運びなさい、と「姉姉」の趙盼児は妹分に忠告するのである。また末尾に出てくる「望夫石」は、元来妻の貞節の喩えとして引かれる語だが、ここでは妹分宋引章の頑なな「痴心」へのからかいとして使われており、恋に盲目となった彼女の愚かさをあてこすったもの。一年に一度しか会えぬ牽牛織女を、「痴牛騃女《ちぎゅうがいじょ》（恋にうつつをぬかす馬鹿で愚かな男女）」と言うのと同種の言い回しであり（蘇軾【鵲橋仙】「七夕」、黄庭堅【鵲橋仙】「席上賦七夕」）、ここにも恋に狂う妓女の心情を冷静にながめる、第三者の眼差しがはっきりと表れている。劇中で趙盼児が語るように、妓女はそもそも嘘を売る（「売空虚」）のが商売であるから、情事に自らが溺れて「望夫石」などになっては本末転倒なのである。なお、この『救風塵』劇では趙盼児の予言どおり、宋引章は結婚後に夫の度重なる暴力にあい辛酸を嘗めるが、後にそれを知った趙盼児の機知と巧みな話術（それは主に曲のかたちで展開される）によって「搭救（救出）」され、書生の安秀実《あんしゅうじつ》とめでたく再婚することとなる。

元曲は表現の重層性・象徴性においては、宋詞以上のものを作りえなかったと言えるかもしれない。しかし、それとは別の表現のあり方、口語を駆使した感情の直叙とその巧みな展開においては多くの優れた作品を生み出しており、そのような表現のあり方こそがまた、唐末五代から続く詞曲の「本色」、すなわち歌謡の真実の姿でもあったのである。

おわりに——詩と音楽　詩と経典

浅見洋二

かつて詩の多くは歌（うた）であり、「声」すなわち音楽を伴っていた。その後、詩の多くは音楽を離れていき、文人＝知識人の「文学」となる。だが、やがて一部の文人たちは歌としての詩をふたたび作ろうと試みる。詩に音楽を取り戻そうとする。そうして、詞（詩餘）や散曲といった詩（歌曲）が生まれた。では、そのとき詩と音楽はどのような関係にあるのか。詩の作者たちは、詩と音楽の関係はどのようなものであると考えていたのだろうか。本書の「はじめに」が述べるように、詞や散曲の作者たちにとって、詩と音楽の関係は、基本的にはいかにして既存の音楽に言葉を載せるかという問題として受けとめられていたと理解しておいていい。だが、既存の音楽に言葉を載せる形で書かれる詩が盛行する一方で、そのような詩のあり方に対する反発も起こっていたことを見落とすべきではないだろう。詩と音楽の関係について中国の文人たちは何を考え、どのような議論を行っていたのか。以下、本書の結びに代えて、こうした問題について短く述べておきたい。

南宋の王灼《おうしやく》『碧鶏漫志《へきけいまんし》』は詞に関する理論的な考察を加えた書として知られる。同書巻一「歌詞之変」

には、詩（歌曲）の歴史的変遷について次のように述べる一節がある。

（詩を作るに当たって）古《いにしえ》の人は音楽（「声律」）を初めから設けることはしなかった。何かしら感ずるところがあって、それが歌となり、音楽は後からその歌詞に従って定められたのである。唐（堯帝《ぎょうてい》）が虞（舜帝《しゅんてい》）に禅譲した時代からそうであり、それは前漢の末まで続いた。前漢の時、今日のいわゆる楽府が生まれ、続く魏晉の時代に盛んになった。……それは唐代まで続いた。唐の中頃にはまだ古の楽府はのこっていたが、その歌詞を音楽に載せて歌うことは少なくなっていた。……隋以降、いわゆる曲子詞が生まれ、唐代に徐々に盛んになっていった。それは今日では一世を風靡するほどとなっている。古の歌が楽府となり、楽府が変化していまの詞（曲子詞）となったのであり、その根本は一つである。しかし、後世の風俗はますます古を離れ、遠く隔たったものとなってしまったのである。

ここで王灼は「声律」＝音楽との関係において詩の歴史を叙述している。それによると、詩と音楽の関係のあり方は大きく次の二つに分けられる。すなわち、詩が音楽に先行するあり方と音楽が詩に先行するあり方との二つに。詩に音楽が従属するあり方と音楽に詩が従属するあり方との二つ、と言い換えてもい い。そして、詩の歴史は前者から後者への移行の歴史として捉えられている。なお、後者の例としては楽府と詞が挙げられ、楽府から詞が生まれたと述べている。楽府と詞との間には当然違いもあるが、ここではその点に深く立ち入る必要はないだろう。

詩と音楽との関係性を同様の二項対立図式によって捉えた議論の早い例としては、唐の元稹《げんしん》「楽府古題序」（『元氏長慶集《げんしちょうけいしゅう》』巻二三）を挙げることができる。元稹は、友人の白居易《はくきょい》らとともに「新楽府」と呼ばれる一群の作品を作り出したことでも知られる。「楽府古題序」は、そのような自らの文学活動をも踏まえつつ、楽府という詩のあり方、詩と音楽の関係について考察を加えたものである。ここで元稹はまず、詩にはさまざまなタイプがあり、それぞれに応じて「詩」「行」「詠」「吟」「題」「怨」「嘆」「章」「篇」「操」「引」「謡」「謳」「歌」「曲」「詞」「調」などのさまざまな名称が行われていることを指摘する。そのうえで、ここに列挙される十七類の詩を、大きくは「詩」以下「篇」に至る九類と「操」以下「調」に至る八類との二つに分ける見方を示している。この二つの詩はどのように異なるのか。元稹によれば、前者については「詞を選びて以て楽に配し、楽に由りて詞を定むるに非ず」と、後者については「楽に由りて詞を定め、詞を選びて以て楽に配するに非ず」と規定される。つまり「詞」＝「言」（ここでの「詞」は言葉の意、ジャンルとしての詞を指すのではない）が先に存在してそれに「楽」を配する形で作られるのが前者、「楽」が先に存在してそれに「詞」＝「言」を配する形で作られるのが後者の詩である。同様の図式は、時代を下っては清の文学理論家劉熙載《りゅうきさい》の『藝概《げいがい》』詞曲概の議論にも踏まえられている。劉熙載の語を用いて言えば、前者は「声の言に出づる」詩であり、後者は「言の声に出づる」詩ということになる。

　右に見てきたのはいずれも、詩と音楽の関係を、どちらが先でどちらが後か、どちらが主でどちらが従か、いわば先後・主従関係として捉えた議論である。この種の議論においては、ある種の価値判断が前提として入り込んでしまっている。詩が主となって「声」＝音楽に先行していた古の詩、すなわち「声の言に出づる」詩こそが本来的ないしは正常な詩の姿であり、「声」＝音楽が主となって詩に先行する後世の詩、すなわち「言の声に出づる」詩は非本来的ないしは不正常な詩の姿であるという価値判断が。同じく

『碧鶏漫志』巻一の「歌曲所起」から、そのような価値判断を前提としてなされた議論を挙げてみよう。

ある人が歌曲の起源を問うたので、わたしは次のように答えた。天地が形作られたとき、人が生まれた。人にはすべて心が備わっている。この心が、すなわち歌曲の起源である。『尚書《しょうしょ》』の「舜典《しゅんてん》」には「詩は志を言い、歌は言を永《なが》くす。声は永（詠）に依り、律は声に和す」とある。『詩経《しきょう》』の序には「心に在るを志と為し、言に発するを詩と為す。情 中に動きて言に形《あら》わる。之《これ》を言いて足らず、故に之を嗟嘆す。之を嗟嘆して足らず、故に之を永歌す。之を永歌して足らざれば、手の之を舞い、足の之を踏むを知らず」とある。『礼記《らいき》』の「楽記《がっき》」には「詩は其の志を言い、歌は其の声を詠じ、舞は其の容を動かす。三者は心に本づき、然る後に楽気は之に従う」とある。だから、心があれば詩が生まれ、詩があれば歌が生まれ、歌があれば楽曲が生まれ、楽曲があればその楽曲に載せてうたわれる歌が生まれる。言葉を永く伸ばしてうたえばそれがすなわち詩となるのであって、その詩以外に歌を求めるべきではないのだ。いまの人々は先に音楽を定め、その後で言葉を定めて音楽に従わせるようなことをしている。本末転倒も甚だしいと言わねばならない。

同様の議論は宋代には広く見られる。例えば、北宋の趙令畤《ちょうれいじ》『侯鯖録《こうせいろく》』巻七に引く同じく北宋の王安《おうあん》石《せき》の語が

古の歌は、すべて先に言葉があって、後から音楽が作られた。だから「詩は志を言い、歌は言を永くす。声は永に依り、律は声に和す」と言うのだ。ところがいまは、先にメロディーを定め、後からそれに言葉を塡《う》めてゆく。永く伸ばしてうたわれた言葉（「永」＝「詠」）が音楽（「声」）に依存するとい

うことになってしまっているのである。

と述べ、南宋の朱熹《しゅき》の書簡「陳体仁《ちんたいじん》に答う」（『朱文公文集《しゅぶんこうぶんしゅう》』巻三七）が

『尚書』の「虞書《ぐしょ》」（「舜典」）によって考えるに、詩が作られたのはもともと志を言うためだったのだ。詩が生まれたとき、まだ歌は存在しなかった。歌が生まれても、まだ音楽は存在しなかった。（音楽が生まれてからは）永く伸ばしてうたわれた言葉（「永」）に楽音（「声」）を従わせ、楽音（「声」）に楽律（「律」）を従わせた。つまり音楽は詩のために生まれたのであって、詩が音楽のために生まれたのではないのだ。

と述べているのは、その一部である。

右に挙げた一連の議論が重視し、保守しようとしているものは何か。一言で言うならば、それは「心」であり、「心」のなかから生まれ来る「志」や「情」である。人の内面、内部の精神世界をこそ重視する態度のもと、音楽は外在的かつ従属的なものとして位置づけられているのである。朱熹の右の書簡には「志は詩の本にして、楽は其の末なり」と述べる言葉も見える。例えば、詞の前身である楽府のなかには、音楽に合わせるために本来の歌詞にはなかった歌詞を他所から取ってきて挿入したと考えられる作品も見られる。これなどはまさに、音楽が詩に従属するのではなく詩が音楽に従属してしまっている典型的な事例であり、本末転倒の誹りを免れないものと言える。同様の事例として、宋代の詞に盛行したいわゆる「櫽括《いんかつ》」の手法、すなわち先人の作品を下敷きにして、その言葉を楽律に合わせて作り替え新たな作品を作り出す手法を挙げることも可能であるかもしれない。右の議論において批判されているのは、こうした

言語表現のあり方である。

ところで、右に挙げた議論には、いずれも『尚書』『詩経』『礼記』といった儒家の経典（経書）が引用されている。論者たちは、経典に説かれる命題に基づいて詩と音楽との関係を理解し、その結果として音楽を詩に従属するものと位置づけ、また音楽に従属する形で書かれた詩を批判している。もちろんこれを硬直した教条主義だと批判するのはたやすいが、そのように批判することにあまり意味はないだろう。むしろここで我々は、前近代の中国にあって詩が経典との関係性において捉えられ、論じられていたことの持つ意味を考えてみるべきである。

中国の文学を、例えば我々に身近な日本文学と比較した場合、両者の違いはどのような点に求められるか。これについては、さまざまなことが言われてきた。例えば、中国文学は政治のテーマを好むのに対して日本文学は恋愛のテーマを好む、等々。だが私見では、両者の最大の違いは、経典の有無にこそあると思われる。経典を持つ文学と経典を持たない文学、少なくともこれが中国と日本の文学が示す違いの一つであることは間違いないだろう。

経典は人の行動を律する規範となる著作である。ここで言う人の行動には、言語活動も含まれる。言語活動の一種である文学創作が経典の影響下にあったことは、前近代中国の文学論のあちこちから見て取れる。一例を挙げれば、総合的・体系的な文学理論を展開した著作として知られる梁の劉勰《りゅうきょう》『文心雕龍《ぶんしんちょうりゅう》』、この書物は前半部に各種文学ジャンルを論ずる篇を配置し、後半部には文学の創作に関わる各種概念を論ずる篇を配置するという構成から成り立っているが、冒頭の部分には「原道」（「道」の原理論）、「徴聖」

（聖人論）、「宗経」（経典論）の三篇が置かれている。この三篇の配置には、文学の起源・生成をめぐる劉勰の考え方が端的に示されている。すなわち、宇宙の根本原理である「道」が「聖人」の手を通して「経典」となってあらわれ、それがあらゆる文学ジャンルの起源となった――このような形で捉えられた文学起源・生成論である。「宗経」篇で劉勰は、経典を指して「群言之祖」すなわちあらゆる言語表現の祖先であるとまで言っている。また同書の自序とも言うべき「序志」篇では「其の本源を詳《つまび》らかにすれば、経典に非ざるは莫《な》し」――すべての文学ジャンルは経典に「本源」を持つ、とも。経典と文学とは、別々のものとして存在していたのではない。密接に連続するものとして捉えられていたのである。

先に挙げた「言の声に出づる」詩を批判する議論にあらわれているのは、一種の原理主義である。原理主義とは、一言で言えば「本源」への遡行である。「本源」としての経典への遡行であり、経典に説かれた「本源」への遡行であると言い換えてもいいだろう。中国の詩にとっての「本源」である経典が説く詩の「本源」とは何か。それは「心」であり、「心」のなかに胚胎する「志」や「情」であること、先に挙げた『碧鶏漫志』にも引かれる『詩経』の序が「詩は志の之《ゆ》く所なり。心に在るを志と為し、言に発するを詩と為す。情 中に動きて言に形《あら》わる」――「心」のなかにある「志」や「情」が「言」となって発現したものがすなわち詩である、と説いている通りである。詩にとって音楽はあくまでも外在的・従属的なものに過ぎず、「声の言に出づる」詩こそが詩の本来の姿だとする先の議論の根底には、このような経典的価値観の圧力が存在していたのである。

本書に収める詞や散曲の世界、例えば詞にうたわれるデリケートで艶麗な世界、あるいは散曲にうたわれるエネルギッシュで奔放な世界は、一見すると経典に説かれる教義とはまったく無縁のものであるかに見えるが、しかしそれが右に述べてきたような経典的な価値観との緊張関係のもとにあって形作られたものであることを見落としてはならない。もちろん、そのような緊張関係とは無縁の文人も皆無ではなかったかもしれない。だが、おおかたの文人は程度の差こそあれ、経典との緊張関係のもとで作品を作っていたはずである。おそらくそれは、官僚士大夫であるか否か（科挙に応じたか否か）といった社会階層の違い、男であるか女であるかといったジェンダーの違いを問わない。前近代の中国にあって表現者であるということは、経典を「本源」とする言語表現の秩序＝権力システムのなかに身を置くということでもあったと考えるべきだろう。

経典を持たない文化のなかに身を置く我々としては、中国の文人たちが肌身に感じていたであろう経典のあからさまな圧力を想像すべく努めてみる必要がある。そして、彼らが自身ではそれと気づかないままに絡めとられてしまっていた経典のひそやかな圧力についてもまた。そうすることによって本書に収める詞や散曲の世界はいっそう深みを増してくるように思われる。

引用作品・作者一覧

本書が引用した各作品について、その作者、標題（詩題・詞牌名・曲牌名）、出典、本書における引用頁数を年代順（作者が明らかな場合はその生年順）に記す。なお、敦煌文書に所載される作品に関しては、その標題の後に、（敦煌）と付記した。

無名氏	謡	『水経注』	Ⅵ176頁
劉邦（漢・高祖）B.C.247 - B.C.195	「楚歌」	『史記』	Ⅰ 43 頁
項羽 B.C.232 - B.C.202	歌	『史記』	Ⅱ 78 頁
虞美人　? - B.C.202	歌	『楚漢春秋』（『史記正義』所引）	Ⅱ 79 頁
無名氏	「漢鼓吹鐃歌十八曲　上邪」（楽府古辞）	『楽府詩集』	Ⅳ127頁
無名氏	謡	『抱朴子』	Ⅵ177頁
諸葛亮　181 - 234	「梁甫吟」	『楽府詩集』	Ⅵ179頁
胡太后　? - 528	「楊白花」	『楽府詩集』	Ⅷ229頁
蕭紀　508 - 553	「和湘東王夜夢応令」	『玉台新詠』	Ⅷ223頁
無名氏	「隴上歌」	『楽府詩集』	Ⅰ 41 頁
無名氏	「華山畿二十五首　其の二十三」	『楽府詩集』	Ⅱ 68 頁
	「華山畿二十五首　其の一」	『楽府詩集』	Ⅱ 70 頁
無名氏	「蘇小小歌」（楽府古辞）	『楽府詩集』	Ⅱ 62 頁
無名氏	「子夜四時歌・春歌二十首　其の十」（楽府古辞）	『楽府詩集』	Ⅶ199頁

無名氏	「琅邪王歌辞　其の一」	『楽府詩集』	Ⅳ128頁
	「琅邪王歌辞　其の三」	『楽府詩集』	Ⅳ129頁
無名氏	「三洲歌」	『楽府詩集』	Ⅸ249頁
無名氏	「敕勒歌」	『楽府詩集』	Ⅳ121頁
喬備　?-?	「雑詩」(敦煌)	『珠英集』	Ⅶ212頁
賀朝　?-?	「贈酒店胡姫」	『国秀集』	Ⅸ254頁
李昂　?-?	「戚夫人楚舞歌」	『才調集』	Ⅰ 44頁
王昌齢　690?-756?	「芙蓉楼送辛漸二首　其の一」	『万首唐人絶句』	Ⅵ182頁
高適　701?-765	「哭単父梁九少府」	『河嶽英霊集』	Ⅵ183頁
李白　701-762	「行行遊且猟篇」	『楽府詩集』	Ⅳ123頁
	「妾薄命」	『楽府詩集』	Ⅵ167頁
	「江夏行」	『才調集』	Ⅷ225頁
杜甫　712-770	「羌村三首　其の一」	『杜工部集』	Ⅲ 88頁
	「夜宴左氏荘」	『杜工部集』	Ⅲ103頁
	「重過何氏五首　其の四」	『杜工部集』	Ⅲ105頁
	「春望」	『杜工部集』	Ⅴ156頁
	「江畔独歩尋花七絶句　其の七」	『杜工部集』	Ⅶ192頁
	「十二月一日三首　其の三」	『杜工部集』	Ⅷ227頁
韓翃　?-?	詞	『柳氏伝』(『太平広記』所収)	Ⅱ 72頁
柳氏　?-?	詞	『柳氏伝』(『太平広記』所収)	Ⅱ 72頁
于良史　?-?	「春山夜月」	『古今事文類聚』	Ⅲ101頁
張志和　?-?	【漁父】	『尊前集』	Ⅹ271頁
李益　748-827?	「竹窓聞風寄苗発司空曙」	『唐文粋』	Ⅱ 68頁
孟郊　751-814	「去婦怨」	『古今事文類聚』	Ⅲ106頁
	「古離別二首　其の一」	『楽府詩集』	Ⅶ208頁

韓愈　768 - 824	「遊城南十六首　晩春」	『昌黎先生文集』	Ⅴ152頁
薛濤　? - 832	「柳絮詠」	『才調集』	Ⅷ226頁
劉禹錫　772 - 842	【竹枝】九首　其の二	『楽府詩集』	Ⅶ206頁
	【竹枝詞】三首　其の三	『才調集』	Ⅸ258頁
白居易　772 - 846	「浩歌行」	『楽府詩集』	Ⅲ 96 頁
	「潯陽春三首　春生」	『白氏文集』	Ⅴ151頁
	「下邽荘南桃花」	『白氏文集』	Ⅶ200頁
	「聴歌六絶句　水調」	『白氏文集』	Ⅸ250頁
	「聴歌六絶句　楽世」	『白氏文集』	Ⅸ256頁
	【楊柳枝】八首　其の五	『楽府詩集』	Ⅶ201頁
崔鶯鶯（元稹？）? - ?	「答張生」	『才調集』	Ⅱ 67 頁
	詩	『鶯鶯伝』（『太平広記』所収）	Ⅱ 69 頁
李賀　791 - 817	「蘇小小歌」	『楽府詩集』	Ⅱ 63 頁
	「鴈門太守行」	『楽府詩集』	Ⅳ125頁
許渾　791? - 854?	「金陵」	『三体詩』	Ⅰ 54 頁
杜牧　803 - 852	「赤壁」	『才調集』	Ⅰ 36 頁
	「秦淮」	『才調集』	Ⅴ140頁
	「題贈二首　其の二」	『才調集』	Ⅶ203頁
李商隠　812? - 858	「斉宮詞」	『才調集』	Ⅰ 49 頁
	「柳」	『李義山詩集』	Ⅰ 50 頁
陸亀蒙　? - 881?	「春夕酒醒」	『才調集』	Ⅲ107頁
	「畳韻呉宮詞二首　其の一」	『甫里先生文集』	Ⅶ193頁
胡曾　? - ?	「赤壁」	『詠史詩』	Ⅰ 33 頁
	「垓下」	『詠史詩』	Ⅱ 80 頁
韋荘　836? - 910	「長安春」	『才調集』	Ⅴ153頁
	【女冠子】二首　其の一	『花間集』	Ⅱ 75 頁
	【女冠子】二首　其の一	『花間集』	Ⅱ 76 頁

魚玄機　844? - 868	「江陵愁望寄子安」	『才調集』	Ⅷ224頁
李存勗（後唐・荘宗） 885 - 926	【一葉落】	『尊前集』	Ⅲ133頁
陶穀　903 - 970	【風光好】	『類説』	Ⅲ 93 頁
李煜（南唐・後主） 937 - 978	【浪淘沙】	『草堂詩餘』	Ⅴ144頁
	【虞美人】	『草堂詩餘』	Ⅴ146頁
無名氏	「三五七言詩」	『才調集』	Ⅸ259頁
無名氏	「水調　入破第一」	『楽府詩集』	Ⅸ250頁
	「水調　入破第二」	『楽府詩集』	Ⅸ251頁
	「水調　入破第六徹」	『楽府詩集』	Ⅸ251頁
無名氏	【水鼓子】	『楽府詩集』	Ⅳ120頁
無名氏	【虞美人】	『碧渓漫志』	Ⅱ 77 頁
無名氏	【鵲踏枝】（敦煌）	王重民輯『敦煌曲子詞集』（修訂本）	Ⅱ 74 頁
無名氏	【何満子】（敦煌）	『敦煌曲子詞集』	Ⅳ122頁
無名氏	【天仙子】（敦煌）	『敦煌曲子詞集』	Ⅶ209頁
無名氏	【抛毬楽】（敦煌）	『敦煌曲子詞集』	Ⅹ282頁
無名氏	【剣器詞】（敦煌）	任半塘編著『敦煌歌辞総編』	Ⅳ119頁
無名氏	【水鼓子】（敦煌）	『敦煌歌辞総編』	Ⅸ252頁
無名氏	【水鼓子】（敦煌）	『敦煌歌辞総編』	Ⅸ253頁
柳永　987? - 1053?	【雨霖鈴】	『唐宋諸賢絶妙詞選』	Ⅶ188頁
張先　990 - 1078	【天仙子】「時為嘉禾小倅、以病眠不赴府会」	『草堂詩餘』	Ⅹ263頁
晏殊　991－1055	【玉楼春】	『草堂詩餘』	Ⅲ 94 頁
歐陽脩　1007 - 1072	【生査子】	『楽府雅詞』	Ⅷ217頁
晏幾道　? - ?	【鷓鴣天】	『陽春白雪』	Ⅲ 86 頁
蘇軾　1036 - 1101	「海棠」	『千家詩』	Ⅲ 91 頁

	【念奴嬌】「赤壁懐古」	『東坡楽府』	Ⅰ 31頁
	【蝶恋花】	『草堂詩餘』	Ⅶ204頁
黄庭堅　1045 - 1105	【両同心】	『豫章黄先生詞』	Ⅸ259頁
	【帰田楽引】	『豫章黄先生詞』	Ⅹ276頁
秦観　1049 - 1100	【千秋歳】	『淮海居士長短句』	Ⅹ267頁
	【満園花】	『淮海居士長短句』	Ⅹ279頁
賀鋳　1052 - 1125	【青玉案】	『草堂詩餘』	Ⅶ210頁
朱淑真　1079? - 1133?	【生査子】	『陽春白雪』	Ⅷ214頁
李清照　1084 - 1156?	【念奴嬌】	『草堂詩餘』	Ⅴ158頁
	【南歌子】	『楽府雅詞』	Ⅷ232頁
	【酔花陰】	『楽府雅詞』	Ⅷ233頁
無名氏（蘇小小？司馬槱？）	【蝶恋花】	『陽春白雪』	Ⅱ 59頁
無名氏	詩	『楽府雅詞』	Ⅸ245頁
	【九張機】九首　其の一	『楽府雅詞』	Ⅸ247頁
	【九張機】九首　其の二	『楽府雅詞』	Ⅸ247頁
	【九張機】九首　其の三	『楽府雅詞』	Ⅸ248頁
	詩	『楽府雅詞』	Ⅸ246頁
呉激　? - 1142	【人月圓】	『中州楽府』	Ⅴ141頁
岳飛　1103 - 1141	【満江紅】「写懐」	『花草粋編』	Ⅳ117頁
蔡松年　1107 - 1159	【石州慢】	『中州楽府』	Ⅸ238頁
海陵王（完顔亮）1122 - 1161	【鵲橋仙】	『三朝北盟会編』	Ⅳ135頁
鄧千江　? - ?	【望海潮】	『陽春白雪』	Ⅳ112頁
辛棄疾　1140 - 1207	【醜奴児】	『稼軒詞』	Ⅰ 52頁
	【摸魚子】	『稼軒詞』	Ⅵ163頁

兪国宝　?-?	【風入松】	『武林旧事』	Ⅲ111頁
趙秉文　1159-1232	「寄王学士子端」	『中州集』	Ⅲ108頁
	【青杏児】	『中州楽府』	Ⅲ110頁
完顔璹　1172-1232	【春草碧】	『中州楽府』	Ⅴ136頁
元好問　1190-1257	【青玉案】	『花草粋編』	Ⅴ161頁
	【鷓鴣天】「薄命妾辞三首 其の三」	『遺山楽府』	Ⅵ170頁
遏雲社	【鷓鴣天】	『事林広記』	Ⅸ257頁
関漢卿　?-?	【白鶴子】	『太平楽府』	Ⅴ149頁
	【越調 鬪鵪鶉】「女校尉」套数	『太平楽府』	Ⅸ261頁
	【勝葫蘆】・【幺篇】	元雑劇『救風塵』	Ⅹ284頁
馬致遠　?-?	【撥不断】	『太平楽府』	Ⅰ 54 頁
	【仙呂 賞花時】「掬水月在手」套数	『太平楽府』	Ⅲ 97 頁
管仲姫　1262-1319	曲	『古今詞話』（『歴代詩餘』所引）	Ⅷ236頁
白賁　?-?	【鸚鵡曲】	『太平楽府』	Ⅹ273頁
曾瑞　?-?	【喜春来】	『雍熙楽府』	Ⅴ148頁
睢景臣　?-?	【般渉調 哨遍】「高祖還郷」套数	『太平楽府』	Ⅰ 57 頁
徐再思　?-?	【清江引】「相思」	『太平楽府』	Ⅶ213頁
鍾嗣成　?-?	【酔太平】三首	『楽府群玉』	Ⅵ186頁
楊維禎　1296-1370	【西湖竹枝曲】九首 其の八	『鉄崖先生古楽府』	Ⅷ220頁
薛蘭英・蕙英　?-?	【蘇台竹枝曲】十首 其の七	『剪灯新話』	Ⅷ221頁
王梅谷　?-?	詩	『南村輟耕録』	Ⅵ172頁
無名氏	詩	『三国志平話』	Ⅰ 37 頁
無名氏	【罵玉郎過感皇恩採茶歌】	『梨園楽府』	Ⅱ 81 頁

無名氏	【水仙子】	『梨園楽府』	Ⅳ131頁
無名氏	【酔太平】	『南村輟耕録』	Ⅵ175頁
無名氏	【転調貨郎児 六転】	元雑劇『貨郎旦』	Ⅶ195頁
無名氏	【小桃紅】	『中原音韻』	Ⅸ260頁
楊慎 1488 - 1559	詞	『歴代史略詞話』	Ⅰ35頁

（谷口 高志）

執筆者一覧

浅見洋二	（あさみ　ようじ）	大阪大学准教授	1960年生まれ
加藤　聰	（かとう　さとし）	尚絅大学講師	1970年生まれ
小林春代	（こばやし　はるよ）	元大阪大学大学院生	1969年生まれ
高橋文治	（たかはし　ぶんじ）	大阪大学教授	1953年生まれ
谷口高志	（たにぐち　たかし）	神戸学院大学非常勤講師	1977年生まれ
陳　文輝	（ちん　ぶんき）	大阪大学大学院生	1973年生まれ
藤原祐子	（ふじわら　ゆうこ）	龍谷大学非常勤講師	1978年生まれ

汲古選書49

中国文学のチチェローネ
――中国古典歌曲の世界

平成二十一年三月十八日　発行

編　者　大阪大学中国文学研究室　高橋文治（代表）
発行者　石坂叡志
印刷所　モリモト印刷㈱

発行所　汲古書院
〒102-0072　東京都千代田区飯田橋二―五―四
電　話〇三（三二六五）九七六四
FAX〇三（三二二二）一八四五

ISBN978－4－7629－5049－0　C3398

KYUKO－SHOIN, Co, Ltd. Tokyo

汲古選書

既刊49巻

1

一言語学者の随想

服部四郎著

わが国言語学界の大御所、文化勲章受賞・東京大学名誉教授故服部先生の長年にわたる珠玉の随筆75篇を収録。透徹した知性と鋭い洞察によって、言葉の持つ意味と役割を綴る。

▼494頁／定価5097円

2

ことばと文学

田中謙二著

京都大学名誉教授田中先生の随筆集。

「ここには、わたくしの中国語乃至中国学に関する論考・雑文の類をあつめた。わたくしは〈ことば〉がむしょうに好きである。生き物さながらにうごめき、またピチピチと跳ねっ返り、そして話しかけて来る。それがたまらない。」（序文より）

▼320頁／定価3262円　好評再版

3

魯迅研究の現在

同編集委員会編

魯迅研究の第一人者、丸山昇先生の東京大学ご定年を記念する論文集を二分冊で刊行。執筆者＝北岡正子・丸尾常喜・尾崎文昭・代田智明・杉本雅子・宇野木洋・藤井省三・長堀祐造・芦田肇・白水紀子・近藤竜哉

▼326頁／定価3059円

4

魯迅と同時代人

同編集委員会編

執筆者＝伊藤徳也・佐藤普美子・小島久代・平石淑子・坂井洋史・櫻庭ゆみ子・江上幸子・佐治俊彦・下出鉄男・宮尾正樹

▼260頁／定価2548円

5・6

江馬細香詩集「湘夢遺稿」

入谷仙介監修・門玲子訳注　幕末美濃大垣藩医の娘細香の詩集。頼山陽に師事し、生涯独身を貫き、詩作に励んだ。日本の三大女流詩人の一人。

▼総602頁／⑤定価2548円／⑥定価3598円　好評再版

7

詩の芸術性とはなにか

袁行霈著・佐竹保子訳　北京大学袁教授の名著「中国古典詩歌芸術研究」の前半部分の訳。体系的な中国詩歌入門書。

▼250頁／定価2548円

8

明清文学論

船津富彦著

一連の詩話群に代表される文学批評の流れは、文人各々の思想・主張の直接の言論場として重要な意味を持つ。全体の概論に加えて李卓吾・王夫之・王漁洋・袁枚・蒲松齢等の詩話論・小説論について各論する。

▼320頁／定価3364円

9

中国近代政治思想史概説

大谷敏夫著　阿片戦争から五四運動まで、中国近代史について、最近の国際情勢と最新の研究成果をもとに概説した近代史入門。1阿片戦争　2第二次阿片戦争と太平天国運動　3洋務運動等六章よりなる。付年表・索引　▼324頁／定価3262円

10

中国語文論集　語学・元雑劇篇

太田辰夫著

中国語学界の第一人者である著者の長年にわたる研究成果を全二巻にまとめた。語学篇＝近代白話文学の訓詁学的研究法等、元雑劇篇＝元刊本「看銭奴」考等。

▼450頁／定価5097円

11 中国語文論集 文学篇
太田辰夫著
本巻には文学に関する論考を収める。「紅楼夢」新探／「鏡花縁」考／「児女英雄伝」の作者と史実等。付固有名詞・語彙索引
▼350頁／定価3568円

12 中国文人論
村上哲見著
唐宋時代の韻文文学を中心に考究を重ねてきた著者が、詩・詞という高度に洗練された文学様式を育て上げ、支えてきた中国知識人の、人間類型としての特色を様々な角度から分析、解明。
▼270頁／定価3059円

13 真実と虚構―六朝文学
小尾郊一著
六朝文学における「真実を追求する精神」とはいかなるものであったか。著者積年の研究のなかから、特にこの解明に迫る論考を集めた。
▼350頁／定価3873円

14 朱子語類外任篇訳注
田中謙二著
朱子の地方赴任経験をまとめた語録。当時の施政の参考資料としても貴重な記録である。「朱子語類」の当時の口語を正確かつ平易な訳文にし、綿密な註解を加えた。
▼220頁／定価2345円

15 児戯生涯 一読書人の七十年
伊藤漱平著
元東京大学教授・前二松学舎大学長、また「紅楼夢」研究家としても有名な著者が、五十年近い教師生活のなかで書き綴った読書人の断面を随所にのぞかせながら、他方学問の厳しさを教える滋味あふれる随筆集。
▼380頁／定価4077円

16 中国古代史の視点 私の中国史学(1)
堀　敏一著　中国古代史研究の第一線で活躍されてきた著者が研究の現状と今後の課題について全二冊に分かりやすくまとめた。本書は、1時代区分論　2唐から宋への移行　3中国古代の土地政策と身分制支配　4中国古代の家族と村落の四部構成。
▼380頁／定価4077円

17 律令制と東アジア世界 私の中国史学(2)
堀　敏一著　本書は、1律令制の展開　2東アジア世界と辺境　3文化史四題の三部よりなる。中国で発達した律令制は日本を含む東アジア周辺国に大きな影響を及ぼした。東アジア世界史を一体のものとして考究する視点を提唱する著者年来の主張が展開されている。
▼360頁／定価3873円

18 陶淵明の精神生活
長谷川滋成著
詩に表れた陶淵明の日々の暮らしを10項目に分けて検討し、淵明の実像に迫る。内容＝貧窮・子供・分身・孤独・読書・風景・九日・日暮・人寿・飲酒　日常的な身の回りに詩題を求め、田園詩人として今日のために生きる姿を歌いあげ、遙かな時を越えて読むものを共感させる。
▼300頁／定価3364円

19 岸田吟香―資料から見たその一生
杉浦　正著　幕末から明治にかけて活躍した日本近代の先駆者―ドクトル・ヘボンの和英辞書編纂に協力、わが国最初の新聞を発行、目薬の製造販売を生業としつつ各種の事業の先鞭をつけ、清国に渡り国際交流に大きな足跡を残すなど、謎に満ちた波乱の生涯を資料に基づいて克明にする。
▼440頁／定価5040円

20 グリーンティーとブラックティー
中英貿易史上の中国茶
矢沢利彦著　本書は一八世紀から一九世紀後半にかけて中英貿易で取引された中国茶の物語である。当時の文献を駆使して、産地・樹種・製造法・茶の種類や運搬経路まで知られざる英国茶史の原点をあますところなく分かりやすく説明する。
▼260頁／定価3360円

21 中国茶文化と日本
布目潮渢著
近年西安西郊の法門寺地下宮殿より唐代末期の大量の美術品・茶器が出土した。文献では知られていたが唐代の皇帝が茶を愛玩していたことが証明された。長い伝統をもつ茶文化―茶器について解説し、日本への伝来と影響についても豊富な図版をもって説明する。カラー口絵4葉付
▼300頁／定価3990円

22 中国史書論攷
澤谷昭次著
先年急逝された元山口大学教授澤谷先生の遺稿約三〇篇を刊行。東大東洋文化研究所に勤務していた時「同研究所漢籍分類目録」編纂に従事した関係から漢籍書誌学に独自の境地を拓いた。また司馬遷「史記」の研究や現代中国の分析にも一家言を持つ。
▼520頁／定価6090円

23 中国史から世界史へ　谷川道雄論
奥崎裕司著　戦後日本の中国史論争は不充分なままに終息した。それは何故か。谷川氏への共感をもとに新たな世界史像を目ざす。
▼210頁／定価2625円

24 華僑・華人史研究の現在
飯島　渉編　「現状」「視座」「展望」について15人の専家が執筆する。従来の研究を整理し、今後の研究課題を展望することにより、日本の「華僑学」の構築を企図した。
▼350頁／定価2100円

25 近代中国の人物群像
――パーソナリティー研究――
波多野善大著　激動の中国近現代史を著者独自の歴代人物の実態に迫る研究方法で重要人物の内側から分析する。
▼536頁／定価6090円

26 古代中国と皇帝祭祀
金子修一著
中国歴代皇帝の祭礼を整理・分析することにより、皇帝支配による国家制度の実態に迫る。
▼340頁／定価3990円　好評再版

27 中国歴史小説研究
小松　謙著
元代以降高度な発達を遂げた小説そのものを分析しつつ、それを取り巻く環境の変化をたどり、形成過程を解明し、白話文学の体系を描き出す。
▼300頁／定価3465円

28 中国のユートピアと「均の理念」
山田勝芳著　中国学全般にわたってその特質を明らかにするキーワード、「均の理念」「太平」「ユートピア」に関わる諸問題を通時的に叙述。
▼260頁／定価3150円

29
陸賈『新語』の研究
福井重雅著
秦末漢初の学者、陸賈が著したとされる『新語』の真偽問題に焦点を当て、緻密な考証のもとに真実を追究する一書。付節では班彪『後伝』・蔡邕『独断』・漢代対策文書について述べる。
▼270頁／定価3150円

30
中国革命と日本・アジア
寺廣映雄著　前著『中国革命の史的展開』に続く第二論文集。全体は三部構成で、辛亥革命と孫文、西安事変と朝鮮独立運動、近代日本とアジアについて、著者独自の視点で分かりやすく俯瞰する。
▼250頁／定価3150円

31
老子の人と思想
楠山春樹著
『史記』老子伝をはじめとして、郭店本『老子』を比較検討しつつ、人間老子と書物『老子』を総括する。
▼200頁／定価2625円

32
中国砲艦『中山艦』の生涯
横山宏章著　長崎で誕生した中山艦の数奇な運命が、中国の激しく動いた歴史そのものを映し出す。
▼260頁／定価3150円

33
中国のアルバ――系譜の詩学
川合康三著　「作品を系譜のなかに置いてみると、よりよく理解できるように思われます」（あとがきより）。壮大な文学空間をいかに把握するかに挑む著者の意欲作六篇。
▼250頁／定価3150円

34
明治の碩学
三浦　叶著
著者が直接・間接に取材した明治文人の人となり、作品等についての聞き書きをまとめた一冊。今日では得難い明治詩話の数々である。
▼380頁／定価4515円

35
明代長城の群像
川越泰博著
明代の万里の長城は、中国とモンゴルを隔てる分水嶺であると同時に、内と外とを繋ぐアリーナ（舞台）でもあった。そこを往来する人々を描くことによって異民族・異文化の諸相を解明しようとする。
▼240頁／定価3150円

36
宋代庶民の女たち
柳田節子著
「宋代女子の財産権」からスタートした著者の女性史研究をたどり、その視点をあらためて問う。女性史研究の草分けによる記念碑的論集。
▼240頁／定価3150円

37
鄭氏台湾史――鄭成功三代の興亡実紀
林田芳雄著　日中混血の快男子鄭成功三代の史実―明末には忠臣・豪傑と崇められ、清代には海寇・逆賊と貶され、民国以降は民族の英雄と祭り上げられ、二三年間の台湾王国を築いた波瀾万丈の物語を一次史料をもとに台湾史の視点より描き出す。
▼330頁／定価3990円

38
中国民主化運動の歩み――「党の指導」に抗して――
平野　正著　本書は、中国の民主化運動の過程を「党の指導」との関係で明らかにしたもので、解放直前から八〇年代までの中共の「指導」に対抗する人民大衆の民主化運動を実証的に明らかにし、加えて「中国社会主義」の特徴を概括的に論ずる。
▼264頁／定価3150円

39
中国の文章――ジャンルによる文学史
褚斌杰著／福井佳夫訳　中国における文学の種類・形態・様式である「ジャンル」の特徴を、各時代の作品に具体例をとり詳細に解説する。本書は褚斌杰著『中国古代文体概論』の日本語訳である。
▼340頁／定価4200円

40
図説中国印刷史
米山寅太郎著
静嘉堂文庫文庫長である著者が、静嘉堂文庫に蔵される貴重書を主として日本国内のみならずイギリス・中国・台湾など各地から善本の図版を集め、「見て知る中国印刷の歴史」を実現させたものである。印刷技術の発達とともに世に現れた書誌学上の用語についても言及する。
▼カラー8頁／320頁／定価3675円　好評再版

41
東方文化事業の歴史
――昭和前期における日中文化交流――
山根幸夫著　義和団賠償金を基金として始められた一連の事業は、高い理想を謳いながら、実態は日本の国力を反映した「対支」というおかしなものからスタートしているのであった。著者独自の切り口で迫る。
▼260頁／定価3150円

42
竹簡が語る古代中国思想
――上博楚簡研究――
浅野裕一編（執筆者＝浅野裕一・湯浅邦弘・福田哲之・竹田健二）
これまでの古代思想史を大きく書き替える可能性を秘めている上海博物館蔵の〈上楚楚簡〉は何を語るのか。
▼290頁／定価3675円

43
『老子』考索
澤田多喜男著
新たに出土資料と現行本『老子』とを比較検討し、現存諸文献を精査することにより、〈老子〉なる名称の書籍は漢代のある時期から認められる。少なくとも現時点では、それ以前には出土資料にも〈老子〉なる名称の書籍はなかったことが明らかになった。
▼440頁／定価5250円

44
わたしの中国―旅・人・書冊―
多田狷介著
一九八六年から二〇〇四年にわたって発表した一〇余篇の文章を集め、三部（旅・人・書冊）に分類して一書を成す。著者と中国との交流を綴る。
▼350頁／定価4200円

45
中国火薬史―黒色火薬の発明と爆竹の変遷―
岡田　登著　火薬はいつ、どこで作られたのか。火薬の源流と変遷を解明する。口から火を吐く火戯「吐火」・隋代の火戯と爆竹・唐代の火戯と爆竹・竹筒と中国古代の錬丹術・金代の観灯、爆竹・火缶……。
▼200頁／定価2625円

46
竹簡が語る古代中国思想（二）
――上博楚簡研究――
浅野裕一編（執筆者＝浅野裕一・湯浅邦弘・福田哲之・竹田健二）
好評既刊（汲古選書42）に続く第二弾。『上海博物館戦国楚竹書』第五・第六分冊を中心とした研究を収める。
▼356頁／定価4725円

47
服部四郎　沖縄調査日記
服部　旦編・上村幸雄解説　昭和三十年、米国の統治下におかれた琉球大学に招聘された世界的言語学者が、敗戦後まもない沖縄社会を克明に記す。沖縄の真の姿が映し出される。
▼口絵8頁／300頁／定価2940円

●中国の古代社会をさまざまな「出土文物」から現代に甦らせる！

48

出土文物からみた中国古代

青山学院大学名誉教授
宇都木 章 著

中国古代史を各時代が残した「出土文物」を通して解説する。本書は、NHKラジオ中国語講座テキスト「出土文物からみた中国古代」を再構成したものです。

【内容目次】

▼カラー口絵・本文256頁／定価3150円